Restart!
다시 시작하는 글쓰기

Restart!
다시 시작하는 글쓰기
글포자를 위한 글쓰기 특강

ⓒ 원재훈, 2017

초판 1쇄 펴낸날 2017년 6월 15일

지은이 원재훈
펴낸이 이건복
펴낸곳 도서출판 동녘

전무 정낙윤
주간 곽종구
책임편집 구형민 김은우
편집 최미혜 이환희 사공영
미술 조정윤
영업 김진규 조현수
관리 서숙희 장하나

인쇄·제본 영신사 **라미네이팅** 북웨어 **종이** 한서지업사

등록 제311-1980-01호 1980년 3월 25일
주소 (10881) 경기도 파주시 회동길 77-26
전화 영업 031-955-3000 편집 031-955-3005 **전송** 031-955-3009
블로그 www.dongnyok.com **전자우편** editor@dongnyok.com

ISBN 978-89-7297-876-3 03800

Restart!

다시 시작하는 글쓰기

글쓰기를 위한 글쓰기 특강

원재훈 지음

동녘

들어가는 말

등잔불 벌써 켜지는데……
오랫동안 나는 잘못 살았구나

미당 서정주의 〈수대동시水帶洞詩〉의 한 구절이다. 시인의 첫 시집인 《화사집花蛇集》에 실린 시다. 젊은 미당이 쓴 시 한 구절이 중년을 넘긴 나이에 자꾸 눈에 밟힌다. 왜 그럴까. 이 시에는 어떤 힘이 숨어 있을까? 이 마음이 글쓰기에 어떤 도움을 주는 것인가.

시에서 화자는 등잔불 아래에서 자신의 삶을 돌아보며 반성한다. 진지하게 자신을 돌아보는 순간, 우리들은 시가 필요한 순간을 느낀다. 시는 왜 필요한 걸까. 좋은 시는 독자들의 마음에 깊게 뿌리를 내리고 있는 생명력이 있다. 사람은 늙어도 시는 늙지 않는다. 역사와 시공간에 구속되지 않고, 언제 어디에서 독자를 만나더라도 흔들리는 삶의 중심을 잡게 한다. 시뿐만이 아니라 모든 글쓰기에 이러한 속성이 있다.

나뭇가지에 걸려 있는 찢어진 비닐 같은 정신과 몸이 시를 만나는 순간, 독자는 그 시에서 자신의 모습을 읽고 자신의 삶을 성찰하면서 앞으로 살아갈 용기를 생각한다. 글쓰기는 성찰의 산물이지만, 출발점이지 도착점이 아니다. 이런 의미에서 〈수대동시〉의 한 구절은 앞서 인용한 나를 뒤돌아보게 한다. 불이 켜진다는 건, 생각을 한다는 의미고, 잘못 살았다는 건 나의 지나간 생에 대한 전반적인 느낌이었다. 내가 잠시 진지해진 것이다. 그러다 책상 위에 굴러다니던 펜을 손에 쥐었다. 무언가를 쓰고 싶다는 생각이 든다.

　곰곰이 생각해보니, 내 인생에 좋은 기회가 몇 번은 있었던 것 같다. 그중에서 대학을 졸업하고 고등학교 국어 교사로 취업할 기회가 있었는데 대학원에 진학하면서 그 기회를 놓쳤다. 그때가 내 인생에 중요한 변곡점이 아니었나 싶다. 고등학교 교사가 되었다면 학생들에게 좋은 글쓰기 선생이 될 수도 있지 않았을까. 하지만 지나간 것은 지나간 것.

　이 책은 그때의 아쉬운 마음을 가지고 시골 서생의 마음으로 집필했다. 소월의 시에 매력을 느낀 중학교 시절부터 나는 항상 글쓰기를 하면서 살았다. 그 경험을 바탕으로 글쓰기를 포기한 사람들을 위한 글쓰기 대화를 시도한 것이 이 책이다. 나 역시 항상 글쓰기를 포기하려고 하다가 다시 시작하기 때문이다. 세상의 모든 작가들 역시 마찬가지다. 《호밀밭의 파수꾼》을 쓴 샐린저는 이 작품을 쓴 후 평생 은둔의 길을 걸었다. 헤밍웨이는 《노인과 바다》를 집필하기까지 십여 년 동안 작가로서 끝장났다는 혹평에 시달렸다. 하지만 그들은 삶과 글쓰기를 포기하지 않았다.

글쓰기가 직업이 아닐지라도 우리는 글쓰기가 필요한 상황과 자주 마주친다. 그런 분들을 위해 이 책은 어느 정도 유용성을 가지고 있다. 글쓰기에 정도는 있을 수 없지만 요리처럼 글의 성격에 따라 활용할 수 있는 문장 레시피는 가능하다. 산문, 시, 소설, 보고서, 자기 소개서, 자서전 등 글쓰기는 다양한 분야가 있고, 각 분야마다 문장을 쓰는 법이 조금씩은 다르다. 김치찌개와 김치볶음밥을 만드는 레시피가 다르듯이. 하지만 메주 덩어리에서 간장과 된장, 고추장이 나오는 것처럼 글쓰기에도 많은 사람들이 공감하는 원칙 같은 것이 있고 그것을 습득한 뒤에 자신만의 스타일을 만들어 나가는 것이다.

나만의 글쓰기 스타일을 만든다면 쉽게 글쓰기를 포기하지는 않을 것이다. 남의 것을 따라가다 보니 지치고 힘들어 그 자리에 주저앉아버린다. 사실 몇 가지 원칙은 매우 간단하다. 예를 들어 '문장을 간소하게 써라'와 같은 것이다. 말은 쉽지만 나도 모르게 습관처럼 쓰는 문장의 군더더기를 덜어내는 일도 만만치가 않다. 또한 간소한 문장으로는 표현하기 힘들다면 다른 방법을 모색해야 한다. 이런 문제들에 대해 독자들과 차분하게 이야기를 나누고 싶다.

어떤 형태의 글이라도 완성을 하기까지는 힘든 과정이 있다. 그 과정을 잘 이해하고 좋은 문장들은 읽고 쓰면서 조금씩 성장해나가는 글쓰기가 필요한 것이 아닐까. 단박에 마술을 부리듯 이루어지는 것들은 허상일 가능성이 높다. 그 허상을 무너뜨리고 견고하게 조금씩 생각하고 글쓰기를 한다면, 내가 생각하고 말하고 싶은 것들을 쉽게 전달하는 방법을 얻을 수 있을 것이다.

글쓰기 도구들이 시대에 따라 붓, 연필과 만년필, 타자기, 컴퓨터 자판, 스마트폰으로 변함에 따라 사람들의 생활 방식도 달라지고 있다. 하지만 글쓰기 도구나 기법은 시대에 따라 변할지 몰라도 인문학의 근본정신이 무너지고 억압받는 상황에서 인간성 회복은 불멸의 가치를 지닌다. 문학에서부터 각종 평론에 이르기까지, 글을 잘 쓰는 사람들은 더 많은 독자와 복잡한 문제를 풀고 소통하면서 서로 어울리는 사람들이다.

글을 통해 나를 말하고 서로 공감하며 소통하는 길이 열린다. 글쓰기를 마음의 벽을 허물고 길을 내는 방법으로 이용하자. 연애편지라도 좋고, 업무 보고서, 혹은 국가 정책이라도 좋다. 각고의 노력으로 한 편의 글쓰기를 한 사람은 타인의 고통을 이해하는 사람들이다. 글쓰기는 행복한 사람의 길이기도 하다. 더불어 작은 욕심이 있다면 이 책을 통해 독자가 더 많은 독서를 하고 싶은 마음을 불러일으키는 것이다.

모든 글쓰기는 사실 위대한 작품을 이해하는 마음공부이기도 하다. 오늘 하루의 일을 잘 표현하는 글쓰기는 내가 좌절하고 포기한 일에 대한 반성이다. 분명히 당신이 포기한 어떤 일을 적는 순간 그 사안에 대한 새로운 길이 보일 것이다. 그 힘으로 또 힘차게 살아가는 길을 찾자. 내가 살면서 경험한 일들을, 그 문장을 종이 위에 적는 순간 그것은 이루어질 것이다.

이 책을 쓰도록 독려해준 친구에게 감사한다.

2017년 5월 어느 날, 원재훈.

1. 어떻게 쓸 것인가

2. 무엇을 쓸 것인가

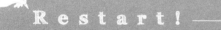

R e s t a r t !

1부

어떻게 쓸 것인가

첫출발, 욕심을 버리고 써라 ... 글을 쓰는 이유는 무엇일까? ... 미메시스 ... 바늘로 우물을 파듯이 ... 형용사 하나를 고르는 마음 ... 문체는 작가의 지문이다 ... 꿈속에서도 써라 ... 문장에도 온도가 있다 ... 마음대로 말고, 마음으로 ... 마음의 허를 찔러라 ... 한 줄도 너무 길다 ... 글쓰기는 선택이다 ... 한번 생각하고, 두 번 쓰고, 세 번 고쳐라 ... 토씨 하나도 틀리지 말라 ... 정직하게 쓰자 자신의 삶을 진지하게 바라보는 순간 글쓰기는 시작된다. 글쓰기는 내면에 용기를 불러온다. 이 용기로 자기를 바라본다. 글 쓰는 주체로서의 '나'이다. 글쓰기는 나에 대한 글쓰기에서 출발한다. 이것이 거미줄과 같은 의미망을 연결하면서 너, 우리, 공동체 세상, 더불어 우주로까지 연결된다. 쓰기는 캄캄한 일상에 등잔불을 켜고 나를 보는 일이다. 아직 뭘 써야 할지는 모르지만, 일단 펜을 손에 쥐고 눈을 감고 나를 떠올려도 본다. '이 펜이 나를 좋은 곳으로 데리고 갈 거다', '거기는 내가 가고 싶은 곳이다'라고.

펜을 잡고 종이 위에 문장을 적는다. 우선 나는 누구인가. 생각하기에 따라서는 무척 어려운 질문이다. 그걸 도대체 어떻게 쓴단 말인가? 막막한 기분이 들기도 한다. 일단, 너무 깊게 생각하지 말고 글 쓰는 나부터 시작하자. 우보천리牛步千里의 마음으로 욕심을 버리는 것에서부터 글쓰기를 시작하자. 욕심은 숲속의 안개와 같아서 나무를 가려버리는 속성이 있다. 나무를 보려고 숲속에 들어갔는데, 나무는커녕 길을 잃고 헤매는 모양이다. 글쓰기는 착한 마음에서부터 시작한다. 내가 보고 느낀 체험에서 우러난 마음으로 솔직하고 담백하게 시작한다. 작가로서 명성과 조직, 혹은 명예와 같은 욕심을 가지고 시작하면 글에 대한 진정성이 훼손되고 결국 글의 내용이 용두사미가 되기 쉽다.

독자들은 글을 읽을 때 작가의 의도대로 읽지 않는다. 작가가 쓴 글을 자신의 의도대로 읽으려 하고 거기에서 어떤 의미를 발견한다. 한 권의 책을 온전히 작가의 의도대로 읽어낸다는 것은 불가능하다. 내가 읽고 싶은 어떤 부분을 읽는 것이다. 좋은 글은 독자에게 자신이 여태 알지 못했던 '나'를 발견하게 한다. 예를 들어 헤밍웨이의 《노인과 바다》에서는 '노인'이 패배하지 않는 인간 정신의 '나'를 보여준다. 들어가는 말에서 인용한 미당의 시의 '나'는 나를 각성하고 어둠 속에서 등잔불을 켜게 한다.

글을 통해 나를 보여주는 방법은 여러 가지다. 나를 주어로 글을 쓸 수도 있지만, 나를 드러내지 않고, 즉 문장에 나를 쓰지 않고 나를 드러내는 방법도 있다. 동식물과 같은 자연이나 자동차와 같은 기계를 통해 나를 표현하기도 한다. 모든 글은, 심지어 전자 제품의 사용설명서에도 그 물건을 사용하는 주체인 내가 있다. 나는 홀로 존재하는 것이 아니라, 타인이나 물건, 자연과 연결된 존재로서 나다.

내가 알고 있는 내가 과연 '나'인가. 진짜 나인가, 아니면 되고 싶은 나인가. 타인이 알고 있는 나와 내가 알고 있는 나 사이에 괴리감을 느끼기도 한다. 결국 글쓰기는 애매모호한 나의 모습을 정확하게 드러내는 출발점이다. 내가 가장 잘 보이는 시점은 바로 지금이다. 지금, 나를 돌아보면 연령대에 따라 다양한 나의 모습이 드러난다. 하지만 유치원생과 대학원생이 쓴 '나'에 대한 글은 차이가 크다. 10년 단위로 자신의 모습을 써보는 것은 어떨까. 20대, 30대, 40대, 50대. 그리고 노년에 이르면 자신의 온전한 모습이 보일 것이다. 동화작가 안데르센이 평생 자서전을 세 번 쓴 것처럼 삶의 어느 지점에서 자신의 모습을 돌아보자. 철학자 박이문은 만년에 이르러 자신의 삶을 돌아보면서 짧지만 다감한 산문을 남겼다.

어려서 나는 새를 무척 좋아했다. 여름이면 보리밭을 누비고 다니며 밭고랑 둥우리에 있는 종달새 새끼를, 눈 쌓인 겨울이면 뜰 앞 짚가리에서 모이를 쪼고 있는 방울새를 잡아 새장 속에 키우며 기뻐했다. 가슴이 흰 엷은 잿빛 종달새와 노랗고 검은 방울새는 흔히 보는 참새와는 달리 각기 고귀하고 우아해 보였기 때문이다.

나는 개도 무척 좋아했다. 학교에서 돌아와 개와 더불어 뒷동산이나 들을 뛰어다녔다. 가식 없는 개의 두터운 정이 마음에 들었던 것이다. 어느 여름날, 그 개가 동네 사람들에게 끌려가게 되던 날 나는 막 울었다.

(…)

논두렁에서 시작된 나의 길은 믿어지지 않을 만큼 길고도 짧았다. 어느덧 내 삶의 오후가 왔음을 의식한다. 약간은 아쉽고 초조해진다. 갈 길이 더욱 아득해 보이는데, 근본적 문제들은 아직도 풀리지 않고 알쏭달쏭하기만 하다.

어렸을 때 초연했던 종달새, 우아했던 방울새, 정이 두터웠던 개가 생각난다. 엄격한 승원이나 깊은 절간의 고요 속에서 이런 짐승들을 생각하면서 더 자유롭게, 더 조용히, 또 생각하고 또 쓰고 싶다.

—박이문, 〈나의 길, 나의 삶〉

산문의 처음과 끝만을 인용한 위의 예문에서 박이문은 어린 시절의 추억으로 시작해 또 그것으로 글을 마무리한다. 중략된 본문의 내용은 필자가 문학에 눈을 뜸으로써 시작된 인생과 학문의 길이 주를 이룬다. 짧은 산문이지만 기승전결의 구조가 선명하게 보이고, 대가의 필력이 간결하게 살아 움직인다. 만년의 철학자가 돌아본 자신의 모습은 '나'의 옛 이야기이면서 '나'의 진실이다.

또 다른 예문으로 현대 정신분석학에 일가를 이룬 카를 융의 산문을 읽어보자.

나의 생애는 무의식의 자기(인격의 가장 깊은 구심점) 실현의 역사다. 무의식에 있는 모든 것은 외부로 나타나 사건이 되려 하고, 인격 역시 무의식의 조건에 따라 발달하며 스스로를 전체로서 체험하려고 한다. 나는 이와 같은 형성 과정을 표현하기 위해 과학적인 용어를 사용할 수는 없다. 왜냐하면 나 자신을 과학적인 문제로서 경험할 수 없기 때문이다.

내적 견지에서 우리는 어떤 존재이며, 영원의 관점에서는 인간이 어떤 존재로 보이는가는 오직 신화를 통해서만 표현할 수 있다. 신화는 훨씬 개인적이며, 과학보다 더욱 정확하게 삶을 말해준다. 과학은 평균 개념들을 가지고 연구하는 것으로, 그 개념들은 각 개인의 생애가 지니고 있는 주관적인 다양성을 제대로 다루기에는 너무나 일반적이다.

그래서 이제 나이 83세에 나는 내 생애의 신화를 이야기하는 일을 감행하게 되었다. 나는 단지 직접적인 진술, 즉 '지나온 이야기를 들려주는 일'만 할 수 있을 뿐이다. 그 이야기들이 사실 그대로인가 하는 것은 문제가 되지 않는다. 다만 문제는 그것이 '나의' 옛이야기, '나의' 진실인가 하는 것이다.

— 카를 융, 《카를 융, 기억 꿈 사상》

이 글에서 카를 융은 학자로서 살아온 자신의 생애와 형성 과정을 진술하면서도 논리적으로 풀어낸다. 글 쓰는 나의 모습이 확연하게 보이면서 선명하다. 융의 학문적 업적을 잘 모르는 사람일지라도 신화와 과학 그리고 인간 간의 관계를 생각하게 한다.

융은 자서전이라는 형식에 맞는 글을 쓰고 있다. 자신의 생애를 신화로 규정하고 지나온 이야기를 독자에게 들려줌으로써 '나'의 이야기를 하는 것이다. 자신의 이야기를 사실의 관점에서 보는 것이 아니라 진실의 문제로 본다. 사실과 진실은 과학과 신화의 문제이기도 하고 지성과 감성의 문제이기도 하다. 이 둘은 서로 스민다.

자서전을 쓰고자 하는 이들에게는 어떤 태도로 집필해야 하는지 안내한다. 과거의 어떤 사실에 기반해서 자신의 진실을 이끌어내는 글쓰기, 그것이 바로 나를 쓰는 방법이다. 대표적인 장르가 자서전이지만 짧은 산문, 혹은 그것이 시일지라도 통용되는 글쓰기 기법이다. 나에 대해서 쓰고 싶다면 사실보다는 먹이를 보고 하강하는 독수리의 눈으로 진실을 잡아채자. 사실과 진실의 차이는 의외로 간단하다. 객관적인 태도와 주관적이 태도의 차이이기도 하다.

내가 '원재훈'이라는 사실은 변할 수 있다. 영어 이름을 쓰면 '몽고메리 원'이라고 할 수 있다. 일본 이름은 내가 좋아하는 작가 '나쓰메 소세키' 정도가 어떨까? 이것은 경우에 따라 달라지는 나의 이름이라는 사실일 뿐이다. 하지만 이름이 규정할 수 없는 진실의 나는 무엇일까? 이것을 한번 적어보자. 궁핍한 예를 들자면 나는 시인이다. 이것이 나에게는 진실이다. 당신은 무엇인가? 재산, 명예, 욕망, 불안 등 우리를 감싸고 있는 수많은 사실 사이에서 나의 정체성을 확립하는 진실 하나를 찾는 것이다. 융의 경우에는 그것이 바로 신화였다. 내 생애의 신화는 다양한 모습으로 나타난다.

다음은 미당 서정주의 시 〈침향沈香〉의 전문이다.

침향을 만들려는 이들은, 산골 물이 바다를 만나러 흘러내려 가다가 바로 따악 그 바닷물과 만나는 언저리에 굵직굵직한 참나무 토막들을 담가 넣어둡니다. 침향은, 물론 꽤 오랜 세월이 지난 뒤에, 이 담긴 참나무 토막들을 다시 건져 말려서 빠개어 쓰는 겁니다만, 아무리 짧아도 2~3백 년은 수저에 가라앉아 있는 것이라야 향내가 제대로 나기 비롯한다합니다. 천년쯤씩 잠긴 것은 냄새가 더 좋굽시오.

그러니, 질마재 사람들이 침향을 만들려고 참나무 토막들을 하나씩 하나씩 들어내다가 육수와 조류가 합수하는 속에 집어넣고 있는 것은 자기들이나 자기들 아들딸이나 손자 손녀들이 건져 쓰려는 게 아니고, 훨씬 더 미래의 누군지 눈에 보이지도 않는 후대들을 위해섭니다.

그래서 이것을 넣은 이와 꺼내 쓰는 사람 사이의 수백 수천 년은 이 침향 내음새 꼬옥 그대로 바짝 가까이 그리운 것일 뿐, 따분할 것도, 아득할 것도, 너절할 것도, 허전할 것도 없습니다.

미당의 산문시 어느 구석에서도 나의 모습은 전혀 보이지 않는다. 하지만 가만히 들여다보면 침향에 비유해서 좋은 시와 시인은 이러한 것이고, 나는 이렇게 시를 쓰고 싶다는 의미가 비릿한 냄새를 풍기면서 다가온다. 특히 침향을 꺼내는 사람과 넣은 사람의 세월의 거리, 즉 수천 년의 시간이 '바짝 그리운 것일 뿐'이라고 한다. 두 사람이 동시에 신화에 대해서 쓰고 있지만 표현 방법은 천지간의 거리가 있다. 이것은 우열의 문제가 아니라 작가가 어떤 방식으로 자신을 드러내는지 서로 다른 방식으로 잘 보여준다.

내가 여기에 있고, 손에 펜이 쥐어져 있다면 무엇인가를 쓸 준비가 됐다. 펜이 움직이기 시작하면 내가 보이기 시작한다. 내가 살아온 날들의 기록이면서 동시에 내가 살아갈 날들에 대한 방향 제시다. 추상적이고 거대한 것을 보지 말고 작고 소박하고, 가난하고 불쌍하며, 낮은 곳에서 항상 나와 함께 하는 그 무엇을 발견해야 한다.

내가 자주 만지고 다루는 그 무엇에 주목하자. 그 물건이나 생각 속에 바로 내가 들어가 있다. 내가 누구인가는 공교롭게도 내가 나를 떠나서야 볼 수 있다. 나를 객관화시키고 타인을 보듯이 바라보려고 노력한다. 이것이 자기연민에서 벗어나는 방법이다. 성숙한 사람은 자기연민에서 벗어나 타인을 발견하고, 드디어 융의 자기실현인 '나'를 발견한다. 그것을 발견한다면 뭐든 쓸 준비가 된 것이다. 이제 아래의 방법으로 나를 표현해보자.

---

1. 지금 현재 나를 이루고 있는 외부적인 요소들을 나열하고, 여기에 있는 나의 모습을 적어본다. 나의 정체성에 대한 진지한 시간을 통해 글감을 찾아보자.

2. 내가 읽은 책이나, 각별하게 아끼는 물건을 곰곰이 생각해본다.

3. 내가 거슬러 올라갈 수 있는 최초의 기억을 끄집어내자.

4. 살면서 행복했던 순간들과 반대로 상처 입었던 일들을 상기한다.

5. 내가 꾼 꿈 중에서 인상적인 것들을 적어보자.

___

이제 두 가지 방식으로 나에 대해서 쓰자.

첫 번째는 나를 등장시켜서 쓴 글이고 두 번째는 나를 숨기고 쓴 글이다. 두 번째 글을 쓸 때는 미당의 〈침향〉처럼 뭔가 나를 상징할 수 있는 물건이나 자연현상을 소재로 하자. 글쓰기는 나를 만들어가는 과정이기도 하다. 막상 쓰다 보면 깜짝 놀랄 정도로 내가 나에 대해서 몰랐다는 사실을 발견한다. 그건 무척 좋은 일이다. 적어도 자신의 정체성에 대한 생각은 하게 되니까.

한국계 프랑스 작가 엘리자 수아 뒤사팽Elisa Shua Dusapin은 자신의 글쓰기에 대해 이렇게 말했다. 사는 동안 늘 정체성의 혼란에 시달려서 나를 정의하고 싶은 욕구를 느꼈고, 그때 자신이 찾아낸 최고의 방법이 바로 글쓰기였다고. 이 말은 한국계 프랑스인으로 태어난 작가의 정체성 문제이지만, 외연을 조금 확장하면 지금 나의 모습을 혼란스럽게 하는 것이 국적 문제만은 아닐 것이다. 글쓰기는 자신의 불안한 정체성을 찾아가는 길이기 때문이다. 글쓰기는 나를 통해 세상을 바라보고 세계를 만드는 일이며, 드디어 나를 지상에 남기는 일이다. 글쓰기를 통해 나를 발견하는 행위는 자신을 성찰하는 사람에게 신이 내리는 아주 특별한 선물이다.

글을 쓸 때는 모든 것을 내려놓아라.
당신의 내면을 표현하기 위해 단순한 단어들로 단순하게 시작하려고 노력하라.
−나탈리 골드버그(소설가)

2.
글을 쓰는 이유는
무엇일까?

내가 글을 쓰는 건 쓰고 싶기 때문입니다. 다른 사람들처럼 정상적인 노동을 할 수 없기에 글을 씁니다. 내 책 같은 책들이 쓰이고, 내가 그것들을 읽을 수 있기 위해 글을 씁니다. 나는 여러분 모두에게, 온 세상 사람들에게 무척 화가 나서 글을 씁니다. 내가 글을 쓰는 건 온종일 방 안에 갇혀 있는 게 좋기 때문입니다. 현실을 바꾸지 않고는 현실을 견디지 못하기 때문에 글을 씁니다. 나는 우리가 어떤 유형의 삶을 살아왔는지, 나와 다른 사람들, 터키의 이스탄불에서는 모두가 어떤 삶을 살고 있는지를 온 세상이 알게 하기 위해 글을 씁니다. 나는 종이와 잉크 냄새가 좋아서 글을 씁니다. 그리고 무엇보다 문학을, 소설 예술을 믿기에 글을 씁니다. 습관이자 열정이기에 글을 쓰고, 잊히는 것이 겁이 나서 글을 씁니다. 명성과 명성이 가져다주는 관심이 좋아서 글을 씁니다. 그리고 혼자 있기 위해 글을 씁니다.

-오르한 파묵, 〈노벨문학상 수락 연설문〉에서

작가들이 글을 쓰는 이유는 제각기다. 소설가 오르한 파묵Orhan Pamuk은 자신의 내면에서 솟아나는 여러 요구 사항과 그 사항을 만족하는 수단으로 글쓰기를 선택한다. 결국 자신은 글쓰기를 위해 존재하는 인간이라고 말한다. 여기에 '글' 대신 화가의 '붓'을 넣어도 된다.

우리가 글을 쓰는 이유도 작가와 그리 다르지 않다. 글은 한 인간의 가장 내밀한 고백이고 세상을 향한 외침이다. 직장에서 쓰는 보고서일 수도 있고, 대학 입시를 위한 자기 소개서일 수도 있다. 작가는 쓰고 싶기 때문에 쓴다고 하지만, 검사 앞에서 쓰고 싶지 않아도 써야 하는 피의자의 경우도 있다. 어떤 경우라도 펜을 드는 순간 세상과 자신을 바라보는 제3의 눈을 갖게 된다.

내가 왜 글을 쓰는지 생각해보니, 확성기처럼 떠들어대는 시끄러운 세상에 대항해 조용히 혼자 할 수 있는 일이고 솔직히 달리 할 일이 없어서다. 지금 당장 할 수 있는 일들 중에서 나름대로 부가가치가 있기 때문이다. 만약에 글을 쓰는 일보다 더 좋은 일이 있다면 주저 없이 그 일을 선택할 수도 있다. 작가는 외롭고 고달프기 때문이다. 아직까지는 그 일을 찾지 못했기에 지금도 글을 쓰고 있다.

농부가 농사를 짓듯이 무엇보다 '쓰기'는 말 그대로 써야지 그 가치가 빛난다. 마음속으로만 담고 있다면 아무것도 할 수 없다. 이런 의미에서 글쓰기는 나와 관계 맺고 있는 타인을 전제로 한 행위다. 여가 활동이나 교양인으로서의 글쓰기도 마찬가지고, 일기나 편지, 혹은 보고서나 문자 메시지를 잘 보내기 위해서도 글쓰기는 필요하다. 이것은 나에게 한 번 주어진 삶을 보다 윤택하게 하고 인간관계의 끈을 단단하게 매듭짓는다.

작곡가의 악보나 화가의 밑그림처럼 글쓰기에도 기본적인 매뉴얼이 존재한다. 우리는 훈민정음과 한자, 외래어를 혼용하는 환경에 있기 때문에 거기에 맞는 글쓰기가 필요하다. 자음과 모음, 구개음화를 비롯한 맞춤법과 띄어쓰기 등 지금까지 여러 방식으로 글쓰기를 배웠다. 지금도 글쓰기는 삶의 한 방편으로 이어진다. 그래서 글쓰기에 대한 관심은 지속적이다.

글쓰기는 우리 삶의 어떤 면을 표현한다. 우리 글쓰기의 도구는 한글이다. 영어로 쓰는 문장과 한글로 쓰는 문장은 단순히 문자의 차원을 넘어선 사고방식과 사회 시스템의 반영이다. 항일 저항기에 일본인들이 한글 말살 운동을 그토록 지독하게 강행했던 이유다. 식민지 통치 방식은 가혹했다. 일제는 한글로 시를 쓴다는 이유로 청년 시인을 감옥에 가두고 결국 죽음에 이르게 했다. 시인이 한글로 쓴 시가 우리들의 정신을 지배하고 마음을 움직이는 강력한 도구였기 때문이다.

문자의 사용도 한글과 한자만을 사용하던 과거와 비교해 복잡해졌다. 물론 온전히 우리글만으로도 글쓰기가 가능하겠지만, 한글에 녹아든 외래어도 자연스럽게 사용해야 한다. 시대가 변하면서 그 시대가 요구하는 글쓰기가 있다. 내가 잘 쓸 수 있는 것은 무엇일까. 나는 지금 왜 글을 쓰려고 하는가를 구체적으로 살펴보자.

예를 들어보자. 나는 새벽마다 대문을 열고 나가 동네 청소를 한다. 벌써 천 일이 됐다. 이런 경험이 있다면, '오늘, 새벽 청소를 한 지 천 일이 된다'라고 시작한다. 매일 새벽 청소를 한다고 청소에 대한 느낌만을 쓸 수는 없다. 새벽 시간에 시동을 거는 옆집 차 소리, 눈이 내린 날과 비가 내린 날의 차이점, 추운 날과 더운 날, 가끔 지나가는 사람의 모습, 빗자루를 들고 쓸어내는 보도와 도로의 깨끗함에서 느껴지는 심상의 변화 등 새벽 청소를 한 나만이 보고 느끼고 알아낸 어떤 비밀을 드러낼 수도 있다. 그 비밀을 조심스럽게 하나씩 꺼내 적어나가는 것이 바로 글쓰기다.

글쓰기는 내 삶의 스타일을 만드는 한 방법이다. 남들과는 다른 나의 어떤 면을 글쓰기를 통해서 발현할 수 있기 때문이다. 나는 지금 글쓰기에 대한 글을 쓰고 있다. 창작을 하는 동안에는 글쓰기에 대한 생각을 하지는 않았다. 최근에 탈고한 소설을 쓰면서 오로지 그 작품에만 몰두했다. 하지만 글쓰기에 대한 책을 쓰려고 마음을 먹고 자료 조사를 하고 참고 서적을 읽으면서 왜 내가 글쓰기 책을 써야 하는지 알았고, '이건 내가 쓸 수 있겠다'라는 마음으로 시작했다. 사실은 이전에도 시도를 했지만 몇 번이나 망설이다 그만두었다.

그런데 어느 날, 미당의 시를 읽고 이 책을 시작하게 됐다. 적어도 내가 왜 이 글을 쓰는가는 알았다. 성공과 실패는 그다음 문제다. 이것을 찾아야 한다. 나에게 가장 가깝게 있고, 가장 절실한 그 무엇에서부터 시작하길 바란다. 당신에게 그것은 무엇인가?

그건 당신만이 알고 있다. 어떤 글쓰기라도 '쓰는' 동안에 이루어진다. 막연하게 생각만 하고 있으면 아무것도 안 된다. 말하고 싶은 뭔가를 쓸 때, 작은 글이라도 얻을 수 있다. 자, 책상에 앉아 펜을 들고 다음의 사항을 생각하고 노트에 적어보자.

나는 왜 글을 쓰려고 하는가?

내 글의 어떤 점이 독자에게 유익한가.

그동안 내가 읽은 책이나 신문, 인터넷 등에서 인상적인 문장을 적자.

유명한 작가들이 쓴 책의 첫 문장은 무엇일까.

작가는 책을 펴낼 때, 서문이나 후기를 통해 책을 쓴 이유를 설명한다. 서문을 보면 작가의 정신과 집필 이유가 잘 나타난다.

전 세계가 필사적으로 경제성장 근본주의를 밀고 나가고 있는데도, 빈곤은 좀처럼 사라지지 않고 지속된다. 이런 현실 앞에서, 생각 있는 사람들이라면 잠시 멈춰 서서 부의 재분배로 인한 부수적 피해자들 못지않게 직접적 피해자들에 대해서도 생각하지 않을 수 없다. 가난한 데다 미래도 없는 사람들과 부유하고 낙천적이며 자신감과 활력이 넘치는 사람들 사이에 가로놓인 심연, 강철 체력을 갖춘 겁 없는 등반가라도 건널 수 없을 만큼 이미 깊은 심연이 날이 갈수록 더 깊어지고 있다는 사실은 분명히 그 자체로 진지한 관심의 대상이 되기에 충분하다.

사회학자 지그문트 바우만Zygmunt Bauman이 쓴 책《왜 우리는 불평등을 감수하는가?》의 서문에서 뽑은 글이다. 이 책은 오늘날 전 세계 부자 20명의 재산 총합이 가장 가난한 10억 명의 재산 총합과 같은 현실임에도 불구하고, '왜 우리는 불평등을 감수'하는지를 성찰한 사회학자의 글쓰기이다. 글을 쓰는 이유와 목표가 뚜렷하고 학자로서 그동안 연구한 각종 데이터와 자료를 바탕으로 우리 현실을 날카롭게 바라본다.

경우는 다르겠지만 우리가 글쓰기를 하는 이유는 분명히 있다. 그것을 잘 정리하는 일도 앞으로 밀고 나가야 할 무거운 주제에 큰 힘이 된다. 우리는 알고 있다. 아무리 개인적이고 사소한 이유라고 하더라도 내가 사는 현실을 생각하는 순간 바위처럼 마음이 무거워진다.

우리는 현재라는 참으로 고민이 많은 시대에 살고 있습니다. 게다가 고민의 원인은 끝도 없이 생겨납니다. 내일을 살아가기 위한 양식을 얻는 고민에서부터 살아간다는 것의 의미를 둘러싼 고민까지, 우리는 고민의 바다 속에서 일생을 보내야 하는 운명에 놓여 있다고 생각할 수밖에 없습니다.

《고민하는 힘》은 그런 '고민'이라는 키워드를 실마리로 삼아, '고민하는' 것이 '살아가는 힘'과 연계되는 회로를 '나는 누구인가', '일을 한다는 것은 무엇인가', '사랑이란 무엇인가', '돈이 전부일까' 등 우리가 지닌 근본적 문제와 결부시켜 내 나름의 생각을 피력한 '인생론' 같은 에세이입니다.

(…)

무엇인가에 홀린 듯이 풍요로움과 발전을 추구하며 끝없이 앞으로 앞으로 돌진해온 한국도 일본과 마찬가지로 자신을 지탱해온 가치나 삶의 방식에 대해 그 뿌리에서부터 반성을 해야 하는 내적 반성의 시대를 맞이하고 있는 듯이 보입니다. 그렇다면 철저하게 '고민하고' 그래서 이제까지와는 다른 새로운 삶의 의미와 가치를 찾아내기를 기원합니다. 이 책이 그 과정에서 작은 안내서가 될 수 있다면 큰 기쁨이겠습니다.

−강상중, 《고민하는 힘》 서문에서

강상중은 재일 한국인 2세로 태어나 일본에서 '자이니치'로 살아온 학자다. 한일 간 관계만큼이나 개인의 삶도 혼란스러웠다. 그가 우리나라를 방문하고 나서 자신의 정체성을 되찾은 일화는 유명하다. 강상중은 일본에서 일본어로 글을 쓰지만, 사람의 고민에는 국경도 국적도 없다. 특히 한국과 일본의 경우는 공감대를 형성하는 마음이 크다. 이런 상황에서 강상중은 우리들이 살아가면서 하는 '고민'을 연구자의 자세로 '고민'한다.

자신이 글을 왜, 어떻게 쓰는지 밝히면서 반성의 시대를 맞이하는 삶의 자세를 보여주고자 한다. 반성과 성찰에 대한 이유가 분명하다. 강상중의 바람대로 그의 책은 고민하는 많은 독자들에게 안내서로 읽힌다. 나중에 강상중의 다른 책을 읽다가 강상중의 아들이 자살했다는 내용을 봤다. 참척의 변을 당한 그가 어떤 고통을 당했는지는 우리가 짐작할 수 없다. 하지만 강상중은 그 고통을 버티면서 살아간다. 그 고통의 나날들이 지나면 무엇이 남을까. 젊은 날의 꿈과 사랑, 행복과 불행의 터널을 지나 만년의 나날들에 우리는 무엇을 쓸 수가 있을까.

나도 젊었을 때는 많은 꿈을 가졌었다. 후에는 대개 잊고 말았지만. 그렇다고 내 자신이 결코 애석하게 여긴 적은 없다. 추억이라고 하는 것이 사람을 즐겁게 하기도 하나 때로는 사람을 적막하게 함은 어쩔 수 없다. 마음의 실오라기로 자신의 이미 지나간 적막했던 세월을 매어둔들 무슨 의미가 있겠는가. 그러나 나는 완전히 잊을 수 없음을 몹시 괴로워하고 있으니, 이 완전히 잊을 수 없는 한 부분이 지금에 와서 《납함》을 쓰게 된 이유가 되었다.

―루쉰, 《납함吶喊》 서문에서

루쉰의 소설집에서 인용한 서문 〈자서自序〉의 도입부다. 장엄하면서 소탈한 문장이다. 마음에 맺힌 것을 풀어내는 필자의 자세가 잘 표현되었다. 이후에 이어지는 문장 역시 소설가의 문장답게 흥미로운 단편소설처럼 읽힌다. 루쉰은 이렇게 〈자서〉의 도입부에서 자신이 소설을 쓰게 된 이유를 명백하게 보여준다. 우리들이 글을 쓸 때도 이런 명백한 의식이 있으면 다음에 할 말이 자연스럽게 흘러나온다. 서문은 책을 쓰기 전에 쓰기보다는 대게 탈고를 하고 나서 맨 마지막에 쓴다. 아마도 어떠한 원고든 다 쓰고 나서야 내가 왜 이 책을 쓰게 된 것인지 잘 보이는 것이 아닐까. 인생의 말년에 삶 전체를 조망할 수 있는 우리의 삶처럼 말이다. 결국 우리의 글쓰기는 자기 삶을 사랑하면서 사는 일에 대한 글쓰기이다.

달이 빛난다고 말하지 말고,
깨진 유리 조각에 반짝이는 한 줄기 빛을 보여줘라.
－안톤 체호프(극작가)

사람들은 언제부터 글쓰기를 시작했을까? 글쓰기는 인간 행동의 결과물이니까 원인이 있을 것이다. 그 원인이 무엇일까? 이것은 중요한 일이지만, 내가 왜 감기에 걸렸는지 잘 모르는 것처럼 어떤 일의 원인을 밝히기는 쉽지 않다.

우리는 어떤 일의 원인을 기억에 의존해 찾아내기도 한다. 인류는 글쓰기에 어떤 기억을 가지고 있을까. 기억은 마치 동굴과도 같아서 발을 딛는 순간 길을 잃기도 하니까 우리들의 기억 역시 완전히 믿을 수는 없다.

심지어 범죄사건의 증언도 100퍼센트 확실하지는 않다. 미국의 한 대학에서 한 실험 결과에 의하면 용의자가 백인인데도, 목격자는 자신이 본 사람이 흑인이라고 기억한다고 한다. 사람들이 돈 거래를 하면서 영수증을 발행하는 이유는 정확한 상황을 기록하기 위해서다. 글쓰기 역시 처음에는 거래의 숫자 기록일 수도 있다.

하여간 문자가 발명되고 나서 글쓰기가 시작됐다. 내가 글쓰기를 시작할 때는 시인이나 소설가의 작품을 읽고 베끼면서 그것을 모방하면서 시작했다. 즉 모방하면서 배우고 나중에 자신만의 문체를 만들어 나갔다. 창의적인 작품은 모방의 과정을 거쳐 탄생한다. 고교 시절에 어떤 친구는 소월과 백석의 시를 좋아해서 그 작품을 모방했고, 또 다른 친구는 이상의 시를 좋아해서 모방했다. 그들은 지금 좋은 시인이 되어 창작 활동을 하고 있다.

어떤 형태의 글이 되었건 간에 작가들에게는 습작이라는 코스가 있다. 습작의 과정에서 중요한 것이 읽고 쓰기다. 자신이 좋아하는 작품을 읽고 그 작품을 모방하면서 연습을 하는 것이다. 운전면허증을 따기 위해서 운전 교습을 한다. 그 과정을 다 익히고 도로에 나와 운전을 시작한다. 처음에는 도로 주행이 서툴고 주차를 하다가 접촉 사고를 내기도 하지만, 어느새 그 과정은 완전히 잊어버리고 심야에 동해안의 고속도로를 질주하는 노련한 운전자가 된다. 운전과 글쓰기가 비슷하면서도 결정적으로 다른 점이 있다. 글쓰기는 운전과 달리 익숙해졌다고 해서 술술 풀어낼 수가 없다. 오히려 쓰면 쓸수록 더 어렵다고 해야 할 정도다.

글쓰기의 출발은 '미메시스mimesis'다. 글쓰기의 기원을 거슬러 올라가면 결국 아리스토텔레스가 쓴 《시학》의 중요 개념인 '미메시스'와 마주한다. 미메시스는 '모방'이라고 번역하지만 그 개념을 확실하게 할 필요가 있는 중요한 용어다.

> 일반적으로 시는 사람의 본성에 뿌리박은 두 가지 원인에서 발생한다고 할 수 있다. 첫째, 사람은 어릴 적부터 모방적 행동 성향을 타고난다. 사람은 극히 모방적이며 모방을 통하여 그의 지식의 첫걸음을 내딛는다는 점에서 다른 동물들과 다르다(인간이 다른 동물과 다른 점도 인간이 모방을 가장 잘하며 지식도 모방에 의해 획득하기 시작한다는 것이다). 둘째, 모든 사람이 모방적 사물에서 즐거움을 얻는다는 것이다.
> —아리스토텔레스, 《시학》

《시학》에서 모방은 원본을 복사하는 복사기가 아니라, 자연을 비롯한 사물과 인간의 마음을 비롯한 보이지 않은 것들을 눈앞에 제시하는 결과물을 의미한다. 하이든은 새소리를 흉내 내서 〈종달새〉라는 현악곡을 만들었고, 베토벤은 내면에서 솟아오르는 강력한 삶의 에너지를 5번 교향곡 〈운명〉 1악장 도입부에 담았다. 이것이 미메시스의 개념이다. 자연을 비롯한 대상을 자신만의 방식으로 해석해 재창조한다는 의미다. 아리스토텔레스가 설명하는 '시'의 기원은 글쓰기의 기원으로도 읽힌다. 독자들은 글쓰기의 '모방적 사물'인 책에서 즐거움을 얻는다. 음악과 미술 역시 마찬가지다. 그렇다면 글쓰기는 우리들의 본성이기도 하다.

서양에 《시학》이 있다면 동양에는 《문심조룡文心雕龍》이 있다. 5세기 위진남북조 시대, 유협劉勰이 저술한 이 책은 자연을 일종의 문자의 형상화로 보았으며, 대자연과 인간이 서로 어울리면서 글쓰기가 시작되었다고 설명한다. 아득히 먼 고대에 그리스 예술가들은 미메시스를 통해 독창적인 작품을 창조했고, 동양의 선비들은 천지간의 모든 사물과 상응하는 인간의 모습을 통해 글의 근원을 이끌어낸다. 동서양의 사상과 철학은 서로 대비되는 것처럼 보이지만, 글쓰기는 일맥상통하는 원리가 있다.

문文의 속성은 지극히 포괄적이다. 그것은 천지와 함께 생겨났다. 어째서 그런가? 하늘과 땅이 생겨나자 이어서 검은색과 누른색의 구별이 생겨났고 원형과 방형의 구별이 생겨났기 때문이다. 해와 달은 백옥을 겹쳐놓은 것과 같아서 하늘에 붙어 있는 형상을 나타내고, 산과 하천은 비단에 새겨놓은 자수와도 같아서 땅에 펼쳐져 있는 형상을 나타낸다. 이러한 모든 것들은 대자연의 문文이다. 위를 쳐다보면 해와 달이 빛을 발하고, 아래를 내려다보면 산과 하천이 아름다운 무늬처럼 펼쳐져 있으니, 이는 위와 아래의 위치가 확정된 것으로, 이로써 하늘과 땅이 생겨난 것이다. 오로지 인간만이 같이 어울릴 수 있으며 영혼을 지니고 있기에 이들을 삼재라고 부른다. 인간은 오행의 정화요, 천지의 마음이다. 마음이 생겨나면서 그와 함께 언어가 확립되고, 언어가 확립되면서 문장이 함께 분명해진다. 이것이 바로 자연의 이치인 것이다.

—유협, 《문심조룡》

이 글을 《시학》과 비교해보면 시의 기원을 설명하는 방식이 다르다. 서로 비슷한 생각을 하더라도 글쓰기 방식에 따라 다르게 보이는 문장의 차이를 느낄 수 있다. 글쓰기는 어떤 언어를 쓰느냐에 따라 스타일이 달라진다. 우리는 한국어를 사용하니까 영어를 쓰는 것과는 다른 스타일의 글쓰기가 필요하다. 하지만 글로벌 시대가 되면서 조선 시대 선비의 문장은 특별한 경우를 제외하고는 쓰지 않는다. 비록 선비의 문장은 사라졌지만 그 마음과 정신은 우리의 유전자에 스몄다. 우리가 우리 고전을 통해 성찰하고 각성하는 이유다.

《문심조룡》에 의하면 인간이 생겨나기 전부터, 즉 천지가 창조되었을 때부터 이미 대자연의 문장이 있었고 인간은 그것을 본받아 언어를 사용하면서 문장과 함께하게 되었다. 지금 이 순간에도 대자연은 태초의 모습을 유지하면서 사람들은 그 속에서 변화하고 순응한다. 글쓰기는 대자연이 소멸하는 그 순간까지 계속되는 인간의 본성이고 행위다. 이런 의미에서 보면 글쓰기는 인간의 자연스러운 본능이라는 결론을 낼 수 있다.

우리가 가장 쉽게 할 수 있는 글쓰기의 모방은 필사다. 어떤 글이 읽었는데 마음이 움직였다면, 그 문장을 그대로 옮겨 적는다. 이것이 글쓰기 노트가 된다. 옮기는 방법은 두 가지가 있다. 우선 소리 내어 읽어서 당신의 귀를 열어야 하고, 다음으로 손으로 옮겨서 쓰기 기술을 연마해야 한다. 이것도 일종의 미메시스다.

소리 내서 읽고 손으로 반복해서 직접 쓴다. 이런 과정은 기술과 예술 분야에서 반드시 필요하다. 단순한 기본 동작을 끊임없이 반복하는 동안 무용가의 춤이 완성되고, 대장장이의 담금질로 무딘 쇠가 칼이 된다. 글쓰기 행위를 담금질로 표현하는 이유다. 필사를 한다는 것은 문 안에 있는 사람에게 내가 여기에 있다는 것을 알리기 위해 손기척을 내는 행위와도 같다. 책을 소리 내서 읽고 필사하는 행위를 석 달만 지속해도 어느새 달라진 나의 문장을 확인할 수 있다.

인간은 모방하는 존재이고 그것이 글쓰기의 첫걸음이다. 글쓰기는 결국 쓰기를 통해 얻을 수밖에 없다. 설령, 글쓰기의 온갖 기술과 비법이 담긴 책이 있고, 그것을 다 이해하고 심지어 달달 외웠다고 해도, 나의 노트에 단 한 줄을 적는 일과는 차원이 다르다.

검법에 통달한 무협 이론가가 진검을 들고 나가, 검법 책 한 줄 읽지 않았지만 종일 칼을 다루는 시정잡배와 겨룬다면 누가 이길까. 무협 이론가가 칼을 빼려는 순간 그의 목이 하늘로 날아간다. 글쓰기는 쓰는 동작의 연속성과 연습량에 따라 달라진다.

검법을 읽고, 소리 내서 쓰고, 실제로 동작을 끊임없이 연마할 때, 그리고 실전 경험이 풍부해질 때 그는 진정한 무사가 된다. 올림픽 경기에 나가는 펜싱 선수들은 같은 동작을 얼마나 많이 반복했을까. 링 위에서 권투 선수는 생각을 하고 가격하는 것이 아니다. 그 가격은 오랜 연습으로 인한 반사작용이다. 링 위에서 저절로 주먹이 나가고 상대가 쓰러지고 나서야 주먹을 멈춘다. 글쓰기 역시 반사적으로 써야 하는 순간이 있다. 이른바 시인들이 절창을 터트리는 순간이다.

글을 쓰는 순간에 밤하늘의 별처럼 대낮에 숨어 있던 대상이 드러난다. 텅 빈 세상에 '나'라고 적으면 '나'라는 존재가 글을 통해 보이기 시작한다. 글은 비가시적인 세계, 즉 영혼이나 마음을 이렇게 나타낸다. 새의 울음소리를 듣고 현악사중주를 작곡하는 음악가처럼 말이다. 모방을 통해 내가 쓴 나는 그동안 보이지 않고 설명하기 힘들었던 내 존재에 대한 미메시스이기도 하다. 주위를 둘러보면 모방할 대상들이 많이 있다. 봄이 되면 풀과 나무, 여름이 되면 바다와 태양이 있다. 그 주위에 모여드는 사람이 있고 그 사람들의 사연이 있다. 미메시스는 쓰고 싶은 내용과 방법을 좀 더 다양한 방법으로 쓸 수 있게 하는 도구이기도 하다.

이렇게 쓰자. 노트를 펼쳤는데 쓸 것이 없다면, "오늘은 쓸 것이 없다"라고 적는다. 어떤 경우에는 이 문장을 적는 순간 쓸 것이 생각나기도 한다. 혹은 "오늘 아무 일도 하지 않았다"라고 적는다. 별로 한 일이 없이 빈둥거렸다면 말이다. 하지만 이 문장을 쓰는 순간 뒤에 문장이 저절로 나올 수 있다. 예를 들자면, "이 문장을 적는 것 말고는"과 같은 문장이 이어진다. 이런 식으로 문장은 서로 이어지고 연결된다. 한 문장이 한 단락이 되는 과정이고, 한 단락이 한 페이지, 한 페이지가 한 권의 책이 되는 과정이다.

사람이 성장하는 것도 같은 과정을 밟는다. 누워 있던 아이가 걸음마를 익히고, 아장아장 걸어 다니다가 벌떡 일어나 뜀박질을 한다. 이것을 성장이라고 한다. 글쓰기는 당신이 인생을 걸어가는 방법과 힘을 주는 성장의 동력이다.

작가에게 필요한 것은 세 가지다. 경험, 관찰력, 상상력. 이 중 두 가지만 있으면, 때로는 하나만 있어도 나머지를 메울 수 있다.
–윌리엄 포크너(소설가)

```
4.
바늘로
우물을 파듯이
```

"글을 잘 쓰기 위해서는 많이 읽고 많이 쓰라"는 말을 듣곤 한다. 유행가 가사처럼 흔하게 들을 수 있는 진부한 표현이다. 도대체 과연 얼마나 많이 읽고 많이 써야 한단 말인가. 그 기준은 무엇인가. 글쓰기에 관심이 있는 사람이 전업 작가도 아니고, 생계를 위해 생활을 하면서 '전문 작가' 훈련을 받는 것처럼 쓸 수는 없는 것이 아닌가. 차라리 "깊게 읽고 조금 써라"가 어떨까? 바늘로 우물을 파듯이 말이다. 그렇게 글쓰기에 조금 더 가까이 다가갈 수도 있지 않을까.

깊게 읽는다는 것은 천천히 읽고 반복해서 읽으라는 말이다. 대충 휙 읽고, 이번 달에 나 몇 권 읽었습니다, 라고 자랑하기 위해 독서를 하는 건 아니다. 책을 한 권 읽는다는 것은 사람을 읽는 일이다. 한 인간의 인생이 담긴 책은 '불조심' 같은 표어가 아니기 때문에 어렵고도 힘든 일이다. 공자가 《주역周易》을 책 끈이 떨어지도록 읽었다는 일화는 독서에 대한 자세를 잘 보여준다.

책 한 권을 읽는 행위는 식사 시간과도 같다. 짜장면을 몇 초 안에 먹는지 내기하는 것처럼 독서를 한다면 정신적인 설사를 하게 된다. 읽고 나서도 마음에 남는 것도 없고 그저 피곤할 따름이다. 혹은 책 읽기에 대한 두려움이 생겨서 오히려 독서와 거리를 둘 수도 있어 글쓰기에 전혀 도움이 되지 않는다.

독서는 천천히 하고 어느 순간에 잠시 멈추었다가 생각하고 다시 되돌아가기를 해야 한다. 누가 뒤에서 감시하는 것도 아니고, 우주에서 홀로 하는 행위 중에 하나가 책 읽는 시간이고 이 시간 자체가 즐거워야 한다. 온전히 몰입해서 한 권의 책을 탐닉하는 시간은 그 자체로 완벽한 나만의 시간이다. 급하게 서둘러 읽어서 이 소중한 시간을 낭비하지 말자.

여백이 있는 시집을 천천히 읽으면 간혹 놀라운 일이 생긴다. 시집의 여백에 뭔가 쓰고 싶어진다. 고교 시절에 읽은 김종삼 시인의 시집을 지금 보면 거기에 낙서와 메모가 많이 남아 있다. 시인의 마음과 교감하면서 자연스럽게 단순한 글쓰기를 한 흔적이다. 독서가 반드시 글쓰기와 연결된다는 보장은 없지만, 적어도 글쓰기의 촉매 역할을 하는 것은 분명하다. 천천히 책을 읽는 동안에 필자가 문장으로 보여주는 세상이 확연하게 보일 때, 그 프리즘을 통해 나를 발견하기도 하고 내가 뭘 써야 되는지 지침을 받기도 한다. 간혹 책에서 소리가 들릴 때가 있다. 소설의 주인공이 나와 마주 앉아 다정하게 손을 내밀기도 한다. 그와 함께 가상의 공간에서 교감하고 진지하게 대화를 나누기도 한다.

소설가 오르한 파묵은 〈노벨문학상 수락 연설문〉에서 소설을 쓰는 행위를 '바늘로 우물을 파듯이'라고 표현한다. 터키에서 오래전부터 내려오는 표현인데, 글쓰기의 자세를 적절하게 표현하고 있다. 이런 문장은 가슴에 담아두자. 바늘로 우물을 파는 심적인 동작은 조용하게 한 자리에 머무는 일이다. 이 문장을 독서에도 적용할 수 있다.

내가 선택한 책은 신중하게 읽어야 한다. 난삽하게 이 책, 저 책을 읽기만 하다보면 갈피를 잡지 못한다. 적어도 내 상황과 조건에 맞는 책 읽기를 선택하고, 그 책을 읽는 시간을 통해 성장해나간다. 글쓰기 역시 마찬가지다. 비록 조금만 쓰더라도 다듬고 또 다듬으면 당신의 문장은 좋은 문장이 될 가능성이 높다. 지나친 비유이긴 하지만 어떤 작가는 조사 하나를 고르기 위해 하루 종일 고민한다고 했다.

장인은 바늘 하나를 만들어도 장군의 칼처럼 다듬는다는 사실을 잊어서는 안 된다. 이제부터라도 많이 읽고 많이 써야 한다는 강박관념에서 벗어나자. "올해는 100권의 책을 읽겠다"라는 목표보다는 우선 서너 권의 책을 신중하게 선택해서 깊게 읽자. 만약 그 책이 좋은 책이라면 그 안에 모든 것이 담겨 있을 것이다.

독서의 목적은 지혜를 얻는 데 있었지, 지식의 획득에 있지 않았다. 세상을 읽는 안목과 통찰력이 모두 독서에서 나왔다. 책 속의 구절 하나하나는 그대로 내 삶 속에 체화되어 나를 간섭하고 통어하고 영향력을 발휘했다. 그네들이 읽은 책이라고 해야 권수로 헤아린다면 몇 권 되지 않았다. 그 몇 권 되지 않는 책을 읽고 또 읽었다. 읽다 못해 아예 통째로 다 외웠다. 그리고 그 몇 권의 독서가 그들의 삶을 결정했다.

－정민,《책 읽는 소리》

정민 교수는 지혜를 강조하고 있지만 사실 지식도 마찬가지다. 지식은 체계적이고 논리적으로 정보의 탑을 쌓아가는 일이다. 대나무가 마디를 지어 올라가는 모습을 보면 알 수 있다. 한 마디 한 마디가 단단하고 짧다. 이것이 모여서 지혜든 지식이든 내 것이 된다. 내 문장에 필요한 책을 고르는 선택, 선택한 약간의 책을 깊고 넓게 읽어내는 시간이 필요하다. 깊은 독서 시간에 번뜩이는 아이디어가 떠오르기도 하고, 오랜 시간 고민을 하고 있던 문제가 해결되기도 한다.

중요한 것은 독서의 양보다 질이다. 선택하고 집중해야 한다. 특히 글쓰기에 꼭 필요하다고 생각하는 책은 읽고, 읽고, 또 읽어야 한다. 고전을 탐닉하자. 다만 특정한 책을 맹신자처럼 읽어서는 안 된다. 교회에 다닌다고 해서《성경》만 읽는다면 예수님이 화를 내고 등을 돌릴지도 모른다. 불교 신자라고《불경》만 읽어서도 안

Restart! 다시 시작하는 글쓰기

된다. 부처나 예수나 그 시대의 고민이 담긴 책을 읽고 경전을 만들어냈다는 사실을 명심하자.

글쓰기는 독서와 내밀한 관계에 있다. 책을 잘 읽는 사람이 글을 잘 쓴다. 책은 세상을 보는 망원경이자 현미경이다. 이걸 통하지 않고는 글쓰기에 다다르기 힘들다. 자신이 감당할 수 있는 만큼만 읽자. 나 자신에게 솔직하자. 많은 책을 읽고 싶으면 그렇게 하자. 단, 내가 할 수 있고 진정으로 원한다면 말이다. 단순한 독서량의 과시는 독과도 같다. 특정 시기에 열심히 읽은 책들이 모이고, 세월이 흘러 저절로 다독가가 되어야 한다. 또한 항상 곁에 두고 싶은 책 한 권 정도는 가지고 있자. 그 책은 당신의 다정한 친구이자 스승이 될 것이다. 글쓰기에 도움이 되는 것은 말할 것도 없다.

대개는 책을 읽다가 글을 쓰기 시작한다. 글을 쓰겠다는 충동을 자극하는 것은
대개 독서다. 독서에 대한 사랑이 바로 작가의 꿈을 키워주는 것이다.
─수전 손택(작가)

돈을 별로 쓰지 않고 살면서 쉬지 않고 책을 읽었다. 수학이나 화학, 물리학, 지리학 등의 대학교재로 독학을 시작했다. 그리고 그 과정에서 기억을 돕기 위해 노트를 하는 습관이 생겼다. 나는 그림을 그리듯 글을 쓰는 일에 열중했고, 제대로 된 형용사를 찾는 데 시간을 아끼지 않았다.

―에릭 호퍼, 《길 위의 철학자》

미국의 철학자 에릭 호퍼Eric Hoffer의 자서전은 문장의 교본이 될 만하다. 자신의 굴곡진 삶을 쉽고 간단한 문장으로 써서 보여준다. 호퍼는 정규교육을 받지 않고 떠돌이로 살면서 독학으로 사상을 정립한 철학자로 유명하다. 위의 인용문은 전문적인 교육을 받지 않은 독자들이 어떻게 글을 써야 하는지 잘 보여준다. 책을 읽고 노트하고 글을 썼다. 그리고 '제대로 된' 형용사 하나를 고르는 데 시간을 아끼지 않는다(우리 품사 형용사는 용언으로 영어의 동사처럼 쓰이기도 하기 때문에, 우리 품사 동사와 형용사를 구분하기도 그리 쉽지 않다. 에릭 호퍼의 문장에서 형용사는 우리 품사로 설명하자면 수식언인 관형사나 부사로 이해하면 좋다).

사람의 마음을 움직이는 문장은 힘이 있다. 쓰고 싶은 이야기의 내용이 길고 복잡할지라도 문장은 단순하고 간단하게 써야 한다. 단순한 것이 아름답고 복잡한 세상을 표현하기에 적절하다. 문장의 힘은 간소하게 쓰면 나온다. 이 힘으로 문장과 문장이 이어지면 독자는 저절로 이끌리게 된다.

짧은 글을 쓰면서도 중언부언하고 부사의 과잉 사용으로 감정 과잉 상태에 빠진다면 독자는 저절로 떠나기 마련이다. 그래서인지 세상의 모든 글 선생들이 항상 하는 말이 "간단하게 써라"다. 이 문장을 "'매우' 간단하게 써라, '죽이게' 간단하게 써라, '아름답게' 간단하게 써라"라고 적었다면 힘이 빠진다. 간단하고 정확하게 전달하기 위해서는 수식어를 버리고 메시지 중심으로 명사와 동사만으로 충분할 수 있다. 하지만 부사가 필요한 경우가 있다는 사실을 간과해서는 안 된다. 간단하게 쓰라는 말의 뜻도 잘 새겨들어야 한다. 그리고 간단하게 쓰지 않고도 간단하게 보이는 방법까지도 알아야 한다. 간단한 문장이란 쓸데없는 표현을 버리는 것을 의미한다.

값은 뒤표지에 없습니다. 비매품
사진의 저작권은 아무개에게 있습니다.
파본은 생겨도 어쩔 수 없습니다.

내가 심사한 고등학교 문예반 학생들의 문학상 작품집을 받았다. 작품 수준은 별개로 하더라도 전체적인 편집이나 문장이 너무나 거칠었다. 위에 인용한 문장은 책의 판권면에 실린 맨 마지막 문장이다. 독자에게 전하고자 하는 메시지가 너무 많고 복잡하다. 이 문장은 다음과 같이 고치면 된다. '비매품'이라고. 이 한 단어만 쓰면 된다.

책에 사진이 실렸다면 그 사진의 하단에 저작권 표시를 하고, 파본의 문제는 따로 쓰지 않아도 된다. 정 쓰고 싶다면 "파본은 교환이 안 됩니다"라고 하면 된다. 파본은 교환을 해주는 게 마땅한데 "어쩔 수 없습니다"는 아무래도 어울리지 않는다. 그것은 문장 이전에 도덕적인 문제이기도 하다. 판권면을 조금 색다르고 재미있게 만들고 싶다면 조금 더 발랄한 상상력이 발휘될 수도 있을 것이다.

과거에도 입시 위주의 교육을 했지만, 문학에 대한 학교의 태도는 진지했다. 과거에 문학반에서 내가 배웠던 것을 생각하니 한숨이 저절로 나왔다. 아마 교지를 만들면서 우리들도 이러한 짓을 했을 것이다. 그때 시인이자 지도 교사인 선생님이 안경을 슥 추켜올리고 이런저런 말씀을 하셨던 기억이 난다. 그때 들었던 이야기가 "이놈아, 한 말을 왜 또 해?"였다. 그 말이 메아리처럼 울려 퍼진다. 선생님은 간단하게 쓰고, 일단 쓰고 나서 군더더기를 뜯어내고, 다시 한 번 소리 내서 읽어보고, 띄어쓰기와 오자를 잘 잡으라고 지도했다. 어떻게 써야 하는지 직접 시범을 보여주셨다. 태권도 동작을 하나 익히는 데도 수개월의 연습 기간이 필요한데, 문장 수련도 다르지 않다.

연애편지를 쓴 경험이 있는 사람들은 알 것이다. 감정에 푹 빠져서 밤새도록 사랑의 마음을 표현했지만, 해가 뜨고 밝은 곳에서 읽어보면 도저히 연인에게 보내지 못하는 편지가 되곤 한다. 왜 그럴까? 불타는 마음이 흥분을 한 상태에서 세상의 모든 아름다운 단어를 다 동원했기 때문이다. 그리고 평소의 자신답지 않게 나름 순수한 상태에 빠져 이성을 잃고 유치하게 글을 쓰기 때문이다.

글쓰기를 할 때 자신도 모르게 하는 몇 가지 나쁜 버릇이 있다. 처음에는 대부분 어렵고 복잡하게 쓴다. 그 이유는 간단하다. 쓰고 싶은 내용을 어떻게 써야 할지 모르기 때문이다. 어떤 경우에는 쓸 것이 너무 많아서 난삽하고 혹은 내용이 너무 적어서 중언부언한다.

글을 쓴다는 것은 단어 하나를 고르는 결정부터 시작한다. 대부분 진부한 글을 쓰는 사람들은 고민을 하지 않고 습관적으로 단어를 고른다. 에릭 호퍼가 형용사 하나를 고르는 마음과는 거리가 멀다. 단어를 어떻게 골라야 하는지를 들려주는 윌리엄 진서William Zinsser의 이야기에 귀를 기울여보자.

구조 못지않게 중요한 것은 단어 하나하나를 결정하는 일이다. 진부함은 좋은 글쓰기의 적이며, 문제는 남들과 똑같이 쓰지 않는 것이다. 도입부에서 언급해야 했던 것 가운데 하나는 우리 여섯 명의 나이였다. 처음에는 좀 더 친절하게 "우리는 오륙십 대였다"라고 쓰려고 했다. 하지만 마냥 친절하다보면 따분할 수 있다. 좀 더 새롭게 이야기하는 방법은 없을까? 아무래도 없는 것 같았다. 그러다 마침내 자애로운 뮤즈께서 나에게 '노년 의료보험'이라는 표현을 내리셨고, 그래서 "중년 막바지에서 노년 의료보험 혜택을 받는 나이"라고 쓸 수 있었다. 시간을 두고 들여다보면 따분하지만 꼭 필요한 사실에 생기를 불어넣는 이름이나 은유를 찾을 수 있다.

−윌리엄 진서, 《글쓰기 생각쓰기》

우리의 경우에는 노년 의료보험 대신에 '지하철 무임승차'를 사용해서 '노년의 시작은 지하철 무임승차 혜택을 받는 나이'로 바꿀 수 있다. 정호승 시인이 실제로 나에게 이런 말을 한 적이 있다. 나이를 직접 말하거나, "이제 늙었다"라고 하는 대신에 허허 웃으면서 '이제 지하철을 공짜로 타는 나이'라고 한 말이 인상적이었다. 그래서 지금까지 기억한다. 기억력이 별로 좋지 않은데도 인상적으로 남아 있었던 건 그 말이 각별했기 때문이다. 대화를 할 때도 그런 경우가 있다. 이런 저런 이야기를 하다가 어떤 문장을 툭 던지는데 눈물이 나기고 하고 깨달음 비슷한 것을 얻기도 한다. 그것은 그 문장이 간단하지만 과녁을 향해서 날아가는 화살과 같기 때문이다.

미당 서정주가 시를 쓸 때의 일화가 떠오른다. 친구가 오랜만에 찾아왔는데도 미당은 툇마루에 앉아 술을 마시면서 한숨만 내쉬고 있었다. 친구가 부인에게 미당이 왜 저러고 있느냐고 물었다. 그때 부인이 말하기를, 시어 하나가 떠오르지 않아서 며칠째 저러고 계신다고 대답했다. 젊은 시절에 이 글을 읽고 나는 미당의 시를 더 깊이 읽게 되었다.

미당 선생의 친일과 관련한 삶이 다소 문제가 있고, 정치적인 이유로 독자에 따라 그 평가가 다를 수 있지만 적어도 시인으로 시어 하나를 고르기 위해 얼마나 뼈를 깎았는지는 인정할만한 일화다. 많은 독자들이 사랑하는 미당의 시는 우리말, 가치 있는 시어 하나를 고르기 위해 며칠을 고민한 결과물이다.

하지만 우리는 시가 아닌 일반적인 글쓰기를 생각해야 한다. 문학은, 그중에서도 시는 언어의 가장 예민하고 아름다운 작품이기 때문이다. 글쓰기를 작품의 영역으로 끌어올린다는 생각은 일단 버리자. 그것은 기본기를 충분히 다진 후에 다짐해도 늦지 않다. 앞에 예를 든 책의 판권면과 같은 문장에서 벗어나는 것이 급선무

이기 때문이다. 하지만 무조건 간단하게 쓰는 것이 능사는 아니다. 간단하지만 풍요롭고 조화로워야 한다. 좋은 문장은 단순하지만 조화로운 자연의 풍경처럼 보이기 때문이다.

> 이 풍경은 산과 하늘과 그리고 땅이 있기에 가능한 것이란다. 돌의 아름다움도 강과 물과 돌과 이끼가 있어 아름다운 것이지. 그중에 하나만 없어도 제 아름다움을 다 드러낼 수 없는 거야. 음식만 해도 그렇지. 김치하고 밥, 맛있는 된장국 중에 하나만 없어도 맛의 균형은 깨지는 거야.
>
> —이타미 준, 《돌과 바람의 소리》

재일동포 건축가 이타미 준의 어머니가 한 말이다. 우리나라에 있는 선조의 무덤을 찾아가는 길에 펼쳐진 풍경에 대한 소회가 좋은 문장을 쓰는 법을 은유적으로 보여준다. 김치와 밥이 주어와 술어, 즉 명사와 동사라면 된장국은 부사로 비유할 수 있다. 호화로운 궁전을 짓는다고 화장실을 배제하면 안 된다. 화장실이 없는 공간에서 인간이 살 수는 없다. 그곳은 외양간이거나 돼지우리인 것이다.

우리말의 모든 품사는 그 의미와 쓸모가 있다. 적당한 곳에 찾아 넣기 위해 노력을 해야지, 간소해야 한다는 미명 아래 특정 품사를 무조건 배제하면 안 된다. 반대로 너무 과용하는 것도 절대 금물. 이런 상황 때문에 좋은 글쓰기가 어렵다.

'풍경이 조화롭다'는 말은 건축 작품을 대하는 태도처럼 읽히기도 한다. 글쓰기를 건축에 비유할 수도 있다. 우리가 어떤 대상을 보고 아름다움을 느낀다면 조화로운 상태를 본 것이다. 수필가 피천득의 글은 이런 조화로움을 잘 보여준다.

> 수필은 청자 연적이다. 수필은 난이요, 학이요, 청초하고 몸맵시 날렵한 여인이다. 수필은 그 여인이 걸어가는 숲속으로 난 평탄하고 고요한 길이다. 수필은 가로수 늘어진 페이브먼트가 될 수도 있다. 그러나, 그 길은 깨끗하고 사람이 적게 다니는 주택가에 있다.
>
> —피천득, 〈수필〉

이것이 조화로운 문장이다, 라고 사전적인 정의는 하기 힘들겠지만, 오랫동안 우리가 사랑하고 있는 글들이 있다. 이른바 에세이 대가들의 문장이다. 피천득, 법정, 신영복을 비롯하여 소로우와 같은 외국 작가에 이르기까지 우리의 삶이 조화롭게 성장하도록 도와주는 글들이다.

글쓰기의 원칙으로 여겨지는 단순한 문장은 아름답지만, 전체적인 문장의 흐름을 무시해서는 안 된다. 단순하게 쓰라는 글쓰기의 원칙에 구속되지 말고, 글의 흐름상 꼭 필요하다면 같은 단어의 반복과 부사의 사용 등 복잡한 문장이라도 내 생각과 감정을 전달할 수 있는 나만의 문체를 만드는 것이 더 중요하다. '간단하지만 풍요롭게 써라'는 이런 의미다. 우리말의 품사는 우리의 모든 것을 표현하기 위해 존재한다. 길고 짧고, 두껍고 가느다란 다섯 개의 손가락으로 쓰고 싶은 것을 자유롭게 써라. 자신만의 문체가 있어야 자신의 글이 된다.

짧은 글은 한 가지의 테마로 작성되어야 하며,
그 안의 모든 문장들이 그 테마와 일맥상통해야 한다.
-에드거 앨런 포(작가)

6.
문체는 작가의 지문이다

대체적으로 보아 한 작가의 문체는 그 내면의 충실한 반영일세. 명석한
문장을 쓰려고 한다면 우선 그의 영혼이 명석해야만 하며, 스케일이 큰
문장을 쓰려고 한다면 우선 스케일이 큰 성격을 가져야만 하는 것이지.

－요한 페터 에커만, 《괴테와의 대화 1》

괴테가 독일, 영국, 프랑스 등 유럽 작가들의 문체의 특징을 분
석하면서 한 말이다. 이후에 이어지는 문장에서는 작가들의 문체
가 그 나라의 정신을 반영한다고 했다. 독일인의 경우에는 철학적
인 사변 때문에 장애를 겪는다. 영국인은 현실에 눈을 돌리는 실천
적인 사람들이다. 프랑스인은 항상 독자들에게 다정하게 말을 걸
면서 소통하기 때문에 사교적인 그들의 성격이 문체에 잘 드러난
다고 했다. 괴테는 작가의 문체를 통해 유럽의 인간성과 문학을 간

단하게 설명했다.

글쓰기에서 문체는 작가 내면의 충실한 반영이라는 결론이다. 참으로 명쾌하다. 이것은 글쓰기가 왜 어려운지에 대한 답변이 될 수도 있다. 뭔가 쓰고 싶은데 잘 안 된다. 예를 들어 소설을 쓰고 싶은데 잘 안 된다, 시를 쓰고 싶은데 잘 안 된다는 건, 나의 내면을 반영할 문체가 갖춰지지 않았기 때문이다. 물론 확실한 문체가 있다고 해서 만사형통이라는 말은 아니다. 자신의 문체를 가지고 있는 괴테도 《파우스트》를 평생에 걸쳐 썼다. 자신의 내면을 반영한 작품을 쓴다는 것은 어려운 일이다. 위에 인용한 문장으로 종결 어미를 바꿔 다른 문체를 만들어보자.

예문 1: 대체적으로 보아 한 작가의 문체는 그 내면의 충실한 반영이다.

예문 2: 작가의 문체는 대체적으로 내면의 충실한 반영이다.

예문 3: 대체적으로 보아 작가의 문체는 내면의 반영이다.

이렇게 한 문장을 서로 다른 문체로 쓸 수 있다. 대화체의 종결 어미만 바꿔도 느낌이 다르다. 어떤 문체가 마음에 끌리는지 잠시 생각하자. 각 문체는 괴테의 말대로 글쓴이의 내면이 반영된 결과이기 때문이다. 나는 〈예문 1〉이 좋다. '한' 작가와 '그' 내면이 서

로 공명하면서 글의 리듬감이 있고 잘 기억되기 때문이다. 〈예문 2〉는 간소한 글쓰기의 전형이다. 너무 어린 괴테 같다는 생각이 든다. 〈예문 3〉은 뭔가 좀 빠진 것 같은 느낌이 든다. 너무 늙어버린 괴테 같다는 생각이 들고 힘이 없고 딱딱하다. 한 문장으로 작가의 내면이 보일 수 있겠느냐고 생각할 수도 있을 것이다. 하지만 한 문장이 두 문장이 된다. 한 문장에서 그의 모든 것을 볼 수도 있다. 글쓰기는 이 사실을 염두에 두고 한 문장, 한 문장 최선을 다해 완벽하게 만들어나가야 한다.

내면의 반영은 자기 경험의 반영이기도 하다. 이 경험은 여러 가지 유형으로 나눌 수 있다. 여행을 통한 체험, 남다른 일을 겪은 기억, 어린 시절의 상처, 용서와 화해 등 우리가 살면서 일어나는 모든 일이 경험이다. 특히 글쓰기에는 외적인 경험과 더불어 내면적인 독서 체험이 중요하다. 쓰기의 반은 읽기라고 해도 과언이 아니다. 어떤 책을 얼마나 잘 읽느냐에 따라 문체가 결정된다.

문체에 대한 기본적인 매뉴얼은 존재하지만, 일정한 틀과 형식을 가지고 이것이 왕도라고 주장할 수는 없다. 시인이 되고자 하는 사람에게 시를 쓰는 방법이 '바로 이것이다'라고 말할 수는 없다. 주위에 있는 사물들을 천천히 보고, 솟구쳐 오르는 감정을 다스리고, 인간에 대한 연민의 마음을 가지고, 문장의 기본기를 공부하고, 좋은 시를 읽고, 시인의 마음과 시의 아름다운 형태에 대해 생각하면서 시 쓰기는 시작된다.

사실 글쓰기는 마음대로, 생각대로 되지 않는다. 그 이유 중 하나가 자신만의 문체가 없기 때문이다. 문체는 나무의 꽃이다. 장미나무에 장미가 피고, 사과나무에 사과 꽃이 핀다. 꽃이 지면 열매가 맺히듯이 문체가 지나간 자리에 작품이 탄생한다.

문체가 불안한데 쓰고 싶은 이상만 높게 잡으면 실패한다. 괴테는 《젊은 베르테르의 슬픔》을 거쳐서 자신의 문체로 표현할 수 있는 작품을 성실하게 썼고, 최종 결과물로 《파우스트》를 남겼다. 어떤 독자가 《파우스트》를 읽고 막연하게 이런 작품을 쓰겠다고 생각하고, 글쓰기 책을 몇 권 읽은 후 이젠 쓸 수 있겠다 싶어서 펜을 잡는다면 쓰는 도중에 미쳐버리거나 실패한다. 괴테 시절에 낭만주의 시인들의 대부분이 미쳐 자살했다는 글을 읽은 적이 있다. 쓰고 싶은 것은 저기에 있는데 여기에 있는 자신과 작품의 괴리감을 견디지 못한 것이 아닐까.

글쓰기는 자기에 맞는 옷을 고르듯 자신이 다룰 수 있는 주제를 자신만의 문체로 소박하게 시작해야 한다. 글을 쓰고 싶고, 쓸 수 있을 것이라는 자신감과 막상 글 쓰는 행위에는 엄청난 차이가 있다. 위대한 작가라 하더라도 글쓰기에 대한 왕도는 없다. 다만 자신의 문체가 있을 뿐이다. 이것을 도구로 농부처럼 때론 어부처럼 글을 쓰는 것이다.

헤밍웨이의 소설은 그의 첫 직장이었던 신문사 《캔자스시티 스타》의 기사 작성법에서 출발했다. 그의 문장처럼 아주 단순하고도 선명한 기사 작성법이다.

> 문장을 짧게 써라.
> 첫 번째 단락은 짧게 써라.
> 활기찬 영어를 써라.
> 부정 표현보다는 긍정 표현을 하라.

기자는 현장에서 신속하게 기사를 작성하고 송고해야 하는 직업이다. 이런 특성 때문에 위에 설명된 기사 작성법은 간결체를 기본으로 한다. 이 기사 작성법이 '하드보일드 스타일'이라고 일컬어지는 헤밍웨이 사상과 문학을 지배한다. 문체는 이토록 중요하다. 작가에게 문체는 그의 지문이기 때문이다. 헤밍웨이의 문장은 소설에 익숙하지 않은 독자들까지도 소설의 세계로 끌어들이는 것으로 유명하다. 다양한 인물들의 복잡한 사상을 표현하는 소설의 경우도 이러한데 실용적인 글이나 산문은 말할 것도 없다. 읽히지 않는 글은 대부분 난삽하고 진부하다. 미국 신문사의 기사 작성법 4대 원칙은 글쓰기에 그대로 적용해도 된다. 이 원칙에 뿌리를 내리고 있는 글은 내가 쓰고 싶은 내용을 정확하고 신속하게 독자에게 전달한다.

문체에는 여러 가지 종류가 있다. 글쓰기 책의 고전인 이태준의 《문장강화》에서 분류한 대로, 우리나라 글의 문체는 여섯 가지로 가늠할 수 있다. 간결체, 만연체, 강건체, 우유체, 건조체, 화려체다. 나에게는 어떤 스타일의 문체가 어울릴까. 사실 이것만 확고하게 있다면 어떤 글쓰기도 가능하다.

여기에서 조금 더 들어가면 글의 외형적인 면에서는 간결체와 만연체로 나눌 수 있고, 내적인 면에서는 강건체를 비롯한 우유체, 건조체, 화려체로 나뉜다. 그리고 산설체는 강건체와 건조체와 어울리고, 만연체는 우유체와 화려체와 잘 어울린다. 이러한 분류는 사실 본격적인 글쓰기에 들어가면 서로 경계가 허물어지기도 한다. 여러 가지 문체에는 서로 이어지고 스미는 강물과 육지처럼 미묘한 경계선이 있기 마련이고 조금씩 이 경계선이 흐려지기 때문이다.

간결체는 가능한 한 문장을 요약해서 짧게 쓴다. 만연체는 호흡이 길고 느슨하면서 천천히 마음을 드러내는 방법이다. 글감에 따라서 바늘처럼 콕 찔러야 할 때도 있고 흐르는 강물처럼 장엄하게 써야 할 때도 있다. 문체는 우열의 문제가 아니다. 자신이 지금 쓰고자 하는 글감에 가장 어울리는 문체를 찾아내야 한다.

신록을 바라다보면 내가 살아있다는 사실이 참으로 즐겁다. 내 나이를 세어 무엇하리. 나는 오월 속에 있다. 연한 녹색은 나날이 번져가고 있다. 어느덧 짙어지고 말 것이다. 머문 듯 가는 것이 세월인 것을. 유월이 되면 '원숙한 여인' 같이 녹음이 우거지리라. 그리고 태양은 정열을 퍼붓기 시작할 것이다.

밝고 맑고 순결한 오월은 지금 가고 있다.

−피천득, 〈오월〉

　간결체의 대가는 어린아이들이다. 아이들은 "엄마 밥 줘" 하고 배가 고프다는 자신의 의사를 아주 정확하게 전달한다. 그런데 청소년이 되면서 생각이 많아진다. 밥 대신에 피자, 냉면, 볶음밥 등 음식이 복잡해진다. 그러다가 청년이 되어 데이트라도 하게 되면 이건 오리무중이다. '뭘 먹을까?'라는 질문에 '아무거나'라고 대답한다. 드디어 중장년을 거쳐 노년이 되면 식욕이 떨어지고 그저 찬물에 밥을 말아 먹고 만다.

　간결체는 위의 예문에서 보듯이 한 문장 한 문장이 간단하지만 서로 이어지면서 생각의 흐름이 자연스럽다. 피천득의 문장은 오월에 대한 소회를 짧고 간단하게 적었지만 부드럽게 읽힌다. 아래에 인용하는 헤밍웨이의 문장은 간결하지만 강건하게 읽힌다. 이 문장은 인간의 의지에 대한 그의 철학이기도 하다. 같은 간결체이지만 하나는 부드럽고, 하나는 강하다.

예문 1: "하지만 인간은 패배하도록 창조된 게 아니야." 그가 말했다. "인간은 파멸당할 수는 있을지 몰라도 패배할 수는 없어."

−헤밍웨이, 《노인과 바다》

예문 2: 때때로 그는 어떤 생각 앞에서 꼼짝없이 멈칫하곤 했다.

'아니다, 그런 사람들은 그렇게 만들어진 것이 아니다. 모든 것이 허용되는 진짜 통치자는 툴롱을 격멸하고 파리에서 대학살을 자행하고 이집트에서 군대를 방치하고 모스크바 원정에서 오십만 명을 낭비하고 빌나에서 말장난 하나로 일을 마무리한다. 그런 그를 위해 사후에 우상을 세워주는 것이며, 고로 모든 것이 허용되는 것이다. 아니, 그런 사람들은 몸이 아니라, 청동으로 되어 있는 모양이다!'

이런 것과는 전혀 상관없는 생각 하나가 뜬끔없이 떠올라, 갑자기 거의 웃음이 터져 나왔다.

'나폴레옹, 피라미드, 워털루, 그리고 비쩍 마르고 추악한, 14등관의 미망인이자 고리대금업자에, 침대 밑에 붉은 궤짝이나 감춰 놓는 노파라니.(…)'

— 도스토예프스키, 《죄와 벌》

〈예문 1〉의 경우 간결체와 강건체가 잘 결합된 문장이다. 간결체는 명언이나 격언에 쓰인다. 짧고 간단하게 작가의 생각을 전달하기 때문에 가장 기본이 되는 문체다. 〈예문 2〉는 만연체와 건조체가 서로 어울리고 있다. 예문에서 볼 수 있듯이 작가의 복잡한 정신세계가 인간 내면을 표현한다. 파스칼은 자연스러운 문체가 좋다고 말한다.

자연스러운 문체를 볼 때는 누구나 놀라고 마음이 끌린다. 작품을 통해
작가를 보려고 했다가, 살아있는 인간을 발견하기 때문이다.

– 파스칼, 《팡세》

작가는 문체를 통해 자신을 드러내기 때문에 자신의 성격 또한
문장에서 표현된다. 강직한 성품을 지닌 독립투사의 문장과 노회
한 친일파의 문장은 다르다. 이 두 사람이 설령 같은 사람이었다고
하더라도 어떤 사상과 행동을 하느냐에 따라 그 생각이 문체에 반
영된다. 우리에게는 춘원 이광수의 경우가 그렇다. 만해 한용운과
비교해보면 두 사람의 문장에는 극명한 차이가 드러난다. 파스칼
의 지적대로 문체에서 인간을 볼 수 있기 때문이다. 문장에서 진정
한 인간의 모습을 발견하면 기쁨인 것이고, 짐승의 모습을 보면 분
노가 폭발한다. 시를 보면 시인을 보는 것이기도 하다. 문체는 인
간이고 지문이다. 아래의 문장은 만연체로 읽히지만 간결한 문장
이 결코 표현할 수 없는 우리 한글의 맛과 향이 피어오른다.

어찌 보면 늙은 아이 같고 아이 늙은이 같은 그의 시의 목소리는 비 온
다음 뻘밭을 기는 지렁이의 행보를 닮는가 싶더니, 어느새 뿌연 수면을
내리찍는 물총새 부리처럼 날카롭다. 쥐를 삼킨 뱀의 몸통처럼 꾸불텅
거리는 그의 시의 행갈이는 기필코, 포획한 대상을 흐물거리는 단백질
덩어리로 만들어놓는다. 그의 시 행간마다 육식 곤충이 내뿜는 끈적한

타액이 흘러나오기 때문이다. 아니다. 늙은 아이 같고 아이 늙은이 같은 장수하늘소 한 마리가 달빛 없는 밤, 세상이 갈러터진 껍질 사이로 배어나오는 수액을 느리게 음미하는 것이다.

−이성복, 문태준 시인의 시집 《맨발》 서평에서

조선 시대에는 글자체를 통해 선비의 마음을 드러낸다. 해서체(楷書體, 정자로 쓰는 글씨체), 행서체(行書體, 반 흘려 쓰는 글씨체), 예서체(隸書體, 글씨의 모양이 옆으로 퍼지는 글씨체), 전서체(篆書體, 도장 글씨체), 초서체(草書體, 흘림체)가 있다. 이 모든 서체를 섭렵해서 추사체를 만들어낸 인물이 완당 김정희다. 일중체, 소전체, 원곡체, 신영복체 등은 글씨를 쓰는 분들이 각자의 개성을 담아 발전시킨 글씨체로서 전통 서체와는 구분된다. 신영복체는 고결한 사상과 현실적인 힘을 동시에 느끼게 하는 정신의 글씨이기도 하다.

여기에서 우리는 문체란 무엇인가를 생각해볼 수 있다. 현대 문장도 마찬가지다. 간결체를 비롯해 모든 문체를 잘 습득해서, 자신만의 문장을 만들어내는 일이 바로 작가의 일이 아닌가 싶다. 이것은 문자에만 국한된 일이 아니다. 작곡가, 화가, 사진가를 비롯해서 과학자, 경영자, 교육자 등 전문가들도 자신만의 스타일을 만들어 창조적인 행위를 할 때 인간이 빛난다. 문체는 문인들의 전유물이 아니기 때문이다.

문체는 자신의 생각을 가두는 틀이 아니라 오히려 망치에 가깝

다. 신영복 선생의 말처럼 '갇혀 있는 생각의 틀을 깨트리는 망치'
다. 이 말에 가장 어울리는 문장은 역시 공산당 선언의 마지막 단
락이 아닌가 싶다.

> 공산주의자는 자신의 견해와 목적을 감추는 것을 경멸한다. 공산주의자
> 는 자신의 목적이 오직 기존의 모든 사회적 조건을 힘으로 타도함으로
> 써만 달성될 수 있다는 것을 공공연히 선포한다. 모든 지배계급을 공산
> 주의혁명 앞에 떨게 하라. 프롤레타리아가 잃을 것은 쇠사슬밖에 없으
> 며 얻을 것은 세상이다. 전 세계 노동자들이여, 단결하라!
>
> –카를 마르크스, 프리드리히 엥겔스, 〈공산당 선언〉

'강철체'라고 부르고 싶은 문장이다. 간결하면서 강건한 동시에
시적인 은유가 절묘하게 결합되어 사상의 핵심을 감동적으로 보여
준다. 앞으로 다가올 시대의 흐름을 예견하고 절대 권력의 부패와
패악에 투쟁하는 사람들의 마음을 반영한 각종 선언문에서 이러한
문체를 볼 수 있다. 항일 저항기에 쓰인 〈독립 선언서〉의 문장이
대표적이다. 이러한 선언문과 달리 간결한 문장으로 우리 시대의
아픔을 같이하면서 겸허하고도 강인하게 주장하는 글도 있다.

> 세월호의 참사는 하부의 평형수를 제거했기 때문입니다. 과적, 증축, 정
> 원 초과 등 상부의 과도한 무게에 비하여 하부의 중심(重心)이 허약하였

기 때문입니다. 이러한 교훈에도 불구하고 여전히 상부를 증축하는 감시 권력의 강화에 열중하고 있습니다.

사회의 경우도 다르지 않습니다. 하부의 중심이 든든해야 합니다. 하부는 서민들의 삶이며 그것을 지키려는 민중운동입니다. 이러한 서민들의 의지를 억압하고 상층 권력을 강화하는 것은 평형수를 제거하고 또 다른 세월호를 만들어내는 것입니다.

— 신영복, 《처음처럼》(개정판)

이 문장은 우리가 당면한 문제적 사안에 대한 글쓰기를 보여준다. 우선 분노에 대한 필자의 글쓰기 태도다. 우리는 개인사부터 직장 문제, 이웃 문제, 넓게는 정책의 문제 등 여러 부분에서 좌절하고 분노한다. 인간의 기본권이 무너질 때, 노동법 등 각종 법규가 지켜지지 않을 때 우리는 분노한다. 직장에서 억울한 '갑질'을 당할 때도 마찬가지다.

사람이 분노할 때 먼저 할 수 있는 행동이 외침이다. 때론 폭력을 동반하기도 한다. 광장에 모인 국민들의 함성 소리는 자신의 감정을 표출하고 분노를 단순화한다. 말로 설명하기 전에 사람의 정서를 자극해서 혁명이 일어나기도 한다. 쉽게 말해서 말이 필요 없는 상태가 된다. 역사상 간헐적으로 발생하는 특수한 경우이고 때론 전쟁의 도화선이 되기도 한다. 이런 일이 자주 일어나면 국가가 피폐해진다. 다음으로 분노의 원인을 정확하게 규명하고 침착하게 자신의 의견을 피력한다. 이것이 바로 글쓰기의 효과다.

타인을 설득하기 위해서는 논리적인 문장이 필요하다. 세월호 사건에 대한 분노는 부패한 일부 세력을 제외하고는 온 국민이 공감하고 있다. 하지만 이토록 심각한 사안조차 분노하는 국민들을 조롱하는 세력도 있다.

도대체 이것을 어떻게 할 것인가. 의외로 이런 문제는 우리 사회의 곳곳에 만연하다. 서로 말이 통하지 않아 더 분노하고 분열 현상을 겪는다. 이런 세태에 우리 사회를 바라보는 필자의 간결하면서도 강건한 문체는 설득력을 가진다. 심지가 단단한 촛불 같은 문장이다.

문장은 주먹으로 쓰는 것이 아니라 손가락으로 쓰는 행위다. 폭력이 아니라 대화이고 벽이 아니라 문이다. 신영복 선생의 문장이 이런 역할을 한다. 분열되어 싸우고 있는 사람들에게 문제의 핵심이 무엇이며 어떤 해결책을 생각해야 하는지 낮은 목소리로 말한다. 논리적이면서 인간에 대한 감성이 느껴지기 때문에 내 분노의 원인을 알 수 있다.

신영복 선생이 우리에게 전하고자 하는 메시지는 분노 이후의 삶까지도 제시한다. 만약에 선언문과 같은 문체를 쓰면서 감정을 토로하면 다른 양상이 벌어진다. 선언문은 최후의 문장으로 남겨 둬야 한다. 그 전에 대화하고 토론하고 서로의 벽을 헐어버릴 수 있는 문체가 필요하다. 일반인의 글쓰기 수준이 향상되어야 한다. 인

문학적 소양과 대화가 익숙한 동네가 많아져야 한다. 타인의 불신을 이해하고 논리적으로 사유할 수 있는 인문학 소양이 필요하다.

다음에 볼 예문은 소설에서 인용했다. 최인훈의 《광장》은 우리 문학사에서 큰 획을 그은 작품이다. 우리나라의 상처이고 통증인 분단국가에 살고 있는 젊은 지식인의 항변은 만연체로 이루어져 있다. 작중 주인공인 이명훈이 흥분하여 남과 북을 비판하고 있다. 아직까지도 우리의 상황은 여기에서 크게 벗어나지 못했다. 이러한 문장을 장광설이라고도 한다. 가슴에 가득한 분노를 표출하는 젊은 지식인의 한탄어린 문장을 들어보자.

정치? 오늘날 한국의 정치란 미군부대 식당에서 나오는 쓰레기를 받아서, 그중에서 깡통을 골라내어 양철을 만들구, 목재를 가려내서 소위 문화주택 마루를 깔구, 나머지 찌꺼기를 가지고 목축을 하자는 거나 뭐가 달라요? 그런 걸 가지고 산뜻한 지붕, 슈트라우스의 왈츠에 맞추어 구두 끝을 비비는 마루며, 덴마크가 무색한 목장을 가지자는 말인가요? 저 브로커의 무리들, 정치 시장에서 밀수입과 암거래에 갱들과 결탁한 어두운 보스들. 인간은 그 자신의 밀실에서만은 살 수 없어요. 그는 광장과 이어져 있어요. 정치는 인간의 광장 가운데서두 제일 거친 곳이 아닌가요? (…) 추악한 밤의 광장. 탐욕과 배신과 살인의 광장, 이게 한국 정치의 광장이 아닙니까? (…) 개인만 있고 국민은 없습니다. 밀실만 푸짐하고 광장은 죽었습니다. (…) 광장이 죽은 곳. 이게 남한이 아닙니까? 광장

Restart! 다시 시작하는 글쓰기

은 비어 있습니다.

(…)

이게 무슨 인민의 공화국입니까? 이게 무슨 인민의 소비에트입니까? 이게 무슨 인민의 나랍니까? 제가 남조선을 탈출한 건, 이런 사회로 오려던 게 아닙니다. 솔직히 말씀드리면 아버지가 못 견디게 그리웠던 것도 아닙니다. 무지한 형사의 고문이 두려워서도 아닙니다. (…) 저는 살고 싶었던 겁니다. 보람 있게 청춘을 불태우고 싶었습니다. 정말 삶다운 삶을 살고 싶었습니다. 남녘에 있을 땐, 아무리 둘러보아도, 제가 보람을 느끼면서 살 수 있는 광장은 아무 데도 없었어요. (…) 그렇습니다. 인민이란 그들에겐 양떼들입니다. 그들은 인민의 그러한 부분만을 써먹습니다. 인민을 타락시킨 것은 그들입니다. 그리고 북조선의 공산당원들은, 치사하고 비굴하고 게으른 개들입니다. 양들과 개들을 데리고 위대한 김일성 동무는 인민공화국의 수상이라? 하하하……

                                        —최인훈,《광장》

　　21세기 광화문 광장에 모인 시민들의 촛불은 답답한 밀실의 공포에 질린 울분의 발현이다. 우리 시민들의 힘은 권력의 부정부패에 대항하는 장소로서 자리 잡았다. 권력과 이권에 눈이 멀어버린 맹목적인 정치인들의 부도덕과 몰염치가 시민들을 광장으로 인도한다. 1960년대 젊은 지식인 이명준이 오늘날 광화문에서 촛불을 들고 있다. 그가 본 분단국가의 실정은 예나 지금이나 하나도 변하지 않았다. 오히려 점점 말기 암 환자처럼 경화되고 있다.

분단국가가 나아가야 할 방향을 제시할 문체가 필요한 시기다. 문체는 인간의 정신과 몸에 대한 이해다. 나에겐 어떤 문체가 좋을까? 그건 지금 이 글을 읽고 있는 독자의 몫이다. 어떤 문체든 좋다. 그것이 당신의 마음과 정신을 잘 표현할 수 있다면.

당신의 삶을 기록하면 하나의 작품이 된다.
-로제마리 마이어 델 올리보(작가)

Restart! 다시 시작하는 글쓰기

매일 저녁 나는 글 쓰는 일에 매달렸다. 내가 아니마에게 편지를 쓰지 않으면 그녀는 나의 환상을 파악할 수 없을 것이라 생각했기 때문이었다. 나의 성실한 글쓰기에는 또 다른 이유가 있었다. 이미 적어 놓은 것은 아니마가 왜곡할 수 없을 것이고, 그걸 가지고 책략을 쓰지도 못할 것이었다. 이와 관련해서 보면, 우리가 어떤 것을 이야기하려고 마음만 먹는 것과 그것을 실제로 적어놓는 것에는 엄청난 차이가 있다. 나는 편지를 쓰면서 될 수 있는 한 정직하려고 노력했다. 옛 그리스 격언을 따른 것이었다. "네가 가지고 있는 것을 버려라. 그러면 받으리라."

—카를 융, 《카를 융, 기억 꿈 사상》

대가들의 자서전을 읽다 보면 내 삶에 유용한 정보를 얻을 수가 있다. 꿈을 과학적인 연구 대상으로 삼고 어둠 속에 있던 무의식의 영역을 치열하게 밝혀나간 융의 자서전은 신화와 인간이 어느 지점에 만나 불꽃을 터트리는지 쉬운 문장으로 읽어낼 수 있다. 어떤 의미에서 융은 글쓰기의 대가다. 융은 자서전에서 어떤 이야기를 하려고 하는 것과 그것을 쓰는 것은 엄청난 차이가 있다고 고백한다.

사실 생각대로 마음대로 글쓰기가 된다고 '생각한다면' 그는 이미 대가이거나 바보다. '일필휘지'라는 말이 있는데, 이것은 글쓰기의 어떤 경지를 나타내는 것이지 글쓰기의 방법은 아니다. 여기에 속으면 안 된다. 대가들 역시 각고의 노력을 한다. 우리에게 잘 읽히는 글은 엄청난 노력의 결과다.

글을 잘 쓰는 사람들은 어떤 글감이 떠오르면 수시로 메모를 하고, 머릿속으로 계속해서 눈을 굴려서 눈사람을 만들듯이 몰두한다. 글에 대해서 조금이라도 관심을 가지는 사람이라면 누구나 공감할 것이다. 융은 정직하게 쓰려고 했다. 글쓰기 훈련이 되어 있지 않으면 이것 역시 어려운 일이다.

정직하게 쓰기 위해서 상당한 노력이 필요하다. 정직한 글쓰기는 그 사람의 도덕성과 관련이 있지만, 하고 싶은 말을 잘 표현하기 어려울 때 대충 쉽게 쓰려고 하는 부도덕한 자신과의 싸움이기도 하다. 그래서 기술이 필요하다. 정직하지 않은 글이 어떤 기준인지는 명확하지 않지만 우선 자기 자신을 솔직하게 표현하기 위해서는 문장이나 단어 선택에 신중해야 한다.

글쓰기에서 정직성이란 무엇에 대한 정직성인가? 우선 자기 자신이고 그다음은 바로 타자와 세상에 대한 정직성이다. 작가 정신이 없이는 시대정신을 독창적으로 표현할 수 없고, 시대정신이 없는 작가 정신은 삶과 동떨어진 곳에서 웅얼거리는 헛소리가 될 가능성이 있기 때문이다. 자신이 쓰고자 하는 대상에 완전히 몰입하기 위해서는 우선 내가 정직하게 대상을 바라보아야 한다.

꿈속에서 써라, 라는 말은 융이 말한 성실한 글쓰기의 한 방법이다. 우리는 꿈을 통해서 가장 정직한 나의 모습을 볼 수가 있다. 꿈에서도 속임수를 쓸 수 있는 사람은 거의 없을 것이다. 무의식의 공간인 꿈속에서도 쓸 수 있는 사람은 그만큼 노력을 한다는 뜻이기도 하다.

꿈은 현실과 대비되는 공간이지만 자신의 능력이 최대한 확대되는 공간이기도 하다. 그것을 적어놓는다는 것은 잃어버린 삶의 중요한 부분을 회복하는 일이다. 꿈을 그저 지나가는 바람처럼 여기지 말고, 내 무의식에 깊게 뿌리내린 욕망이나 희망에 대한 나타남이라고 생각한다면 중요한 글쓰기의 대상이 될 수 있다.

내 어머니는 돌아가신 아버지가 당신의 꿈에 나타났다고 했다. 그것은 망자에 대한 간절한 마음일 수도 있고, 증명할 수는 없지만 사후에도 영혼이 계속 살아남는다는 지극히 개인적인 체험일 수도 있다. 두 분은 그리 사이가 좋지는 않았다. 아버지는 월남을 하신 후, 고향을 잃어버린 상태로 지독하게 고독한 생활을 하신 것 같다. 특히 말년에 이런저런 상황은 두 분의 사이를 멀게 했다. 하지만 어머니는 지금도 가끔씩 아버지 말씀을 하시면서 그리워한다. 그것이 꿈으로 발현된 것은 아닐까.

　내 지인은 꿈속에서 누군가 숫자를 여섯 개 알려주었다고 했다. 꿈에서 깨어 그 번호를 적었지만 마지막 숫자가 기억나지 않았다. 그는 그 번호를 적어놓고 로또 복권을 사려고 하다가 그만 지나치고 말았다. 나중에 복권 번호를 확인해보니 바로 다섯 개의 그 번호가 당첨 번호였다. 그때는 지금과 달리 당첨금이 수백억 원이 자주 나오던 시절이었다. 그 꿈 이야기를 하면서 그는 자신의 인생에 찾아온 중요한 행운을 잃어버렸다고 했다. 하지만 그는 지금 고위 공직자로 건강하게 잘 살고 있다. 지금 그의 처지가 극빈한 경우라면 몰라도 여유가 있는 편이니까 오히려 그 불행이 그의 인생을 더 건강하게 만든 요인이 된 것은 아닐까. 만약, 나에게 그런 일이 있다면 생각이 조금 다를 것이다. 이런 소재로 짧은 산문도 가능하다. 첫 줄은 어떻게 쓰는 것이 좋을까?

　꿈의 세계는 지난한 현실을 버리고 살아갈 힘이 없을지도 모른다. 하지만 꿈과 현실의 절묘한 교차는 이야기에 강력한 힘을 주는 요소다. 문학 작품도 현실과 비현실이 서로 스미고 어우러질 때 독자의 감동을 이끌어낸다. 융의 자서전 《카를 융, 기억 꿈 사상》에 나오는 꿈 이야기를 들어보자.

한번은 밤중에 눈을 뜨고 누운 채로 전날 무덤에 묻힌 친구의 갑작스러운 죽음에 대해 생각했다. 그의 죽음이 나를 사로잡고 있었다. 문득 그가 방 안에 있는 것 같은 느낌이 들었다. 그가 내 침상 옆에 서서 내게 자기와 함께 가달라고 부탁하는 듯했다.

모두 네 문장으로 이루어진 꿈 이야기의 시작이다. '나는 꿈을 꾸었다'라는 시작보다는 어두운 안개 속을 걸어가는 긴장감이 감돈다. 네 번째 문장에서 친구는 자신을 데리고 어디론가 가려고 한다.

그는 나를 집 밖으로 데리고 나가더니 정원과 길거리를 지나 마침내 그의 집으로 갔다(실제로 그의 집은 내 집에서 수백 킬로미터 떨어져 있었다). 내가 집 안으로 들어가자 그는 나를 자신의 서재로 안내했다. 그는 발판에 올라서서 붉은 표지로 제본된 다섯 권의 책 중 두 번째 권을 가리켰다. 그것은 서가 꼭대기에서 두 번째 칸에 놓여 있었다.

이 문장은 자신의 꿈을 옮겨 적은 것이다. 다음 날 융은 고인이 된 친구의 아내에게 전화를 걸어 생전엔 한 번도 방문한 적이 없는 친구의 서재를 방문했다. 꿈에서 본 모습과 같은 서재를 확인하고 서재의 발판을 딛고 올라가 그 책을 확인했다. 책의 제목은 에밀 졸라Emile Zola의 소설 번역본 《죽은 자의 유언》이었다. '죽은 자의 유언'이라, 이 한 마디가 융의 꿈 내용을 잘 드러내는 키워드다. 융의 친구는 왜 그에게 나타나 자신의 서재를 보여주었을까? 우리는 여러 가지 생각을 할 수가 있다. 융의 무의식의 세계가 꿈을 통해 발현된 것은 아닐까.

융은 자신의 가족을 비롯해 환자에 대한 여러 가지 꿈을 꾸고, 이것을 자신의 학문 분야로 끌어들여 분석한다. 정신분석학의 대가 융의 글쓰기 방법이다. 무의식을 연구하는 과학자로서 미스터리 소설 같은 자신의 꿈을 적고 분석하는 모습은 꿈 한 조각을 보석처럼 다듬는 장인의 모습처럼 보인다.

흔히 우리는 글이 잘 안 풀린다고 고민한다. 글은 잘 풀리고 안 풀리고 하는 문제가 아니라, 얼마나 치열하게 글쓰기에 매달리느냐에 달라진다. 글쓰기도 일종의 기술이다. 전기 배선공은 감전의 위험 속에서도 신속하고 깔끔하게 전선을 정리한다. 그다음 스위치를 누르면 불이 환하게 켜진다. 이것이다. 글쓰기는 기술이고 깨어 있는 행위다. 글을 잘 쓰고 싶다면 깨어 있어라, 심지어 그곳이 꿈속이라고 할지라도.

여러분이 쓰고 싶은 것이라면 무엇이든지, 정말 뭐든지 써도 좋다.
단, 진실만을 말해야 한다.
−스티븐 킹(소설가)

윤동주는 정직한 시로 노래한다. 시를 통한 명예나 권력을 바라지 않고, 순수한 시심 그 자체로 살다 간 시인이다. 시인을 비롯한 예술가들이 유명세를 타면 간혹 부끄러움을 잃어버리고 권력화되기도 한다. 우리는 그런 사람을 더 이상 시인이라고 부르지 않는다.

시는 조용히 자신을 응시하는 기능이 있다. 자신과 대면하는 시간은 의외로 따로 내기가 쉽지 않다. 시는 눈에 보이지 않는 부끄러운 마음을 적어내는 기능이 있는데, 자신의 삶을 '반성'하고 '성찰'하는 부분에서 빛나는 것이 아닌가 싶다. 글 쓰는 방식이 서로 다를 뿐, 이것은 산문과 소설에서도 마찬가지다.

시를 읽으면서 독자는 자신의 삶을 되돌아볼 수도 있고, 그 생각이 이어지면서 눈물을 흘릴 수도 있다. 아주 단순한 한마디의 말이 사람을 변화시킨다. 촛불은 밝히는 기능과 더불어 주위를 따뜻하게 하는 온기가 있다. 따뜻하고 다감한 언어다. 심지어 전구 역시 마찬가지다. 등잔불은 따뜻하게 환한 언어다. 간혹 시를 읽으면서 마음이 따뜻해지곤 하는데, 시의 기능에 등잔불이나 촛불과도 같은 면이 있기 때문이다. 그 아래서 자성하는 화자의 모습이 선명하게 드러난다. 이렇게 독자와 만난다면 그 시는 소명을 다한 것이다. 마치 어둠 속에서 불을 밝히듯 시인 윤동주가 우리 곁에 있다.

윤동주의 시는 욕심을 줄이고 줄여서 불안하게 보이기도 한다. 그것이 시의 떨림이 아닐까. 이것저것 너무 집어넣어서 무거운 문장보다는, 차라리 더 많이 덜어내서 불안한 문장이 좋아 보인다. 식음을 전폐하고 고민하는 작가의 눈빛처럼 말이다.

윤동주는 유고 시집의 처음에서 부끄럼을 말하고 있다. 이 〈서시〉는 시집의 머리이자 마음이고 마침표이기도 하다. 〈서시〉를 통해서 부끄러움을 아는 인간을 읽어보자.

죽는 날까지 하늘을 우러러
한 점 부끄럼이 없기를,
잎새에 이는 바람에도
나는 괴로워했다.
별을 노래하는 마음으로
모든 죽어가는 것을 사랑해야지
그리고 나한테 주어진 길을

걸어가야겠다.

오늘 밤에도 별이 바람에 스치운다.

이 시는 오로지 혼자 있는 시간에 자신을 바라보라고 한다. 그 순간에 동주의 시는 우리의 시가 된다. 한 점 부끄럼 없이 산다는 것은 얼마나 어려운 일인가. 나뭇잎 한 장의 바람결에도 괴로워하는 과정을 통해 자연스럽게 사랑과 고독의 길이 등장한다.

동주의 시는 짧은 청춘의 기록이다. 동주의 시가 투명하게 빛나는 이유는 자신을 속이지 않는 정신의 뿌리가 있기 때문이다. 그것이 바로 부끄러움을 아는 마음이다. 그래서인지 동주는 아이들의 마음을 잘 읽어낸 뛰어난 동시도 많이 남겼다. 아이들의 순진무구한 마음은 어른들을 부끄럽게 한다.

이 시는 모든 청년 시인들의 마음가짐이다. 항일 저항기라는 부끄러운 시절을 살고 있는 청년이 어떤 자세로 시대에 저항하는지를 보여준다. 이는 역사로 이어져 광화문 광장에 모여 촛불을 든 시민의 마음이기도 하다. 이렇듯, 한 시인의 내밀한 고백이 넓게는 한 나라의 지도자가 가져야 할 마음가짐으로도 읽힌다. 이 시는 그냥 외우시길 바란다. 시 한 편이 자연스럽게 흘러내리는 시내 같고, 하늘에 떠 있는 별처럼 완벽한 구조를 가진다.

가끔 글쓰기를 하면서 다음 문장이 잘 기억나지 않을 때 이 시가 어떤 기법으로 쓰여졌는지 생각해보자. 어떤 대상에 대해 쓰기를 원한다면 이미 자신의 길로 걸어나가기 시작했다는 의미다.

미당이 〈수대동시〉에서 보여준 성찰은 동시대를 살았던 후배 동주의 〈참회록〉에서 더 선명하게 나타난다.

파란 녹이 낀 구리 거울 속에
내 얼굴이 남아 있는 것은
어느 왕조의 유물이기에
이다지도 욕될까

나는 나의 참회의 글을 한 줄에 줄이자
─만 이십사 년 일 개월을
　무슨 기쁨을 바라 살아 왔던가

내일이나 모레나 그 어느 즐거운 날에
나는 또 한 줄의 참회록을 써야 한다
─그때 그 젊은 나이에
　왜 그런 부끄런 고백을 했던가

밤이면 밤마다 나의 거울을
손바닥으로 발바닥으로 닦아 보자.

그러면 어느 운석 밑으로 홀로 걸어가는

슬픈 사람의 뒷모양이

거울 속에 나타나 온다.

전체 5연 16행인 이 시는 한 줄처럼 읽힌다. 시뿐만이 아니다. 다섯 권 이상의 소설도 다 읽고 책장을 덮을 때, 단 한 줄을 읽은 느낌을 주기도 한다. 참 대단한 일이다. 좋은 글을 읽으면 사막에서 갈증을 느낄 때 물을 마시는 것처럼 목 넘김에 걸림이 없다. 여기에 어떤 비법이 있을까. 아주 작은 사실을 하나 보자. 동주는 부끄러움의 준말인 '부끄럼', 부끄러운의 준말인 '부끄런'을 시어로 선택한다. 두 단어의 뉘앙스가 서로 다르다. 문장뿐 아니라, 단어 하나를 고를 때도 간소한 단어를 우선 선택하는 태도를 볼 수 있다. 우리가 시에서 배울 수 있는 글쓰기 기법이다.

〈참회록〉은 '부끄런 고백'의 시다. 한 인간이 인생의 만년에 하는 참회가 아니라, 우리 역사를 뒤돌아보면서 현재의 시점에서 자신을 바라본다. 내면적인 반성과 역사적인 성찰을 통해 솔직하게 고백한다. 동주는 스물네 살이라는 혈기방장한 시기에, 미당 역시 그 비슷한 시기에 고백을 한다. 이것은 글쓰기에서 매우 중요한 덕목이다. 자기반성, 자기성찰, 자기고백만으로도 한 편의 시는 완성될 수 있다. 그리고 이것이 쓰기의 본질이다. 내 마음에 거리낌이 없는 상태, 이 반성은 기도로 이어지고 혹은 혁명으로도 이어진다.

동주는 시를 통해 어려운 시절, 자신이 걸어가야 할 길을 스스로 만들어나간다. 세상은 더럽고 추하다. 그곳에서 살아가는 우리들도 어느 순간 타락하고 오염되기도 한다. 시궁창에 깃드는 한 줄기 빛과 같은 글쓰기는 바로 이곳에서 발현된다. 종이 위 창조적 행위는 비록 그 현실을 그대로 그린다고 하더라도 현실 그 자체는 아니다. 모든 사람들이 현실적인 이해에 뒤얽혀 살아가고 있을 때, 그 현실을 욕하지 않고 완전히 자신의 것으로 끌어안고 가는 윤동주. 그래서 올곧은 정신으로 나아가는 자신조차도 부끄러워하는 동주의 시는 우리들의 마음을 씻어내는 맑은 물과 같이 흐른다.

인생은 살기 어렵다는데
시가 이렇게 쉽게 씌어지는 것은
부끄러운 일이다.

-〈쉽게 씌어진 시〉에서

오늘도 나는 누구를 기다려 정거장 차가운 언덕에서 서성거릴 게다

―아아 젊음은 오래 거기 남아 있거라.

-〈사랑스런 추억〉에서

고독을 반려한 마음은 슬프기도 하다.

-〈달밤〉에서

윤동주의 시 정신은 올곧은 우리 선비들의 마음과도 연결되어 있다. 항일 저항기에 태어나 결국 아까운 청춘은 일제의 형무소에서 이슬처럼 사라졌다. 그 시절을 견뎌낸 인물들의 정신은 거대한 강물과도 같았지만, 그 도도한 강물 위에 떠오른 동주의 시심, 맑음, 착함의 작은 정신도 있었다. 그것은 반딧불처럼 빛난다.

가자 가자 가자
숲으로 가자
달 조각을 주우러
숲으로 가자.

그믐밤 반딧불은
부서진 달 조각,

가자 가자 가자
숲으로 가자
달 조각을 주우러
숲으로 가자.

-윤동주, 〈반딧불〉

숲속에서 반딧불이 둥둥 떠다니는 풍경은 따로 찾아가지 않으면 보기 힘들다. 무자비한 개발의 결과로 사라진 반딧불은 이제 우리들의 가슴속에서 사라져가는 마음 조각이기도 하다. 대학 시절에 선후배들과 계룡산 갑사에서 보았던 반딧불이 생각난다. 시인은 반딧불을 달 조각으로 표현한다. 그것도 깜깜한 그믐밤이다. 아마도 그 조각은 하현달의 조각들일 것이다. 지상으로 떨어진 달 조각들이 달이 사라진 자리에서 반딧불로 날아오르는 이미지가 그림처럼 그려진다.

시는 그림처럼 우리 눈에 선명하게 보이기도 한다. 이것이 바로 맑은 시심의 발현이다. 시인은 제3의 눈이 있어야 한다. 다 같이 보아도 나에게만 보이는 풍경이 있다. 문장을 쓸 때 새로운 발견을 하는 순간은 경이롭기까지 하다.

과학자가 새로운 가설을 세워놓고 그것을 증명하는 삼단논법이나 귀납·연역의 세계를 초월해서, 시는 아날로지의 문법으로 때론 현상을 초월하고 때론 포괄적으로 끌어안는다. 비유나 은유를 비롯해 모든 시적인 문법은 아날로지의 품 안에 있다.

부끄럼을 아는 시인의 맑은 시심의 중심에는 반성과 성찰이 있다. 김영승 시인은 '반성'을 주제로 연작시를 썼다.

어릴 적의 어느 여름날
우연히 잡은 풍뎅이의 껍질엔

못으로 긁힌 듯한
깊은 상처의 아문 자국이 있었다

징그러워서
나는 그 풍뎅이를 놓아주었다.

나는 이제
만신창이가 된 인간

그리하여 主는
나를 놓아주신다.

—김영승, 〈반성608〉

    오래전에 긴 여행을 하고 돌아와 반신욕을 하면서 우연히 이 시를 읽었다. 그땐 젊어서는 후딱 읽어버렸던 시였는데, 이 시를 처음 본 지 이십 년도 더 지난 지금은 눈물이 나서 단박에 읽을 수가 없다. 이제야 시인의 정신을 보게 된 것이다. 왜 그때는 보지 못했을까. 인생의 연륜은 나이테처럼 늘어난다. 상처투성이로 살아가는 삶은 그 속에서는 잘 보이지 않는다. 어느 날 풍뎅이 한 마리를 발견하고 거기에 투영되는 사람의 모습. 그게 바로 '나'였다.

    시인은 상처 난 풍뎅이를 보고 자신의 모습을 보고야 만다. 우리들 역시 주위 사물에 자신을 투사한다. 지금 현재 당신의 모습은 어떠한가. 봄날의 나비처럼 화려하게 날아오르기도 하고, 호랑이처럼 포효하면서 시대를 앞서나갈 수도 있다. 하지만 자신이 나폴레옹이 아니라, 상처투성이의 풍뎅이라고 자각할 때, 무섭고 각박한 세상의 이치를 조금은 깨닫는다.

월트 휘트먼Walt Whitman은 《풀잎》이라는 시집 한 권을 평생 동안 고치고 또 고쳐 출판했다. 시는 새로운 것, 기발한 착상, 가설이 아니다. '반성'이나 '풀잎'처럼 우리 주변에 있는 사소한 생각이나 사물을 통해서 내 손바닥 안에 담을 수 있는 작고 소박한 세상이 바로 시다. 글쓰기에서 새로운 것은 주제와 내용이 아니라 창조적인 작가 정신이다. 내가 가장 많이 보고 내가 가장 많이 생각하는 그것을 쓰면 글쓰기가 자연스러워진다. 글쓰기는 무엇을 쓸 것인가 이전에 어떻게 쓸 것인가가 선행되어야 한다.

한 편의 시를 읽으면서 발견하는 마음이 있다. 그것이 확연하게 보이는 순간은 동주의 시에 나타난 화자처럼 부끄러움을 느끼는 순간이다. 오늘 부끄러운 마음이 들었다면 펜을 들고 그것을 적자. 부끄러움을 잃어버린 사람들에게 보내는 따뜻한 온도의 글쓰기를 하자. 나의 부끄러움을 통해 타자의 병든 마음을 치유하면 내가 건강해진다. 삶이 힘겹고 어려워 지칠 때 우리가 잃어버리는 것은 희망이 아니라, 바로 부끄러움이다. 차라리 희망을 잃어버려도 모진 생활을 견딜 수는 있다. 하지만 부끄러움을 잃어버리면 나 자신을 잃어버리고 추악해진다. 그것을 경계하자. 아름다운 사람은 부끄러움을 아는 사람이다. 약점과 상처가 많은 사람이 강하게 성장하는 법이다.

나는 글쓰기라는 병에 걸렸는데 탈고하고 나면 나의 글을 부끄럽게 여긴다.

—몽테스키외(사상가)

〈성북동 비둘기〉의 시인 김광섭의 글 〈수필문학 소고〉에는 인상적인 첫 문장이 있다. "수필이란 글자 그대로 붓 가는 대로 써지는 글이다"라는 문장이다. 쓰는 것도 아니라 '써지는'이라니? 도대체 누가 어떻게 써준다는 말인가. 얼마나 충격적인 문장인가. 세상에 저절로 써지는 것이 있나? 하는 의문이 든다. 글쓰기를 하는 사람에게 이보다 더한 희소식이 있을 수 없다. 하지만 현실은 다르다. 일기 한 줄, 편지 한 줄도 '써지는' 것이 아니라 쓰는 것이다. 각고의 노력이 필요하다.

수필을 글자 그대로 풀이하자면 '붓 가는 대로'가 아니라, '수시로 적어놓은 글'이다. 중국 남송 시대의 학자 홍매洪邁의 《용재수필容齋隨筆》에서 처음 사용된 이 용어의 설명을 김광섭은 제대로 이해하지 못하고 말 그대로, 생각나는 대로 적어버린 것이다. 세상의 어떤 글쓰기도 붓 가는 대로 되지 않는다. 즉 마음대로 되지 않는다. 어린아이가 초콜릿 하나를 사기 위해서 용돈을 모으는 것을 보았다. 과자 하나를 사기 위해서도 노력이 필요하다. 하물며, 인간 정신의 일부를 옮기는 글쓰기가 마음대로 된다고 생각한다면 난센스다.

개구리를 집 근처 야산에서 발견했다. 이것을 쓰고 싶다. 쓰고 싶다는 마음이 들었다. 이때 마음대로 쓰면 안 된다. 개구리를 보고 느낀 감상만을 적는 한이 있더라도 개구리에 대한 사전을 뒤져보고 개구리에 관한 다큐멘터리를 보든지 해서 자료 준비를 해야 한다. 개구리의 눈, 다리, 볼, 색, 뛰는 모습 등 적어도 내가 할 수 있는 모든 조사를 하고 나서 펜을 들고 적어나가야 한다. 소설가나 시인처럼 예술 작품을 쓸 생각이 아니라면, 내가 보고 느낀 개구리에 대한 글을 산문으로 적을 수 있다.

마음대로 쓰지 말고, 마음으로 쓰라고 권하고 싶다. 마음은 정신의 일부다. 정신의 영역은 결국 영혼으로 연결된다. 육체와는 달리 영혼은 영원성을 품고 있다. 이것은 종교, 예술, 철학에서 중요한 주제로 다뤄진다. 비가시적인 영혼도 결국 삶과 밀접하게 연결되어 있을 때 문장이 살아난다.

영원한 것은 하나도 없다. 그러나 모든 것은 영원하다. 물질의 형태에서 보면 영원성은 부정되고, 물질의 본성에서 보면 영원성이 긍정된다. 영원성을 부인함은 인간의 한계 상황 때문이요, 영원성을 시인함은 인간의 가능 상황 때문이다. 영원성을 불신함은 중생의 고집 때문이요, 영원성을 확신함은 불타의 열반 때문이다. 인간의 한계성을 배제하고 가능성을 최대한으로 개발하여 저 눈 속에서 탄생의 기쁨을 위해 조용히 배자를 어루만지는 동물처럼, 얼어붙은 땅속에서 배아를 키우는 식물처럼 우리도 이 삼동에 불성을 개발하여 초춘엔 기필코 견성하도록 하자. 끝내 불성은 나의 안에 있으면서 영원할 뿐이다.

—지허 스님, 《선방일기》

동안거에 들어가는 불교 수도승들에게 스승이 던지는 문장이다. 불교에서는 이러한 문장을 '화두'라고도 한다. 화두는 마음으로 풀어야 하는 과제이기도 하다. 스승의 문장은 물질의 형태와 본성, 인간의 한계 상황과 영원성을 대비하면서 비교적 쉬운(?) 문장으로 수도승들에게 깨우침을 독려한다. 인간 정신의 극점이라고 할 수 있는 종교적인 문장이지만 관념적이지 않고 쉽게 읽힌다.

첫 문장부터 예사롭지 않다. 말 그대로 한 방 날리는 무엇이 있다. 영원성이라는 모호성을 간단하지만 선명하게 설명한다. 짧은 문장이 서로 대비되고 이 구조가 서로 부딪쳐 울림이 생긴다. 세 번째 문장에서 주제 문장에 대한 이유를 설명한다. 갑자기 쾅 하고 한 대 맞았는데 죽비로 때린 스승이 내가 왜 맞았는지 잘 설명한다. 이것 역시 서로 대비시키면서 설득력을 얻는다. 불가의 중심 사상인 불성을 깨우자는, 즉 깨달음을 얻자는 말이다. 화자가 말하고 싶은 마음을 문장을 통해 완결한다. 주제 문장과 뒷받침 문장이 서로 단단하게 결속되어 있을 때 글은 살아난다.

이 방법은 잘 익혀둘 필요가 있다. 필사해두고 애매모호한 개념을 설명할 때 써먹자. 이 문장을 노트에 적고 자신의 스타일로 고쳐볼 수도 있다. 순전히 학습적인 의미로 여러 번 반복해서 문장을 다시 만들면 된다. 예를 들어, '영원한 것은 하나도 없다. 그러나 모든 것은 영원하다'라는 두 문장을 '영원한 것은 하나도 없지만, 모든 것은 영원하다'라고 고쳐보자. 고친 문장은 간단해진 것 같지만, 예문과는 다른 느낌이다.

문장을 눈으로 보는 것과 직접 적는 것은 천지간의 차이가 있다. 무조건 간단하게 쓰는 것이 능사가 아니다. 긴 문장을 잘라 매듭을 짓는 것이 능사는 아니다. 길게도 써보고, 짧게도 쓰면서 책에서 본 좋은 문장을 이리저리 다루고 나에게 맞는 문장을 찾는 연습을 한다. 이것은 철저하게 개인적인 연습용이라는 사실을 잊으면 안 된다. 필자의 의도를 내가 완전히 이해했다고 할 수가 없기 때문이다. 다만 학생으로서 연습을 하는 것이다. 좋은 문장이 있다면 외우듯이 반복해서 읽어야 한다. 그리고 다음 단계인 자신의 문장을 쓰는 길로 가야 한다. 만약에 연습용으로 약간 고친 것을 자신의 문장이라고 하는 발표하는 순간, 표절이 된다. 표절은 범죄다. 표절은 문장의 자살이다. 어떠한 경우에도 절대 하지 말자. 대신에 좋은 문장을 읽고 쓰기를 반복하다 보면 어느새, 그 문장은 날아가고 나의 문장이 다가온다. 세상의 모든 문장은 그렇게 태어나는 법이다.

우리는 가시적인 세계와 인간 영혼이라고 할 수 있는 비가시적인 세계에, 살고 있다. 빙산의 일각이라는 말처럼 어쩌면 우리가 보는 것은 전체의 작은 부분이고, 정말 중요한 것은 거대한 빙산처럼 해면에 숨어 있다. 쓰기는 이 숨은 세상을 보고자 하는 열망에서 나온다. 이것은 인간을 대면하는 방법이기도 하다. 우리는 타인을 과연 얼마나 알고 있을까? 심지어 어머니를 비롯한 가족 관계 역시 마찬가지가 아닌가? 타인을 어떻게 바라보는가는 결국 내가 어떤 자세로 살고 있는지를 보여주는 일이기도 하다.

몸은 가시적이나 영혼은 그렇지 않다. 사람들은 몸이 마비된 사람이 자신의 한쪽 다리를 알맞은 방향으로 움직일 수 없다는 사실은 잘 보지만, 심술궂은 사람이 자기 영혼을 좋은 쪽으로 움직이지 못한다는 사실은 보지 못한다. 우리는 그의 심술궂음이 영혼이 마비된 탓이라는 점을 생각할 수 있어야 한다. 그리고 그 같은 영혼의 마비에 대항하여 싸워 그것을 굴복시켜야 한다. 이것이 바로 윤리의 기초다. 친애하는 니코마코스.
— 장-뤽 낭시, 《코르푸스》

'코르푸스Corpus'는 인간의 '몸'이라는 뜻이다. 서양의 사유 체계는 '몸'을 '영혼'과 별개의 것으로 보고 몸을 죄악시하는 기독교적인 전통이 있는데, 낭시는 몸과 영혼이 하나이며 그 몸을 존중해야 하는 이유를 성찰한다. 보이지 않는 세상을 눈에 보이는 사물로 설명하고 있다. 이 글은 철학자의 글답게 '윤리'를 설명한다. 불구자가 된 몸이 방향을 잘못 잡는 모습을 통해 인간이 지켜야 할 '윤리'역시 이 몸과 다르지 않다는 것을 보여준다.

동양의 수도승이 쓴 "영원한 것은 하나도 없다. 그러나 모든 것은 영원하다"와 서양의 철학자 쓴 "몸은 가시적이나 영혼은 그렇지 않다"는 가시적인 것과 그렇지 않은 것의 관계를 설명한다. 영원하다는 것은 또 무엇인가? 물질과 영혼의 관계에 대해서 생각하게 한다. 서로 이야기하는 관점은 다르지만 눈에 보이지 않는 영원성과 영혼에 대해 비교적 선명하게 설명한다. 만약에 이런 주제로 글을 쓴다면 이 두 문장 중에 어떤 스타일이 마음에 드는가?

글쓰기는 보이지 않는 세상을 보이는 사물을 통해 설명하는 한 방법이다. 예를 들어 사랑에 대해서 쓴다고 치자. 사랑처럼 보이지 않는 것이 어디 있는가? 시인들은 추상적인 개념을 여러 가지 방법으로 쓴다. 이런 문장은 어떨까? "섹스는 가시적이나 사랑은 그렇지 않다." 뭔가 다음 문장이 나올만한 준비가 되어 있어 보인다. 하지만 그것은 절대로 써지는 것이 아니다. 섹스에 대해서 쓸 것인가, 아니면 마음과 사랑에 대해서 쓸 것인가. 어디에 중심을 두느냐에 따라 다음 문장이 나와야 한다.

글쓰기의 어느 단계에서 붓 가는 대로 마음대로 쓰는 경지가 분명히 존재한다고 가정할 수는 있다. 그런 경지로 가지 위해서 우리는 쓰고 또 쓰는 것이다. 하지만 그곳이 어딘지 아무도 말할 수가 없다. 그 경지에 이르기까지 짧은 산문 하나라도 진정성을 가지고 온 마음을 다해서 써내야 한다는 사실을 잊지 말자.

글을 쓴다는 것은 이해관계를 떠난다는 것이다.
－알베르 카뮈(소설가)

Restart! 다시 시작하는 글쓰기

```
┌─────────────────────────┐
│                         │
│         10.             │
│     마음의 허를          │
│      찔러라              │
│                         │
└─────────────────────────┘
```

그림 그리기는 일면 글쓰기와 닮았단다. 처음 글을 배우는 아이는 도저히 이 일을 해낼 수 없을 것 같고, 선생님이 그렇게 빠른 속도로 글을 쓰는 모습이 마치 기적처럼 보이는 거야. 하지만 때가 되면 요령을 터득하게 되지. 그림을 배우는 것도 마찬가지란다. 이것 역시 글을 쓰는 것만큼 쉬워지는 날이 오는 거야. 그러려면 머릿속에 균형에 대한 개념을 지니고 사물을 보는 법을 배워야 하지. 네가 보는 대상을 큰 화폭이나 작은 화폭에 재생할 수 있도록 말이다.

–고흐, 《빈센트 반 고흐: 그림과 편지로 읽는 고독한 예술가의 초상》

 1882년 9월 18일에 쓰인 고흐의 편지에 공감한다. 내 생각에도 그림은 글쓰기와 닮아 있다. 고흐는 화가이지만 작가로서의 재능도 빛나 그의 편지는 세계 서간문학의 고전으로 자리 잡았다. 고흐의 그림과 글에 대해서는 많은 단행본이 나와 있다. 그에 대한 글쓰기 작업이 진부한 느낌이 들 정도로 고흐는 유명세를 타고 있다. 고흐 사후의 명성은 지난한 삶과 극명하게 대비된다. 그는 살아서 가난과 고통을 친구로 삼았고, 평생 붓과 펜을 쥐고 걸어 다녔다. 고흐의 구두는 작가와 화가가 신고 다니는 마음의 구두처럼 보인다. 먼 길을 걸어와 구두를 현관에 벗어두고 화폭을 마주하는 화가의 모습을 상상할 수 있다.

간혹 책을 읽다가 깜짝 놀라는 문장을 마주할 때가 있다. 그때 우리의 마음은 움직인다. 이것이 감동이다. 좋은 문장은 일반적인 사물이나 생각에서 뽑아내는 특별한 것이다. 그 특별한 순간을 적어내는 것이 중요하다. 진부한 생각에서 벗어나는 지름길이다. 고대로부터 이어져 지금까지 우리 곁에 남아 있는 작품들은 이러한 속성을 가지고 있다. 남들이 생각하지 못한 그 무엇, 전체적인 주류를 거스르는 그 무엇이 문장에 있다면, 읽는 순간 깜짝 놀라게 된다. 마치 고흐의 그림처럼.

빈센트 반 고흐,
〈한 켤레의 신발〉(1886)

문장뿐 아니라, 그림이나 음악 역시 마찬가지다. 진부함에 빠져 하품을 하는 사람들의 정신을 번쩍 들게 하는 작품이 있다. 카프카가 말한 좋은 책, 즉 얼어붙은 바다를 내리찍는 '도끼' 효과

인 것이다. 이것을 설명하기에는 그림
이 적당할 것 같다. 글쓰기와 화가들의
작품을 예로 들자면 여러 작품이 있겠
지만, 낮과 밤처럼 서로 대비되는 그림
소재를 이용해 걸작을 만든 화가가 있
다. 르네 마그리트는 이 분야의 탁월한
전문가다. 우선 그림을 보자.

르네 마그리트,
〈빛의 제국〉(1954)

> 나는 〈빛의 제국〉에서 다른 개념들, 즉 밤
> 의 풍경과 낮에 보는 것과 같은 하늘을 재
> 현했다. 이 풍경은 우리로 하여금 밤에 대
> 해, 낮의 하늘에 대해 생각하게 한다. 내 생각에, 이 낮과 밤의 동시성은
> 우리의 허를 찌르고 마음을 끄는 힘을 가지고 있다. 나는 이 힘을 시詩라
> 고 부른다.
>
> —마르셀 파케, 《르네 마그리트》

시를 이렇게 설명한 문장을 나는 본 적이 없다. 자신의 그림을
이토록 선명하게 설명하기 위해 마그리트는 많은 퇴고의 과정을
거쳤을 것이다. 화가가 정의하는 '시'는 글쓰기의 중요한 단초다.
우리가 바라보는 세계의 외연을 확장하고 그림을 보기 전에는 전
혀 생각하지 못한 방향으로 우리를 이끄는 힘이 있다는 것이다.

낯과 밤이 자연스럽게 흘러가는 일상 속에서 우리는 살고 있다. 하지만 낮과 밤을 동시에 보여주는 발상은 새로운 것이다. 그것이 바로 우리의 허를 찌르면서 마음을 끄는 힘이 된다. 이러한 힘의 원천이 바로 대상을 바라보는 시인의 시선이다. 시인은 노안이 되어도 시력이 좋아야 한다. 시의 시력은 육체의 힘이 아니라 마음의 힘이다. 우리는 서로 다른 개념들을 어떻게 원고지 위에 재현해야 하는지를 고민할 필요가 있다.

글쓰기가 힘든 까닭은 태양 아래 새로울 것이 없는데, 그것을 나만의 방식으로 새롭게 만들어야 하기 때문이다. 서로 다른 개념을 우선 찾아보자. 낮과 밤, 태양과 달, 죽음과 삶, 사랑과 결별, 부와 빈곤 등등 이러한 단어들을 노트하면서 글쓰기를 통해 어떻게 재현할 것인지, 그리고 독자의 '허를 찌르고 마음을 끄는 힘'을 어떻게 쓸 것인지를 고민하자.

르네 마그리트,
〈통찰력〉(1936)

탁자 위에 알을 놓고 바라보는 화가가 캔버스에는 새를 그리고 있다. 화가로서 작업하는 자신을 묘사한 이 그림은 일종의 자화상이다. 단지 자신의 모습만을 그리는 것이 아니라, 자신의 정체성과 창조하는 인간 전체를 표현한다.

화가는 알이라는 모티브를 자신의 언어로 번역해 새를 그리는 것이다. 알과 새는 서로 연결되어 있지만, 그것이 새로 날아오르기까지는 여러 과정이 필요하다. 하지만 화가는 그 과정을 생략하고 화폭에 새를 그린다. 지금 보는 그 대상을 정확하게 그린 것이 아니라고 비판할 수도 있겠지만, 그림에서 화가가 의도하는 것은 자연과학적인 시선이 아니라 시적 아날로지다.

산문 문장이 뜬금없이 비약적인 것은 혼란스럽지만, 시는 개연성이 있는 문장으로 알을 보고 새를 그리는 화가의 그림 같은 효과를 낸다. 글쓰기 중에서 특히 시가 이러한 역할을 한다. 아름다운 시 한 편은 마음의 허를 찌르는 날카로운 단도와도 같다. 내 친구는 좋은 문장이란 '한 번에 여러 개의 단도를 던지는 것' 같은 문장이라고 했다. 참 적절한 표현이다. 우리 마음에 허를 찔러 놀라게 하는 것이다. 내 마음의 과녁에 명중하는 화살처럼, 갑자기 날아온 문장이라고나 할까. 시집을 잘 읽으면 짧은 문장, 단 한마디로 우리의 허를 찌르는 문장을 만드는 데 큰 도움이 된다.

한 권의 책은 우리 안의 얼어붙은 바다를 부수는 도끼여야 한다.
-프란츠 카프카(소설가)

11.
한 줄도 너무 길다

그대가 곁에 있어도 나는 그대가 그립다

꽃으로도 때리지 말라

살아남은 자의 슬픔

여보게, 저승 갈 때 뭘 가지고 가지

위 문장은 유명한 시집과 산문집의 제목이다. 이 문장은 책 전체를 관통하는 내용을 아주 선명하면서도 간단하게 보여준다. 작가들은 원고를 쓰는 것보다 책 제목을 다는 것이 더 힘들다고 토로하기도 한다.

나 역시 책 제목을 고르는 데 원고 편집을 끝내고 여섯 달 이상이 걸린 적이 있다. 그래서 겨우 찾아낸 제목이 〈네가 헛되이 보낸오늘은 어제 죽은 이가 그토록 그리던 내일이다〉이다. 이것도 내가 쓴 것이 아니라 남의 문장을 빌려온 것이다. 남의 문장을 찾아내는 일도 참 고단하다. 차라리 내가 쓰는 것이 더 편하다. 하여간, 단 한 줄의 뛰어난 문장은 보석과도 같다. 글쓰기는 광부가 광맥을 찾는 일과도 비유할 수 있다. 다른 문장들이 땅을 파 내려가는 일이라면 단 한 문장은 금과도 같은 것이다. 그것을 '발견'했을 때 기분은 상상을 초월한다.

단 한 줄을 쓰는 것이 간혹 책 한 권을 쓰는 것보다 더 힘들다고 하면 엄살일까? 물론 번개처럼 한 문장이 떠오르기도 한다. 심지어 꿈속에서도, 화장실에서도 떠오른다. 이런 경우는 별로 없다. 그야말로 각고의 노력 끝에 잠시 찾아온 신선의 현몽과도 같은 것이다. 이런 우연을 바라고 글쓰기를 할 수는 없는 일이 아닌가? 그럼 어떤 방법이 있을까. 대답은 간단하다. 한 줄 문장의 대가를 찾아보는 것이다.

보이는 것 모두가 꽃이 아닌 것이 없고,

생각하는 것 모두가 달이 아닌 것 없다.

─마쓰오 바쇼, 《바쇼의 하이쿠 기행 3》

위에 인용한 글은 하이쿠(일본 시가문학의 한 장르)의 성인인 마쓰오 바쇼(松尾芭蕉)의 글이다. 하이쿠의 시인답게 매우 간명하게 글을 쓰기 전의 상태, 즉 나를 바라보는 상태를 잘 표현한다. 우리는 보고 생각하면서 글쓰기를 시작하기 때문이다. 보이는 것이 모두 꽃이고, 생각하는 것이 모두 달이라는 말은 자연 친화적인 시인의 글쓰기 태도를 잘 보여준다. 그래서 사막과도 같은 도시에 살면서 풍요로운 자연에 대한 글은 우리들의 생활을 풍요롭게 하는 영역이기도 하다.

이 문장에 대해서 우리는 너무 긴 것이 아닌가? 하는 생각을 할 수 있다. 예를 들자면 "아닌 것이 없고"를 그냥 "이다"로 하면 어떨까? 그러면 이런 문장이 나온다. "보이는 것 모두가 꽃이다." 그런데 문장이 간단해지기는 했지만 여운이 없다. "아닌 것이 없다"가 주는 울림을 버리는 순간 딱딱해진다. 무조건 줄이는 것이 능사가 아니다. 글쓴이의 의도가 잘 나타난 정도의 것을 우리는 "간단하게 쓴다"라고 생각하자. 이걸 염두에 두고 문장을 쓰자. 동시에 짧은 한 문장으로 긴 여운을 남기는 생각의 여지를 주는 것이 하이쿠의 매력이다. 바쇼의 하이쿠 두 편을 보자.

너무 울어

텅 비어 버렸는가

이 매미 허물은

오래된 연못

개구리

풍덩

위 두 하이쿠는 도저히 손을 댈 수가 없는 문장이다. 더는 줄일 수도 늘릴 수도 없는 상태다. 문장이 자연을 대상으로 한 소재와 어울린다. 매미와 개구리는 우리에게 친숙한 생명이다. 읽는 순간 느낄 수 있는 것들은 의외로 많다. 이 짧은 글을 주제로 한 편의 산문을 쓰고 싶은 독자도 있을 것이다. 매미 허물을 직접 본 경험이 있다면 더할 나위 없다. 바쇼는 조각가 알베르토 자코메티처럼 끊임없이 언어를 깎고 버리는 연습을 한 것으로 보인다.

버리면 버릴수록 더해지는 것이 있다. 좋은 문장을 얻는 것이다. 단 한 줄의 문장을 쓰기 위해 여러 페이지의 원고지를 버릴 수도 있다. 하지만 좋은 한 줄이 나온다면 독자는 많은 것을 얻는다. 매미, 개구리와 더불어 나비는 어떤가? 역시 하이쿠 시인인 고바야시 잇사(小林一茶)는 나비에 대해 이렇게 쓴다.

나무 그늘 아래
나비와 함께 앉아 있다
이것도 전생의 인연

마치 한 폭의 수채화와 같다. 떨어진 자신의 눈물을 펜으로 찍어 쓴 것처럼 보인다. 시가 보인다는 것은 무슨 의미일까? 언어의 울음소리가 들린다고도 한다. 이 시를 읽으면 남쪽에서 나비가 날아올 것 같다. 즉 좋은 문장은 눈에 선명하게 보이고, 천둥소리처럼 들리기도 하는 것이다. 나비 한 마리가 따뜻한 봄날에 어디선가 날아와 필자의 어깨 위에 앉아 있던 기억이 난다. 참 신비로운 순간이었다.

그때 나는 이 나비가 나의 분신이 아닌가라는 생각을 했다. 그런데 그 나비가 움찔하고 내 어깨에서 날아올라 날아가는데, 여우비가 내려 빗방울이 날개에 떨어졌다. 나비는 잠시 물방울에 맞아 비틀거리면서 허공에서 추락하다가 다시 날아오르고 있었다. 놀라운 광경이었다. 마치 현미경을 들여다보고 있는 것 같기도 했다. 그 순간을 잊을 수가 없다. 하이쿠 시인이라면 분명히 단 한 줄로 이 풍경을 노래했을 것이다.

바쇼처럼 하이쿠에 전 생애를 바치지는 못하겠지만, 그가 쓴 문장만은 우리가 사유하고 가질 수 있다. 바쇼의 이런 글을 천지를 떠돌아다닌다고 얻을 수 있을까. 때론 3년 여행보다 3일 독서가 나을 때도 있다. 읽어야 잘 쓰는 법이다.

바쇼의 "보이는 것 모두가 꽃이 아닌 것이 없고, / 생각하는 것 모두가 달이 아닌 것 없다."는 일본의 에도 시대부터 지금까지 우리에게 읽히고 있다. 단 한 줄을 얻기 위해 그는 산과도 같은 문장을 보았을 것이다. 그는 중국의 장자와 노자를 비롯해서 이백과 두보와 같은 시인들의 시를 읽고 자신의 사유의 울타리를 친다.

흥미로운 것은 바쇼가 살았던 시대는 매우 타락한 시대였다는 점이다. 사람들은 성적 쾌락과 돈에 최고의 가치를 두고 거칠게 행

Restart! 다시 시작하는 글쓰기

동하고 전쟁으로 비틀거렸다. 자본주의 물질 만능주의에 빠져 있는 오늘의 세태와 하나 다를 것이 없다. 그런데 바쇼는 은둔하고 여행하며 내면의 세계로 깊이 들어갔다.

이것이 도대체 어떻게 된 일인가 싶다. 왜 바쇼는 세상사와 동떨어져 은둔자로 살다가 여행길에 병들어 죽었을까? 여기에 글쓰기의 비밀이 하나 숨어 있다. 무엇인가 쓰고 싶다는 생각이 드는 순간, 이미 자신만의 영역으로 들어간다. 바쇼는 어떤 세상으로 들어간 것일까. 바쇼는 자연으로 들어간다. 그리고 이렇게 말한다.

> 그 꽃을 보지 못하는 사람은 야만인과 다를 바 없다. 또한 그것을 보는 마음이 꽃이 아니라면 새나 짐승과 다를 바 없다. 야만인이나 새, 짐승의 지경을 벗어나 자연의 조화에 순응하고 조화의 세계로 돌아가야 하리라.

하이쿠는 한 줄도 길 수 있는 문장이지만, 그것을 산문으로 적어놓는다면 이런 설명이 필요하다. 산문은 어떤 대상을 글로 설명하는 작업이고, 글쓰기의 기초적인 단계이면서 이미 완성된 형태를 이루고 있다. 바쇼는 '자연의 조화에 순응하고 조화의 세계'로 돌아가라고 한다. 우리에게도 이런 세계가 있으면 좋다. 자연을 비롯해서, 도시도 그 대상이 된다.

음악을 듣거나, 여행을 하거나 친구와 한담을 나누고 나서 "아, 이것은 써야 하는데"라는 생각을 놓치곤 한다. 글을 쓴다는 건 결국

나를 바라보는 일이다. 이 세상에서 내가 알 수 있는 단 하나의 존재, 나를 통해서 나아가는 세상을 바라보는 일이다. 그러기 위해서는 사유하는 시간이 필요하다. 바쇼는 자신만의 공간을 만들고 거기에서 사유하고 여행하고 하이쿠를 지었다. 그래서 절창이 터져 나온다.

글쓰기뿐만이 아니라, 우리가 존경하고 감동하는 많은 전문가들이 이 상태를 유지한다. 베토벤이 작곡을 할 때 거의 미친 사람처럼 식음을 전폐하고 며칠 동안 방에서 나오지 않았다고 하는 일화 역시 바쇼의 심경과 다르지 않다. 보이는 것이 꽃이 아닌 것이 없다는 것, 생각하는 것 모두가 달이 아닌 것이 없다는 것은 어딘가에 가고자 하는 사람들의 일념이고, 그것이 무엇인가를 만들어 낸다. 우리가 바쇼나 베토벤 같은 삶을 살기는 매우 힘들다. 일상을 견뎌야 하고, 경제활동을 해야 하며, 어느 정도의 쾌락은 반드시 필요하다. 그걸 무시하라고 말하지는 못한다.

세상 모든 사람들이 바쇼나 베토벤이 될 필요도 없고 그럴 수도 없다. 그러나 이 문장은 글쓰기를 준비하기 위해 매우 유용한 생각이다.

바쇼의 하이쿠는 글쓰기에 대한 어떤 유용성이 있는가? 일단 글에 대한 경건한 마음을 가지게 한다. 그 마음으로 하루에 딱 한 줄만 쓰자.

나는 시, 소설, 동화 등 수많은 책을 썼지만 고독한 사람이다. 이 고독이 나에게는 단점이기도 하지만 장점이다. 단점은 경제적으로 고생을 한다는 점이고 장점은 글쓰기에 대한 절실한 마음이다.

인생 후반기가 내가 정말 쓰고 싶은 것을 쓸 때가 아닐까. 그동안 인생의 변방을 떠돌면서 겪었던 경험, 아버지를 보내드리고, 나이 든 가장으로 겪어야 하는 고통들, 고양이나 개를 키우면서 느낀 감정까지.

우리가 어떤 시대를 선택해서 살 수는 없지만, 글쓰기를 통해서 내가 살고 있는 이 시대에 대한 자존감과 정체성을 확립할 수 있다. 마지막으로 하이쿠의 시를 편집해서 출간한 시인의 글을 읽어본다.

오래전부터 일본에는 한 줄짜리 시를 쓰는 사람들이 있어 왔다. 그들은 아무것도 가진 것 없이 먼 길을 여행하고 방랑하며 한 줄의 시를 썼다. 길에서 마주치는 풍경에 대해, 작은 사물에 대해, 벼룩과 이와 반딧불에 대해, 그리고 허수아비 뱃속에서 울고 있는 귀뚜라미와 물고기 눈에 어린 눈물에 대해…… 한 줄의 시로 그들은 불가사의한 이 지상에서의 삶을 표현하고자 했다. 때로 그들에게는 한 줄도 너무 길었다.

―류시화, 《한 줄도 너무 길다》 서문에서

참 좋은 문장이다. 하이쿠에 대해서 이 정도로 설명한다는 것은 어려운 일이다. 시인이 오랜 시간 명상을 통해 자신이 쓰고 싶은 문장에서 불필요한 것들을 덜어내어 마치 하이쿠와 같은 산문을 쓰고 있다. 서문이 본문과 이렇게 이어지면서 독자들은 이 책의 내용에 더 관심을 가질 것이다. 서문이 되었건 본문이 되었건 단 한 줄로 설명하고자 하는 의도가 읽힌다. 이 단락의 압권은 "때로 그들에게는 한 줄도 너무 길었다"이다.

이 문장에서 이 책의 제목이 정해진다. 이 문장에서 '때로'라는 수사가 과연 필요할까라는 생각을 한다. 당신의 생각은 어떠한가? 나는 '때로'가 있는 것이 좋다. 앞 문장과 이어지는 연결성이 좋고, 이것이 있어 문장이 더 짧게 느껴지기 때문이다. 단, 제목으로 정할 때는 경우가 다르다. 앞의 문장과 연결이 되지 않고, 단 한 줄로 줄일 때는 "한 줄도 너무 길다"가 적당하다. 이 문장이 책 제목이다. 이 차이를 잘 살펴보기 바란다.

하여간, 오늘은 딱 한 줄만 쓰자. 이것을 마음에 담고 일기장에 쓰자. 매일매일 이러한 훈련이 반복된다면 100일이 지나면 달라진 나의 글을 발견한다. 이 얼마나 즐거운 일인가? 다시 한 번 말하지만 글쓰기는 훈련이고 기술이다. 매일매일 글을 연습하는 사람을 이길 수는 없다. 바쇼의 한 문장은 매일매일 걸어간 길이고, 매일매일 생각한 달이다.

무엇을 쓰든 짧게 써라. 그러면 읽힐 것이다. 명료하게 써라. 그러면 이해될 것이다. 그림같이 써라. 그러면 기억 속에 머물 것이다.
－조지프 퓰리처(언론인)

그는 분명한 시작과 끝이 있는 시를 지으면서도 전쟁 전부를 다 다루려고 하지 않았다. 그런 이야기는 너무 길어서 한 번에 하나의 통일체로 파악될 수 없을 뿐더러 크기가 적당하다 하여도 자질구레한 일들이 지나치게 복잡하게 얽힐 것이다. 우리가 주목할 것은 호메로스가 그 전쟁 중에서 통일된 한 부분만을 선택하였고, 뿐만 아니라 함선의 목록 같은 많은 에피소드를 사용하여 시를 다양하게 확대하였다는 점이다.

–아리스토텔레스,《시학》

무엇인가를 쓰고 싶어 하지만, 막상 펜을 들면 뭘 써야 할지 모르겠다. 심지어 내가 직접 겪은 이야기를 쓰려고 해도 녹록지 않다. 왜 그럴까? 자신의 머릿속에 들어 있는 모든 것을 쓰려는 생각 때문이다. 심지어 우리 자신에 대해서 쓰려고 해도 마찬가지다. 물론 최선을 다해서 좋은 글을 쓰고자 하는 의미에서 욕심은 좋은 일이다. 하지만 자신의 현재 상태에서는 도저히 쓸 수 없는 글을 쓰고자 하는 욕심은 버려야 한다. 욕심을 버린 자리에서 내가 쓸 수 있는 것을 확인한다. 그중에서 일부분, 혹은 핵심적인 부분을 골라 집중하면 마치 나무의 나이테처럼 글쓰기가 확장된다. 내가 지금 당장 쓸 수 있는 것은 의외로 많이 있다. 소재가 없어서 못 쓰는 것이 아니라, 쓰는 방법을 익히지 않았기 때문이다.

우리의 인생은 소설 수십 권을 쓰고도 남을 이야기가 있다고들 한다. 그것을 다 쓰려고 하니 아무것도 쓰지 못한다. 그중에 '통일된 한 부분'을 선택해야 한다는 말은 고대로부터 내려오는 글쓰기의 기본 원칙이다.

예를 들어 작고하신 아버지에 대한 글을 쓰고 싶은 사람이 있을 것이다. 자신의 가족과 관련된 사연은 드라마나 영화보다도 감동적이라고 생각하기 마련이다. 그건 나 역시 마찬가지다. 작가로서 이건 꼭 써야 한다는 사명감 같은 것이 생겼다. 내가 아버지에 대해서 뭔가를 쓰고 싶다는 생각이 든 것은 아버지의 장례식이 끝난 후 도착한 벽제 화장터에서였다.

한겨울 새벽에 동생에게 걸려온 "아버지가 돌아가셨어"라는 전화 한 통을 받고 부모님 댁으로 가던 심경, 마치 아이처럼 병상에서 모로 누워 있는 아버지의 모습, 경황이 없이 상조회사 사람들의 도움을 받아 장례식을 치르고, 화장터에서 불구덩이로 들어가던 아버지의 차가운 몸, 사방에서 고인들의 죽음을 애도하는 유족들의 울음소리가 지금도 들려온다.

글은 잠든 사나운 짐승을 깨우는 것처럼 무서울 때가 있다. 사실, 지금도 그만 쓰고 싶다. 그때를 떠올리니 고통스럽기 때문이다. 하지만 이 과정을 거쳐야 한다. 성장통처럼 원고통이 있다. 여기서 멈춘다면 아무것도 아니기 때문이다. 이걸 쓰는 순간 진짜 내 것이 되기 때문이다. 한동안 고민하다가 나는 그 모든 과정에서 가장 인상적인 물건을 하나 떠올렸다.

그것은 아주 작은 쇳조각들이었다. 6·25전쟁에서 부상당한 흔적인 그 쇳조각. 부러진 다리뼈를 이어주던 수술용 쇳조각은 화장터의 화염이 아버지의 몸을 태우고, 뼈와 함께 실려 나왔다. '불길과 쇳조각' 여기에서부터 작은 이야기는 시작된다. 그것을 보고 과거의 내 모습을 떠올렸다. 글쓰기는 지금 내가 기억하고 있는 가장 작은 것에서부터 시작한다. 그것이 결국은 크게 된다.

오래전에 원고를 불태운 적이 있었다. 수년간 쓴 200자 원고지를 무덤처럼 쌓아놓고 소주를 마시면서 불을 질렀다. 다시는 너와 인연을 맺지 않을 것이라고, 네가 가는 모습을 똑똑히 보아두겠다고 다짐을 했다. 내용이 없어 가벼운 종이는 금방 타올랐다. 원고 뭉치를 잘 태우기 위해 나무 작대기로 그것들을 뒤적거리면서 휘발유를 부었다. 어느 순간 불길이 활활 타오르자 희열감이 들었고, 그 광기의 시간이 지나자, 뭔가 아쉬운 것인지 원고지가 타버린 자리를 물끄러미 바라보았다.

잘 가라, 너는 악마와 같은 존재였다. 맥주잔에 막소주를 마시면서 타버린 원고지를 발로 밟았다. 그때 벌레처럼 꿈틀거리는 것이 있었다. 허리를 굽혀 살펴보니, 내가 쓴 문장들이었다. 명사와 동사, 부사와 형용사, 종결어미와 마침표와 쉼표가 나무뿌리처럼 뒤엉켜 있었다. 검게 타버린 원고지에는 글자들이 고스란히 드러나 있었다. 은백색으로 반짝이던 그것은 막연히 세상을 떠돌던 이야기들의 뼈였다. 그 후로 오랜 시간이 흘렀고, 나는 벽제 화장터에서 이 뼈를 다시 보았다.

글의 도입부는 첫인상이다. 어디서부터 내가 쓰고 싶은 것을 끄집어내는가? 처음을 잘 잡아당겨야 그다음 문장이 따라 나온다. 나는 나의 원고를 불태우는 장면부터 시작했다. 화장터의 불길과 원고지의 불길이 서로 어떤 연결고리를 가지고 있는 것은 뼈 때문이다.

아버지의 뼈는 쇠막대기와 연결되어 있었고, 작가로서 살고 있는 내가 가장 소중하게 생각하는 것은 문자들이다. 원고지를 태우면서 보았던 글자들은 아버지의 뼈와 연결되었고, 거기에서 나는 쇠막대기를 발견했다. 불타버린 원고지와 문장과 주검과 뼈의 대비는 제법 어울린다. 죽음의 이미지가 그려지면서 이제 도입부를 지나 본문으로 들어간다. 즉 아버지의 죽음에 대한 이야기가 시작된다.

살덩어리가 사라지고 뼈만 드러난 그 화장터가 젊은 시절 원고지를 불태웠던 하숙집 앞마당처럼 보였다. 아버지의 몸을 화장한 허연 자리에 인체의 골격과 함께 쇠막대기가 일곱 개 나왔다. 다리뼈 근처에 쇠막대가 타지도 않고 있었다. 아아. 신음하면서 나는 하늘을 보았다. 한두 방울 겨울비가 떨어지고 있었다. 그날 불타버린 원고지는 바람에 실려 갔는데, 아버지의 삶을 지탱해온 쇠막대기는 무거워서 움직이지 않았다. 너무 뜨거워서 만질 수도 밟을 수도 없었다. 비로소 아버지의 부재가 서러웠다.

여기까지는 아버지의 부재가 불러오는 슬픔이었다. 직접 경험해본 사람만이 아는 감정이다. 사랑하고, 또 사랑받은 가까운 타인의 주검은 때로 심각한 트라우마를 불러오기도 한다. 사실 그 자리에서 나는 오열했다. 하지만 그것을 쓰지는 않았다. 대신에 떨어지는 빗방울을 은유로 심경을 표현하고 가슴을 쥐어뜯는 슬픔은 '서러웠다'로 간단하게 적었다. 그것이 더 서럽게 보이기 때문이다. 지나치게 감정을 드러내면 읽는 사람의 감정이 들어갈 공간이 없어진다. 감정을 억누르고 최소한의 문장을 통해 담담하게 이야기하는 것이 더 자극적이다. 이제 여기까지 왔으니 쇠막대기에 대한 이야기를 할 차례다. 이것이 내가 쓰고 싶었던 중심 문장이다.

나는 그것을 말굽에 박아 넣은 편자로 보았다. 나는 중얼거렸다. '아버지 몸에 편자가 있었네요. 사시는 동안 참 무거운 것을 몸속에 지니고도 계섰습니다.' 아버지가 노새처럼 나에게 걸어오고 있었다. 당신은 평생 노새처럼 저런 편자를 달고 사셨구나 싶었다. 사실 그건 편자가 아니라, 아버지가 참전한 6·25전쟁에서 인민군과 교전 중에 다리 골절을 당했고, 그 골절된 뼈를 이어준 의료용 기구이다. 그걸 평생 다리에 지니고 살았기에 인간의 편자라고 해도 된다. 휴전을 했지만, 살아남은 자들의 전쟁은 끝이 없었다. 삶의 휴전선은 없었다. 사방 천지에서 날아오는 아군과 적군의 포격과 총격전 속에서 아슬아슬하게 살아남았고, 그 총성이 멈춘 자리가 바로 화염이 넘실거리는 화장터였다. 아버지 인생의 휴전선은 삶과 죽음의 경계선에서 형성되었다. 그 자리에서 아버지의 편자가 몸에서 드디어 떨어져 나온다.

아주 작은 물건 하나, 화장터의 쇠막대기에 대해 생각하니 이런 저런 일들이 떠올랐다. 비록 아버지의 전 생애는 아닐지라도, 중년의 나이가 되어 나의 삶도 되돌아보는 계기가 되었다. 쇠막대기를 노새의 편자, 삶을 이어준 지지대로 표현했다. 단순한 사물의 명칭은 글쓴이의 시선에 따라 새로운 단어로 탄생한다. 더불어 글의 중심 사상이 되기도 한다.

어떤 단어가 좋을까? 쇠막대기는 여러 가지 변신을 하는 이미지로 다가왔다. 단 아버지의 삶과 너무 동떨어진 단어 선택은 금물이다. 글의 중심 사상을 표현하는 단어는 마치 자석처럼 주위에 단어를 끌어당긴다. 다음 단락에서 아버지라는 존재에 대한 성찰과 그것이 나에게 주는 의미를 쓰기 시작했다.

> 몸은 더 이상 뜨겁지도 않은 불구덩이에 들어가 두어 시간 지나자 팔십
> 인생은 쇠막대기만 남기고 더 이상 태울 것도 없었다. 아버지가 사라진
> 자리에서 아버지를 보았다. 저 무거운 걸 몸에 지니고 살아온 사람, 그
> 휘어진 등에 업혀 있었던 우리 가족의 모습. 한 사내가 걸어온 길은 늙은
> 어머니의 손금처럼 아슬아슬하게 이어져 있었다. 그나마 살기 위해 여
> 기저기 움켜쥘 것이 많았기에 어머니 손등은 점점 거칠어지고, 손바닥
> 은 보이지도 않았다.

"아버지가 사라진 자리에서 아버지를 보았다"라는 문장은 "아
버지의 혼이나 영혼을 보았다"라는 의미도 되지만, 그것만으로는
설명할 수 없는 아버지의 '그 무엇'을 설명하는 데 적절하다. 아버
지가 떠나시고 나서 오랜 시간이 되었지만 지금도 아버지에 대한
일을 생각하면 한밤에 깨어나 한숨을 쉬곤 한다. 이것이 무엇인지
모르겠다. 그것은 죄책감이다. 아버지를 좀 더 잘 보살펴 드리지
못한 맏아들의 죄책감이다. 그리고 아버지의 모습은 바로 나의 모
습으로 다가온다. 가장으로서 살아온 아버지의 고단한 삶은 바로
지금 나의 삶이기 때문이다. 더불어 어머니다. 어머니 역시 고단한
삶을 살았다. 부부라는 것이 그런 것이다. 그래서 나는 어머니의
손을 묘사했다. 그것은 아버지의 딱딱한 쇠막대기와 대비되면서

부드럽지만 강하고 슬프다. 어머니는 항상 자식들을 위해 살았기에 손등은 거칠어졌고, 손바닥을 볼 시간도 없었다.

여기까지 썼다. 사실, 쇠막대기를 떠올리면서 이런 구상을 한 것은 아니다. 이러이러한 것을 적겠다고 생각하지 않았다. 다만 초고를 퇴고하며 문장을 다듬는 과정에서 또 생각이 연결되었다. 글쓰기는 글쓰기를 통해서 하는 작업이다. 결국 쓰다 보면 쓸 것이 나온다. 이 글은 소설 《망치》의 서문이다. 장편소설의 서문으로 필요한 글이었다.

쇠막대기 하나는 나에게 원고지 1300매 가량의 소설을 쓰게 하는 물꼬를 터 주었다. 다음 단락에서 나는 이 글의 목적을 밝혔다.

부러진 뼈와 뼈를 이어주는 쇠막대기와 같은 문장으로 한 사내의 삶을 이야기하고자 했다. 포탄의 파편 같은 언어를 다루어야 했기에 때론 뜨거워서 손을 데기도 했고, 서슬 퍼렇게 날이 서 만지기가 두렵기도 했다. 죽음은 인간이 남기는 가장 강력한 이미지다. 온 인생을 보여주는 단순하고 작은 문양이다. 언젠가는 화석으로 남을 문자가 기록할 수 있는 최후의 것이다.

저격범의 흉탄처럼 날아온 아버지의 죽음을 심장에 박고, 이제 인생 오십을 넘긴 내가 쓴다. 새벽 언덕에 올라갈 길을 본다. 아직도 멀고도 멀었구나. 겨울 철새들이 날아가는 북쪽으로 별을 던진다. 별이 떨어지자, 삶은 호랑이처럼 다가와 고양이처럼 사라진다. 이 소설의 퇴고를 마치고 그 자리에서 다시 이 소설을 태워버리고 싶었지만 결국 사라지지 않는 것이 있는데, 그것이 문자와 문학이라는 쇠막대기였다. 내가 타버리지 않는다면 사라지는 것은 없다.

산산조각 난 슬픔과 기쁨을 이어주는 것이었고, 지금도 몸에 무거운 쇠막대기를 지니고 살아가고 있는 사람들이 있다. 우리 시대, 아버지가 사라진 자리에서 주저앉아 있다가, 어머니 손길 같은 바람이 등을 밀어 다시 한 번 일어나 갈 길을 살핀다.

아버지의 쇠막대기를 통해 필자와 내 주위에 있는 사람들의 상처와 고통을 함께 볼 수 있었다. 부러진 뼈를 이어주는 쇠막대기와 같은 문장이라는 표현이 맘에 들었다. 그것은 상처의 치유이고, 글쓰기를 통해 치유가 가능하다는 표현이기도 하다. 그리고 이 글의 도입부에 기억을 다시 끄집어냈다.

이 소설은 내가 시인으로 활동하다가, 다시 소설을 발표한다는 의미가 있었다. 그래서 아버지의 쇠막대기를 시로 쓰려고 하다가, 시만으로는 담을 수 없는 이야기가 간절해서 소설을 쓴 것이다. 대학 시절 쓴 소설에 대한 좌절감을 느끼고 원고를 불태웠던 기억은 일종의 트라우마다. 그 이후 계속 시를 썼지만 다시 소설을 쓰게 한 아버지의 죽음. 나에겐 새로운 생명의 탄생이었다. 아버지가 죽은 자리에서 새롭게 태어나는 소설을 보면서 삶을 전망하고자 했다. 이 서문은 은유가 많다.

특히 "삶은 호랑이처럼 다가와 고양이처럼 사라진다"는 어떤 두려운 삶이라도 아무리 거대한 인물이라도 죽을 때가 되면 작고 보잘것없어진다는 의미로 적었다. 시와 산문의 은유는 다르다. 산문의 은유는 다음에 이어지는 문장과 연결성이 좋아야 한다. 다음에 바로 퇴고 운운한 것은 아버지의 죽음에 대한 의미였다. 불길 역시 그래서 다시 강조했다.

아버지의 죽음을 통해 나는 두 눈으로 똑바로 보았다. 칠순을 넘기실 때까지 검은 머리카락을 유지하셨고 식성은 나보다 왕성하셨다. 그런 분이 팔순이 가까워지자 급격히 작아지셨다. T. S. 엘리엇의 시 〈황무지〉에 나오는 항아리에 든 노파처럼 점점 몸이 줄어들었다. 그리고 임종의 자리에서는 다시 자궁 속의 태아처럼 몸을 웅크린 채 병든 병아리처럼 눈을 감고 있었다. 이러한 경험은 평생 잊히지 않을 것이다. 그래서 장송 행진곡처럼 무겁지만 간절한 마음을 담고 싶었다. 어떤 유머도 생각나지 않았다. 아내의 주검 앞에서 북치고 노래를 불렀다는 장자의 경지까지 가지 못했기 때문이다.

이제는 마지막 단락을 적을 때가 되었다. 결국 죽음보다는 삶이다. 삶이 있어서, 살아야 하기 때문에 우리는 쓴다. 그것이 비록 유서가 되더라도 말이다. 글쓰기는 희망이다. 그 희망은 멀리 있는 무지개가 아니라, 지금 내가 손에 쥐고 있는 펜이다. 책상 위에 있는 것이 아니라 손에 쥐고 있는 펜이 희망이다. 그것을 손에 쥐고 같이 가는 거다. 한 손엔 희망이고, 다른 손엔 절망이다. 이 둘은 떼어낼 수가 없고, 사실 가만히 보면 비슷하게 생겼다. 마지막 단락에서는 희망의 메시지를 던지고 싶었다.

사람들이 살고 있는 저기까지만 가면 된다고 믿고 싶다. 별이 빛나는 저기까지만 걸어가면 된다고 중얼거리면서 꺾인 무릎을 곧추세운다. 이 소설을 상처투성이인 내 발바닥에 편자로 박아 넣었다. 거칠고 먼 길만 보이지만, 뒤로는 되돌아갈 수 없는 낭떠러지다. 더 이상 주저하지 말고 어서 가야, 가야 한다. 그 길 위로 춘설이 내리는데, 남해 동백꽃을 보고 싶었다.

이렇게 산문은 끝난다. 쇠막대기 하나가 연결하고 있는 것들은 의외로 많았다. '전체는 부분의 합보다 크다'는 아리스토텔레스의 말은 글쓰기에도 그대로 적용된다. 글쓰기에서 특정한 한 부분은 전체를 구성하는 요소이면서, 이 부분들이 모인 전체가 부분들보다 크다. 독자들이 한 권의 책을 읽고 무엇을 기억하는가?

제페토 할아버지의 목공 기술이 '피노키오'를 만들었다. 나무 인형이 피노키오가 되고 피노키오가 인간이 되는 과정은 글쓰기 과정을 보여주는 이야기로 읽힌다. 망치와 끌을 다루는 기술처럼 펜을 다루어야 한다. 작가는 나무토막을 피노키오로 만드는 사람이다. 나무토막을 살아 있는 '아이'로 만드는 과정이 글쓰기다. 우리는 잘 쓴 글을 보고 '살아 있다'고 한다. 심장이 두근거리는 생명 감을 느끼기 때문이다. 우리 몸의 심장처럼, 작지만 중요한 한 부분에 집중하고 거기에서부터 시작하는 글쓰기는 당신이 표현하고 싶은 이상의 것을 쓰게 할 것이다. 처음은 작고 소박하게 시작하라. 그 단어를 선택하기 위해 길고 긴 시간을 버텨야 한다.

짧은 단어를 쓸 수 있을 때는 절대 긴 단어를 쓰지 않는다.
빼도 지장이 없는 단어가 있을 경우에는 반드시 **뺀**다.
능동태를 쓸 수 있는데도 수동태를 쓰는 경우는 절대 없도록 한다.
–조지 오웰(소설가)

13.
한번 생각하고,
두 번 쓰고, 세 번 고쳐라

오래된 냉장고가 갑자기 고장이 났다. 냉장고 안의 램프에 불이 나가고 조금씩 냉기가 빠져 나갔다. 이십 년 이상 된 금성전자 제품이라 이제는 수명이 다한 것 같아 폐기 처분을 할까 하다가 간단한 고장일 수도 있겠다 싶어 서비스 센터에서 기사를 불렀다.

기사는 냉장고를 이리저리 살펴보더니 혹시 전기 코드가 어디에 있느냐고 물었다. 나는 벽에 붙어 있는 전기 코드 자리를 확인했다. 어럽쇼! 코드가 조금 빠져 있었다. 빠진 코드를 제자리에 꽂자 다시 램프에 불이 들어오면서 작동했다. 허허 웃으면서 생각했다. 그래 뭐든지 기본에 충실해야 한다. 만약에 전기 코드를 확인하지 않고 폐기 처분할 때가 되었다는 이유로 버렸으면 어쩔 뻔했을까. 매사가 그렇다. 중요한 것은 기본에 있다.

대하소설《토지》도 단 한 줄의 문장에서 시작된다. 글쓰기는 한 문장, 한 단락에서부터 대하소설이 되기도 하고, 짧은 칼럼이 되기도 한다. 한 문장이 단단하게 결합되어 있지 않다면, 코드가 빠진 냉장고 꼴이 되어버린다. 작품 전체에 영향을 미치는 것은 작품 전체가 아니라, 한 문장 한 문장의 단단한 결합이다. 한 문장을 이루고 있는 주어와 술어부, 조사와 종결어미, 문장 부호에 이르기까지 꼼꼼하게 점검해야 한다.

퇴고를 하면서 이 점을 염두에 두어야 한다. 문장을 쓰면서 휘몰아치듯이 자신의 생각을 펼쳐나가는 과정은 필요하다. 중간중간에 멈추어 문장을 점검하면 진도가 나가지 않는다. 일단 생각나는 대로 쓰고, 그다음에 점검을 해야 한다. 퇴고의 원칙 하나. 문장이 기본에 충실한가.

어떻게 고칠 것인가? 거기엔 먼저 기준이 있어야 할 것이다. 이 기준이 확고하지 못하기 때문에 허턱 아름답게, 허턱 굉장하게, 허턱 유창하게 꾸미려 든다. 허턱 아름답고, 허턱 굉장하고, 허턱 유창한 글은, 화장품을 덕지덕지 바르는 것처럼 도리어 미를 상하게 하는 화장이다.

　　　　　　　　　　　　　　　　　　　　－이태준, 《문장강화》

글쓰기의 기술이 좋다는 말은 퇴고를 잘하는 사람이라고 해도 된다. 위에 인용한 《문장강화》에서는 러시아 문호들의 예를 들었다. 즉 톨스토이, 도스토옙스키, 체호프, 고리키 등 세계 문학사의 걸출한 작가들의 작품은 모두 퇴고에 퇴고를 거듭한 작품이라는 뜻이다.

심지어 고리키는 친구에게 이런 말을 들었다고 한다. "그렇게 자꾸 고치고 줄이다간 '어떤 사람이 태어났다. 사랑했다. 결혼했다. 죽었다' 네 마디밖에 안 남지 않겠나?"라고. 아주 적절한 비유라는 생각이 든다. 현실적으로 많은 작가들이 경제적인 이유나 마감 시간에 쫓겨 서둘러 글을 쓴다. 그래도 아직 단행본으로 출판이 안 된 경우에는 조금 여유가 있다. 출판을 하기까지 여유가 있기 때문이다. 독촉이 없이 편하게 글을 쓸 수 있다면 한번 쓴 글을 퇴고하면서 글쓰기의 기법을 익힐 수도 있을 것이다. 이 책에 나온 인용문들도 연습 대상이 될 수 있다. 이태준 선생이 쓴 문장을 내가 쓴 것이라고 생각하고 한번 고쳐보자. 당장 할 수 있는 일이 같은 단어가 반복되는 문장일 것이다.

"이 기준이 확고하지 못하기 때문에 허턱 아름답게, 허턱 굉장하게, 허턱 유창하게 꾸미려 든다. 허턱 아름답고, 허턱 굉장하고, 허턱 유창한 글은, 화장품을 덕지덕지 바르는 것처럼 도리어 미를 상하게 하는 화장이다." 이 문장을 이렇게 고칠 수도 있다. "이 기준이 확고하지 못하기 때문에 지나치게 아름답고 유창하게 꾸미려 든다. 이러한 글은 화장품을 덕지덕지 바르는 것처럼 미를 상하게 하는 화장이다." 두 문장 중에서 자신의 마음에 드는 것을 선택하는 것이 퇴고다. 《문장강화》를 쓰면서 간단하게 쓰라고 수도 없이 강조한 이태준 선생이 '퇴고' 편에서 얼마나 많은 퇴고를 하고 책을 낸 것인지 미루어 짐작할 수 있다. 그런데 왜 선생은 짧은 문장에 같은 단어를, 그것도 부사를 반복, 거듭해서 강조한 것일까? 줄이는 것이 더 낫지 않을까? 아니다. 이것은 뜻을 전달할 수는 있을지 몰라도 한국어를 쓰는 작가의 마음을 전달하지는 못한다.

선생이 지금은 잘 쓰지 않는 우리말 '허턱'이라는 부사를 여러 번 반복해서 쓴 이유가 있다. 반복이 글의 리듬감을 살리고 생동감이 있게 한다. 퇴고 과정에서는 불필요하게 쓴 단어를 버리고 긴 문장을 줄이는 것이 중요하다. 하지만 지나치게 짧은 문장을 적당하게 조절하는 것도 중요하다. 부사나 형용사를 명사나 동사처럼 생각해야 한다. 어떤 경우에는 아름다운 우리 형용사 하나를 고르기 위해 하루를 보낼 수도 있다. 비단 국어뿐만이 아니다. 미국의 글쓰기 선생 윌리엄 진서는 잡지사에 보낸 원고를 두고 이런 경험을 토로한다.

윌리엄 진서는 경제적으로 침체된 미국 중서부 도시들에 미술가와 음악가를 초청하는 '방문 예술가' 프로그램에 대한 글을 써달라는 청탁을 받았다. 잡지사에 원고를 보낸 진서는 "이곳은 많은 방문 예술가들의 방문을 받는 도시 같아 보이지 않았다"라는 문장을 고친 편집자의 교정지를 받았다. 편집자는 "이곳은 많은 방문 예술가들의 여행 일정에 오르는 도시 같아 보이지 않았다"라고 필자의 원고를 고쳐서 보냈다.

진서는 편집자의 의견에 동의하지 않고 자신의 뜻을 관철했다. 편집자는 방문이라는 단어가 반복되니까 간소하게 고친 것이다. 즉 반복되는 단어는 동일어로 고친다는 원칙을 고수한 것이다. 문장을 간소하게 쓰자는 원칙이다. 하지만 진서는 같은 단어를 반복한 이유가 분명히 있었다. 문장 중간에서 독자들을 살짝 놀라게 하고 새로움을 주기 위해서였다.

진서는 자신의 의견이 받아들여지지 않으면 원고를 되돌려 받기도 했다. 자신만의 특색이 없는 글은 '불조심', '개조심'과 같은 표어가 되어버린다. 글에 자신만의 특색이 사라져버리는 것은 자신을 잃어버리는 일이기도 하다. 그래서 퇴고가 어렵다. 어떤 원칙이 있고, 그 원칙만 지켜야 한다면 퇴고의 과정은 단순하다. 하지만 퇴고는 원고의 완성을 의미한다. 일정한 매뉴얼에만 의존할 수가 없다. 이 과정이 지나면 남이 내 글을 읽는다. 두렵고 무서운 일이다.

퇴고를 할 때 다음의 사항을 염두에 두자.

---

1. 전체적으로 자신이 쓰고자 한 내용이 잘 담겼는가?

2. 마음을 전달하기 위해 적절한 수사법을 사용했는가?

3. 남의 문장을 인용했다면, 인용문은 적절한 자리에 오자 없이 잘 적어 놓았는지, 인용문이라고 할지라도 그대로 인용할 것인지, 풀어

서 쓸 것인지를 판단하자.

5. 의미 없이 반복되는 단어는 동일어로 고쳤는가?

6. 내가 표현하고자 하는 대상에 대한 단어 선택이 정확한가? 더 적절한 단어는 없는가?

7. 오자와 띄어쓰기가 잘못된 것은 없는가?

8. 중언부언하는 표현들은 잘 걷어냈는가?

위에 열거한 여러 사항이 고려되어야 한다. 그중에서도 제일 중요한 것은 이것이 '나의 문장'인지 확인하는 것이다. 가수 박진영이 방송에 나와 노래 심사를 하면서 "뻔하게 잘 부르는 것보다 새롭게 못 부르는 게 낫다"라는 말을 한 적이 있다. 노래는 참 잘 부르는 것 같아도 가수의 개성이 잘 살아나지 않으면 안 된다는 말이다. 즉 문장으로 치면 개성이 없는 문장이 되는 것이다.

글쓰기나 퇴고의 대원칙은 준수하면서도 나만의 문장을 만들기 위한 것이고 이 과정이 어려운 것이다. 처음에는 잘 보이지 않았던 것들이 나중에 보이는 경우도 있다. 작가 양귀자는 소설을 쓰고 나면 책상에 넣어두고 3개월이나 6개월 후에 다시 보라고 권한다. 이것은 퇴고를 하는 많은 작가들이 사용하는 방법이다.

지금 보이지 않는 것이 나중에 보인다. 이유는 일단 퇴고에 매진하느라 기력이 떨어지고, 자신의 원고이기에 처음에는 객관적인 거리를 유지하기가 힘들기 때문이다. 하지만 적당한 시간이 흐른 후, 그 원고를 다시 보면 객관적인 거리가 유지된다. 처음에는 보이지 않았던 오류들이 보이기도 하고, 더 좋은 단어나 문장이 생각나기도 한다. 이런 과정을 거치면서 원고가 더 좋아진다.

최인훈의 《광장》은 다섯 번 개정됐다. 최인훈 선생이 스물다섯 살 때인 1960년 11월 잡지 《새벽》에 600매 분량의 소설로 발표했고, 1961년 정향사에서 200매 가량이 추가된 단행본 《광장》이 소설의 원형이다. 이후 신구문화사, 민음사, 문학과지성사의 세로쓰기와 가로쓰기 전집판에 이르기까지 여러 개의 판본이 있다. 우리 문단에서 거장으로 존재하는 작가의 연륜과 더불어, 이 소설도 생로병사를 함께 한다고나 할까. 하여간 최인훈 선생 소설 세계의 중심에 이 작품이 있다고 해도 과언은 아니다. 모두 퇴고를 통해 이뤄진 성과다.

작가들이 하는 거짓말이 있다. 원고를 보여주면서 '초고'라고 하는 말이다. 초고는 말 그대로 처음 쓴 원고다. 물론 그런 경우도 있겠지만 대부분 서너 번 이상 고친 다음에 보여주는 것이 보통이다. 꽤 유명한 어떤 소설가는 편집자에게 원고를 넘길 때, 초고니까 교정볼 때 다시 보겠다 라고 말을 한다. 하지만 그와 술자리를 하면서 그 말이 거짓말임을 알았다. 그 '초고'가 이미 여섯 번의 퇴고를 거쳐 겨우 나온 것인데, 마음에 들지는 않았지만 마감 시간 때문에 넘긴 것이라고 고백했다. 사실 글쓰기는 퇴고가 절반이라고 해도 과언이 아니다.

일 년간 신문 연재 소설을 끝내고 나서도 퇴고가 잘 되지 않아서 출판을 포기하는 작가도 있다. 물론 일반인들의 글쓰기는 이런 경우와는 다르지만, 퇴고는 원고를 다듬는다는 의미를 넘어서서 원고를 완성하는 일이다. 글쓰기의 기술을 다 익히고 문제의식도 있고, 쓰고 싶은 것을 다 썼다고 해서 원고가 완성되는 것은 아니다. 그것은 원고의 시작에 불과하다. 그다음 지난한 과정이 바로 퇴고다. 심지어 출판을 하고 나서도 계속 고치는 작가도 있다. 곰곰이 생각해보자. 왜 그럴까?

글쓰기는 "한 번 생각하고, 두 번 쓰고, 세 번 고쳐라"의 과정을 거쳐야 한다. 이것은 생각보다는 쓰는 과정이, 쓰는 과정보다는 퇴고의 과정이 중요하다는 말이기도 하다. 물론 깊은 생각에서 좋은 글이 나온다. 하지만 아무리 좋은 생각이라도 생각만 한다면 그건 아무것도 아니고 심지어 내 것도 아니다. 내가 적어놓는 순간에 그것은 나의 것이 된다. 그 소중한 나의 것을 아름답게 다듬는 일이 중요하다.

모든 문서의 초안은 끔찍하다.
좋은 글을 쓰기 위해서는 죽치고 앉아서 그저 쓰는 수밖에 없다.
나는 《무기여 잘 있거라》를 마지막 페이지까지 총 서른아홉 번 새로 썼다.
—어니스트 헤밍웨이(소설가)

14.
토씨 하나도 틀리지 말라

국민에 의한, 국민을 위한, 국민의 정부가 지상에서 사라지지 않도록…

−링컨 대통령, 1863년 연설에서

우리말로 번역된 링컨 대통령의 연설은 조사 세 개로 유명하다. 국민과 같이하는 '에, 을, 의'는 독수리 삼형제처럼 제 역할을 충실히 한다. 조사는 간단하게 쓰지만 위의 예문에서 보듯이 문장에 큰 의미 변화를 준다. 링컨은 '국민'이라는 정치적 의미를 확대 재생산하면서 남북전쟁을 승리로 이끄는 데 일조했다.

영어에는 조사가 없다. 우리의 조사는 영어의 전치사로 'by', 'for', 'of'로 쓴다. 조사는 소중한 우리말의 품사다. 조사는 격조사, 접속조사, 보조사 등으로 구분되며 다양하게 사용된다. 국어와 영어의 큰 차이점이 바로 조사와 형용사의 사용에 있다. 하지만 그 자체로 뜻을 가지는 품사가 아니라 소홀하게 생각하기도 한다. 그래서인지 저자들이 조사를 많이 틀려서 편집자들이 교정을 볼 때 제일 신경을 쓴다고 한다. "작은 것이 아름답다"는 격언이 품사에서도 통하는 것일까. 조사에 각별한 애정을 표하는 작가도 있다.

나는 문체를 매우 신중하게 고르는 사람이다. 특히 조사는 엄청나게 중요하다. 한국어로 사유한다는 것은 조사를 이해한다는 것이다. '비가 내린다'와 '비는 내린다'에는 하늘과 땅의 차이가 있다. 요새 젊은 작가들이 문체에 대한 고민이 없어 안타깝다.

―소설가 김훈의 인터뷰에서

문장의 마무리는 조사가 한다. 마침표를 찍기 전에 조사를 잘 썼는지 살펴보자. 조사는 문장이 세상을 바라보는 자세이고 시선이다. 단어와 단어의 관계를 설정하는 중요한 문법이다. 소설가 김훈이 다소 과장되게 설명한 조사에 대한 애정은 작가의 글쓰기 태도와 문체에 대한 이야기다.

사실 '비가 내린다'와 '비는 내린다'에 하늘과 땅의 차이가 있는 건 아니다. (위 문장의 특징 중에 하나가 과장법이다. 그의 과장법은 긍정적인 효과가 있다. 어떤 경우에는 정치적인 수사로 보일 정도다. 사실 요즘 젊은 작가들은 문체에 대한 고민을 많이 한다.) 조사를 어떻게 쓰느냐는 작가의 시선이 어디에 머무는가를 보여준다. 작가의 시선이 하늘에 머무는가, 땅에 머무는가 하는 대상의 문제다. 틀린 것은 아니고 다만 다를 뿐이다. 문장이 객관적인 서사인가, 주관적인 개입인가. 즉 객관과 주관의 차이다. 이 사소한 차이가 문장을 다르게 만들기 때문에 중요하다. 즉, '비가 내린다'와 '비는 내린다' 중에 무엇을 쓸 것인가는 그 단락의 전체적인 맥락, 앞뒤 문장과의 관계 등을 고려해서 결정해야 한다. 때에 따라서는 한나절이 걸릴 수도 있다. 이 문장을 이용해 간단한 문장을 만들어보자.

사창가가 즐비한 영등포 뒷골목에 비가 내린다. 그녀가 여기에 있다는 소식을 듣고 봉두난발로 잠자리에서 바로 일어나 찾아왔다. 자정을 가리키는 시계탑이 보였다. 시계탑 아래로 우산이 둥둥 떠다녔다.

이 문장을 어떤 소설의 도입부라고 해보자. 이 단락에서 비가, 비는 둘 중에 적절한 조사는 뭘까? 어떤 이는 '비는'이라고 할 것이다. 주인공의 주관적인 감정이 스민 느낌이 든다. 어떤 사람은 '비가'라고 할 것이다. 주인공의 상태가 객관적으로 처리된다.

이 선택은 아직 쓰지 않은 이 소설의 전체적인 맥락과 이어져야 한다. 즉, 이야기의 시점을 전지적 작가의 시점으로 할 것인가, 일인칭으로 할 것인가부터 시작해 비극적인가, 풍자적인가 등 소설 전체적인 틀 안에서 결정되는 것이다. 만약에 일인칭 시점이면 '비는'으로 선택하겠다. 신의 눈동자를 가진 전지적 작가의 시점이면

'비가'로 하면 어떨까. 객관적이고 냉정하다. 뭐, 이런 식이다. 조사에 대한 고민은 작품 전체에 영향력을 미치기 때문에 중요하고, 문장의 뉘앙스가 달라지기 때문에 잘 선택해야 한다. 이건 명사나 동사도 마찬가지다. 우리 품사 중에 어느 하나 중요하지 않은 것이 없다.

철학자 에릭 호퍼는 적절한 형용사 하나를 고르기 위해 한나절을 고민했다고 한다. 작가의 문체는 이런 고민들의 결정체다. 간소한 문장의 적으로 일컬어지는 부사, 형용사, 명사, 동사에 비해 큰 의미가 없어 보이는 조사 하나를 잘 고르는 마음은 자신의 문장과 문체에 대한 진정성의 표현이다. 그래서 조사는 품사 중에서 가장 작아 보이지만 문장을 완결한다는 의미에서 그 중요성이 크다. 퇴고를 할 때, 조사가 적절한지 다시 한 번 점검하는 것을 잊지 말자.

문장은 다양한 품사들의 결속과 소통으로 만들어진다. 조사는 나사의 볼트와 같은 역할을 한다. 볼트 하나의 중요성은 자동차를 만드는 과정에 비유할 수 있다. 자동차 바퀴에 볼트 하나가 헐겁게 되어 주행 중에 바퀴가 빠진다고 생각해보자. 끔찍하다. 하지만 우리는 자동차의 스타일이나 퍼포먼스에 더 주목한다. 조사는 문장을 구성하는 데 여러 개가 들어가기도 한다. 이 볼트가 잘 조여져야 바퀴가 튼튼하고 자동차가 잘 굴러간다. 이 볼트가 자동차의 성능을 완벽하게 한다.

명사에 붙어서 주어를 만드는 것도 조사의 역할 중 하나다. 주어를 만든다는 것은 나를 만드는 것이다. 나를 만든다는 것이 얼마나 중요한 일인가. 조사가 없다면 나도 없다. 있어도 부족한 상태가 된다. 하지만 조사가 없어도 되는 경우가 있다. "비 내린다" 역시 문장이 되고 어떤 경우에는 꼭 필요한 문장이 되고 또 좋은 문체가 된다. 특히 아날로지가 강한 시에서는 이런 생략법이 비일비재하다.

비가 내린다. 비는 내린다. 꽃은 피었다. 꽃이 피었다. 이 문장들에서 조사를 빼도 된다는 이야기다. 그게 필요할 경우에 말이다. "꽃 피었다"는 조사를 생략하면서 생기는 울림이 있다. 뭔가 빠지니까 채워진다고나 할까. 문장에서 생략은 위험하지만 잘 사용하면 독자의 눈을 끌어당긴다. 뭔가 이상한데, 더 눈에 들어오는 문장이 있다. 시인 이상의 시가 가장 대표적인 경우다. 비단 시와 소설을 비롯한 문학작품뿐 아니라, 모든 글쓰기에서 조사를 잘 사용해야 한다. 아래의 예문은 조사의 쓰임에 따라 문장의 의미가 달라지는 것을 잘 보여준다.

'북한 어린이 왜 도와야 하나.' 몇 해 전 한 신문 제목으로 크게 쓰인 이 말은 우리말의 아킬레스건 하나를 잘 보여준다. 당시 이 신문은 기아선상에서 허덕이고 있는 북한 어린이들을 지원하기 위한 캠페인을 벌이고 있었다. '북한 어린이 왜 도와야 하나' 라는 제목의 이 기사는 그 캠페인의 당위성을 강조하기 위해 작성된 것이었다.

그런 점에서 제목으로 쓰인 이 문장은 전달하고자 하는 의미가 명료하지 않은, 그다지 잘 만든 표현은 아니라고 할 만하다. 왜냐하면 보는 이에 따라 그 뜻이 도와야 한다는 것인지, 돕지 말아야 한다는 것인지 다르게 전달될 수 있기 때문이다.

우리말에서 이처럼 문장 자체만으로 뜻이 명확하게 드러나지 않는 표현이 꽤 많다.

가령 '우리가 거기에 왜 가나' 라고 했을 때 그 말은 가긴 가는데 '왜 가는 것인지' 를 묻는 말일까? 아니면 '가지 않음' 또는 '갈 이유가 없음' 을 전제로 이를 강조해 표현하는 말일까. 해석하기에 따라 정반대의 의미를 띤다. (…)

가령 흔히 하는 말로 '대구가 사과가 많이 난다' 라는 문장은 '대구는 사과가 많이 난다' 라고 하면 더 자연스러운데 이는 주제격조사 '는' 이 뒤에 오는 말 전체를 이끌어주기 때문이다. '그는 왜 오나' 와 '그가 왜 오나' 두 문장의 차이도 같은 연장선상에서 풀 수 있다. 우선 주제격이 쓰인 '그는 왜 오나' 는 주어인 '그는' 뒤에 오는 말이 하나의 명제가 돼 '오긴 오는데 왜 오는 것일까' 를 뜻하는 의문문을 만드는 것이다. 이에 비해 주격이 쓰인 '그가 왜 오나' 란 문장은 두 가지로 해석될 수 있다. 하나는 '그가 오는 이유' 를 묻는 것이고, 다른 하나는 '그가 올 이유가 없음을 강조하는' 것으로 받아들여진다. 특히 입말에서는 '그가 오지 않음' 을 재확인하는 뜻으로 말할 때 이런 표현을 많이 쓴다.

'북한 어린이 왜 도와야 하나.' 이 문장의 뜻이 분명히 드러나지 않는 이유는 주어가 생략돼 있기 때문에 이 같은 판단 근거나마 갖추지 않았기 때문이다. 그럼 이 문장의 본래 원형은 무엇일까. '우리는/북한 어린이를/왜 도와야 하나' 또는 '우리가/북한 어린이를/왜 도와야 하나' 둘 중 하나일 것이다. 그중에서도 북한 어린이를 지원해야 할 이유를 설명하는 경우라면 당연히 주제격 조사가 쓰인 '우리는 북한 어린이를 왜 도와야 하나'라는 문장이 적합함을 알 수 있다. 그렇지 않고 '우리가 북한 어린이를 왜 도와야 하나'라고 한다면 이는 '우리가 북한 어린이를 도울 이유가 없는데 굳이 왜 돕는단 말인가'라는 부정적 의미를 담은 말이 되는 것이다.

－홍성호 기자, 《한국경제신문》〈주격조사 '가'의 두 얼굴〉에서

예문에서 보듯이 조사 하나에 따라 문장의 의미가 달라진다. 조사는 이런 것이다. 문학작품에서보다 취재 기사에서 더 신경을 써야 할지도 모른다. 문학작품에서는 어떤 조사를 쓴다고 해도 적어도 오문은 아니다. 작가의 문체와 관계된 것이지만 기사의 경우는 이런 일이 벌어진다. 위 예문에서 '가'와 '는'의 차이에 주목하자. 우리말의 맞춤법과 문법은 의외로 까다로워 문장을 쓰면서 조금이라도 이상한 생각이 들면 확인하고, 팩트 체크를 해야 오문이 나올 확률이 줄어든다.

이 글을 쓰면서 "오늘은 참 날씨가 좋다"라고 중얼거렸다. 봄기운이 완연해서 개나리꽃이 필 것만 같다. 이 문장에서도 조사 하나

가 필자의 마음을 완전히 바꾸어놓을 수 있다. "오늘은 날씨만 좋다"라고 한다면 뭔가 일이 안 풀리는데 날씨가 그렇다는 이야기이고, "오늘은 날씨도 좋다"라고 한다면 긍정적인 에너지가 흐르는 느낌이다. 조사는 작지만 정말 크다. 조사는 우리말로 토씨다. 어떤 일을 마무리할 때 철두철미하게 하라는 의미로 '토씨 하나도 틀리지 말고'라는 표현을 한다. 특히 퇴고를 할 때 '토씨 하나도 틀리지 말고'의 정신이 필요하다.

패션의 완성은 남자의 구두나 여성의 액세서리와 같은 소품에서 이루어진다고들 한다. 문장 역시 마찬가지다. 한 문장을 쓰고 마침표를 찍었다면 조사가 잘 들어갔는지 다시 확인해야 한다. 조사가 적절하게 들어갔다면 다음 문장으로 넘어가자. 이것은 삶의 태도와도 연결되어 있다. 일의 마무리는 사소한 것에서 이뤄진다. 이것이 디테일의 힘이다. 조사는 디테일의 황제다. 문장은 조사를 통해 완성된다.

글에서 '매우', '무척' 등의 단어만 빼도 좋은 글이 완성된다.
—마크 트웨인(소설가)

글은 말에서 나온다. 내가 하고 싶은 말들이 다듬어져서 문장이 된다. 말과 글은 사람을 닮았다. 세상에서 제일 좋은 문장은 정직한 문장이다. 한글을 아는 사람이라면 누구나 이해할 수 있는 문장이 좋다. 설령 그 문장이 거칠고 딱딱하더라도, 미사여구로 꾸며진 간교한 문장보다 좋은 문장이다. 특히 공직자들의 문장이나 국가 지도자급의 말과 문장은 한 나라의 운명을 좌우한다.

우리나라 역사에 변곡점이 되는 문장을 최근에 읽었다. 헌법재판소의 〈탄핵 결정 판결문〉이다. 우선 뉴스를 통해 말로 듣고 신문에서 글로 다시 읽었다. 최근에 읽은 문장 중에 가장 정직하고 단단한 문장이었다. 문장은 내용에 의해 규정된다. 내용이 국민의 공감대를 담았고 쉽고 간단했다. 이 문장은 역사에 남을 것이다.

다음으로 피청구인의 이러한 행위가 헌법과 법률에 위배되는지를 보겠습니다.

헌법은 공무원을 '국민 전체에 대한 봉사자'로 규정하여 공무원의 공익 실현의무를 천명하고 있고, 이 의무는 국가공무원법과 공직자윤리법 등을 통해 구체화되고 있습니다. 피청구인의 행위는 최서원의 이익을 위해 대통령의 지위와 권한을 남용한 것으로서 공정한 직무수행이라고 할 수 없으며, 헌법, 국가공무원법, 공직자윤리법 등을 위배한 것입니다.

또한, 재단법인 미르와 케이스포츠의 설립, 최서원의 이권 개입에 직·간접적으로 도움을 준 피청구인의 행위는 기업의 재산권을 침해하였을 뿐만 아니라, 기업경영의 자유를 침해한 것입니다. 그리고 피청구인의 지시 또는 방치에 따라 직무상 비밀에 해당하는 많은 문건이 최서원에게 유출된 점은 국가공무원법의 비밀엄수의무를 위배한 것입니다. 지금까지 살펴본 피청구인의 법위반 행위가 피청구인을 파면할 만큼 중대한 것인지에 관하여 보겠습니다.

대통령은 헌법과 법률에 따라 권한을 행사하여야 함은 물론, 공무 수행은 투명하게 공개하여 국민의 평가를 받아야 합니다. 그런데 피청구인은 최서원의 국정개입 사실을 철저히 숨겼고, 그에 관한 의혹이 제기될 때마다 이를 부인하며 오히려 의혹 제기를 비난하였습니다. 이로 인해 국회 등 헌법기관에 의한 견제나 언론에 의한 감시 장치가 제대로 작동될 수 없었습니다. 또한, 피청구인은 미르와 케이스포츠 설립, 플레이그라운드와 더블루케이 및 케이디코퍼레이션 지원 등과 같은 최서원의 사익 추구에 관여하고 지원하였습니다.

피청구인의 헌법과 법률 위배 행위는 재임기간 전반에 걸쳐 지속적으로 이루어졌고, 국회와 언론의 지적에도 불구하고 오히려 사실을 은폐하고 관련자를 단속해왔습니다. 그 결과 피청구인의 지시에 따른 안종범, 김종, 정호성 등이 부패범죄 혐의로 구속 기소되는 중대한 사태에 이르렀습니다. 이러한 피청구인의 위헌·위법행위는 대의민주제 원리와 법치주의 정신을 훼손한 것입니다. 한편, 피청구인은 대국민 담화에서 진상 규명에 최대한 협조하겠다고 하였으나 정작 검찰과 특별검사의 조사에 응하지 않았고, 청와대에 대한 압수수색도 거부하였습니다.

이 사건 소추사유와 관련한 피청구인의 일련의 언행을 보면, 법 위배행위가 반복되지 않도록 할 헌법수호의지가 드러나지 않습니다. 결국 피청구인의 위헌·위법행위는 국민의 신임을 배반한 것으로 헌법수호의 관점에서 용납될 수 없는 중대한 법 위배행위라고 보아야 합니다. 피청구인의 법 위배행위가 헌법질서에 미치는 부정적 영향과 파급효과가 중대하므로, 피청구인을 파면함으로써 얻는 헌법 수호의 이익이 압도적으로 크다고 할 것입니다.

이에 재판관 전원의 일치된 의견으로 주문을 선고합니다.

주문, 피청구인 대통령 박근혜를 파면한다.

이 결정에는 세월호 참사 관련하여 피청구인은 생명권 보호의무를 위반하지는 않았지만, 헌법상 성실한 직책 수행의무 및 국가공무원법상 성실의무를 위반하였고, 다만 그러한 사유만으로는 파면 사유를 구성하기 어렵다는 재판관 김이수, 재판관 이진성의 보충의견이 있습니다. 또한, 이 사건 탄핵심판은 보수와 진보라는 이념의 문제가 아니라 헌법질서를 수호하는 문제로 정치적 폐습을 청산하기 위하여 파면결정을 할 수밖에 없다는 재판관 안창호의 보충의견이 있습니다.

이것으로 선고를 마칩니다.

대통령 탄핵 집회 현장에서 보여준 국민들의 정서가 판결문에 잘 스며들어 있다. 하지만 법은 냉정한 것이다. 국민적 정서나 감정의 시류에 휩쓸려 정치적인 이유로 왜곡되어서는 안 된다. 이 판결문은 문제의 핵심을 담담하게 이야기한다.

마치 과학자가 가설을 증명하듯이 침착하고 대담하게 피청구인의 여러 가지 헌법 위반 사실들을 열거하고 있다. "주문, 피청구인 대통령 박근혜를 파면한다"라는 문장을 읽고 있는 헌법재판관의 목소리는 보충 의견에서 더 빛났다. '보수와 진보라는 이념의 문제가 아니라 헌법질서를 수호하는 문제'이고, '정치적 폐습을 청산하기 위하여 파면 결정을' 했다는 재판관의 의견이 파면 선고 이후의 정치적 파열음까지도 예방하는 것이다. 문장의 힘은 사람을 울리기도 한다. 이 판결문을 들으면서 눈물을 흘리는 사람도 보았다. 뭔가 가슴을 꽉 막고 있던 것이 터지면서 국민적인 울분을 잠재운 것이다.

박근혜의 말은 이와 대척점에 있는 좋은 본보기다. 2014년 5월

16일, 세월호 유족과의 면담에서 당시 대통령은 유족들에게 이렇게 말했다.

우리 유족 여러분들도 계속 같이 일단 힘을 합쳐서 제가 앞장서고 이걸 계기로 해서 대한민국은 그런 부패나 또는 기강 해이라든가 또는 정말 헌신적으로 나라를 위해서 일을 해야 될 사람들이 유착이나 이상한 짓 하고 이런 것이 끊어지는 그런 나라를 반드시 만드는 것이 정말 그래도 지금 희생이 헛되지 않으리라 하는 우리 부모님, 또 유가족 여러분들의 생각에 저도 전적으로 같이하고 있습니다. 그게 사명이라고 생각하고 그렇게 반드시 해 나갈 것이고요.

일단 이 말은 전혀 말이 안 되기 때문에 조금 고쳐보았다.

우리 유족 여러분들도 힘을 합쳐서 이 어려운 상황을 헤쳐 나가지요. 다시는 이런 일이 일어나지 않게 제가 앞장서서 최선을 다하겠습니다. 또한 이 참사를 계기로 더 이상 부정부패로 인해 공무원들의 기강이 해이해지지 않게 하겠습니다. 헌신적으로 나라를 위해서 일을 해야 할 사람들이 공직에 있어야 합니다. 세월호 참사의 희생이 헛되지 않게 하겠습니다. 책임감을 통감합니다. 우리 유가족 여러분들의 생각을 잘 헤아려서 국민과 함께 하겠습니다. 그게 대통령인 저의 사명입니다.

대충 이 정도를 말하고 싶었던 것이 아닐까? 적어도 말이 되어야 문장이니 수사법 같은 사항을 고려할 수 있다. 하지만 박근혜 전 대통령의 말은 어디가 시작이고 어디가 끝인지도 모르겠고, 무슨 말을 하려는지 알 수가 없다. 말에도 마침표가 있는데 종결어미도 없이, 중요한 사항은 그냥 슬그머니 넘어가면서 이말 저말들이 혼재하고 있다.

왜 이럴까 싶다. 이유는 간단하다. 정직하지 않아서다. 뭔가를 숨기고 감추어야 하기 때문에 말이 꼬이고 엉킨다. 어떤 사실을 은폐하기 위해 말을 하다 보면 이런 경험은 쉽게 할 수 있다. 간혹 내가 말을 해놓고도 말이 안 된다는 사실을 금방 알 때가 있다. 거짓말 하나가 다른 거짓말을 물고 들어가는 속성 때문이다. 하나의 거짓말을 막기 위해서 수십 개 다른 거짓말이 필요하기 때문에 자신도 무슨 말을 하는지 잘 모르고, 그냥 슬쩍 넘어가려고 하는 말이다. 반문하는 사람은 권력으로 억압한다.

우리는 위에 열거한 두 예문을 통해 글쓰기의 중요성을 확인할 수 있다. 글쓰기에서 변하지 않는 원칙은 책의 초반부에 이야기했듯이 성찰을 통한 나의 발견과 정직한 마음의 초심이다. 또한 여러 번의 퇴고를 통해 글쓰기는 끊임없이 불필요한 부분을 들어내 정확하고 간소한 문장을 만드는 훈련을 해야 한다. 이때 중요한 것은 생각의 정직함이다. 이런 과정이 전혀 없는 사람은 글쓰기나 말하기가 부정확하고 타자들에게 자신의 뜻을 전달할 수가 없다.

정직하고 소박하게 쓰자. 상대방의 마음을 헤아리고 소통할 수 있는 글쓰기를 하자. 정직한 글쓰기를 하는 정치인과 사회 구성원이 다수가 되면 우리가 살고 있는 공동체는 원활하게 움직인다.

모든 비인간적 불의에 저항하고, 올바른 인간의 길을 옹호해야 하는 작가는
오로지 진실만을 말해야 하는 존재다.
−조정래(소설가)

Restart!

1.
메모는 기억의 창문
[메모하기]

내가 좋아하는 시인은 술주정뱅이다. 시인은 항상 술에 취해 있는 것처럼 보이지만 글쓰기의 고수다. 그에게 어떤 글쓰기 비법이 있는지 궁금했다. 어느 날, 그의 방에서 술을 마시고 아침에 깨어 화장실에서 볼일을 보고 있는데 여기저기에 포스트잇이 붙어 있다. 화장실 물을 내리고 그에게 그게 무엇인지 물었다. 그때 그가 술 냄새를 풀풀 풍기면서 한 대답이 지금도 생생하다. "응, 그거일 보다가 뭐가 생각나면 그냥 적어놓는 거야." 화장실 포스트잇! 이것이 그의 글쓰기 비법이었다. 적어도 그의 글쓰기는 메모에서 시작된다.

어떤 소설가는 베개 옆에 항상 메모장을 두고 잔다. 잠을 자려고 할 때 좋은 문장이 떠오르곤 한다는 거다. 피곤해서 어서 잠은 자야겠고 책상까지 걸어가기가 귀찮을 때, 그는 메모장에 그 문장을 적어놓고 잠을 청한다. 다음 날 메모를 바탕으로 소설을 쓰기 시작한다. 이런 경험은 글쓰기에 관심이 있는 사람은 누구에게나 있을 것이다. 때론 낮잠을 자다가, 운전을 하다가, 대화를 하면서 아이디어가 떠오르거나 문장이 생각난다. 그걸 바로 그 자리에서 순식간에 적어야 한다.

나는 느닷없이 좋은 문장이 번쩍 떠오르는 순간을 '바쁠 때 내 앞을 휙 지나가는 예쁜 여자'라고 말하기도 한다. 아무리 좋은 문장이나 아이디어가 떠올라도 그 순간이 지나면 다시 떠올리려고 해도 잘 되지 않는다. 심지어 그 순간을 완전히 잊어버리기도 한다. 바쁜 일상을 살다 보면 발등에 불이 떨어지는 일들이 항상 다가오기 때문이다. 메모는 망각이라는 적을 무찌르는 칼이다. 지금 전투적인 글쓰기를 하고 있다면 메모가 나를 도와주는 지원군이라고 생각하자.

메모가 글쓰기에 필요한 이유는 여러 가지다. 첫 번째로, 빈 원고지를 바라보는 막막한 심경에 '이것을 쓰라'는 조력자 역할을 한다. 글쓰기 책을 쓰면서 전체적인 기획을 하고 목차를 구성한 후 쓰기에 들어갔다. 나름대로 꼼꼼하게 구성을 하고 집필을 시작하지만 생각대로 되지 않을 때가 많이 있다. 그때 틈틈이 메모를 한 노트를 펼치면 큰 도움이 된다. 나의 경우에는 중간중간 제목이 떠오를 때마다 노트에 메모를 해두고 참고했다. 메모가 이 책의 작은 이정표 역할을 한 것이다.

두 번째, 믿을 수 없는 기억을 눈에 보이는 증거로 남긴다. 우리의 기억은 의외로 빈약하다. 물론 개인차가 있지만, 메모는 돈 거래의 영수증과도 같다. 간혹 돈을 빌려준 사람과 빌린 사람이 서로 그 돈을 다른 금액으로 기억하곤 한다. 그래서 영수증이 필요한 것처럼, 나의 기억과 그때 한 메모가 다를 경우 메모가 얼마나 고마운지 절감한다. 만약 여러분이 다이어리를 사용한다면 매일 있었던 일을 간단하게 메모하자. 그 사람의 일상이 풍요로워 보인다. 약속 시간이나 장소와 같은 메모도 추억을 품은 그림처럼 보일 때가 있다. 같은 일을 했다고 하더라도 그 과정과 결과를 메모한 사람은 그 일을 마치고 나서 전체적인 틀과 부분적인 틈새를 잘 볼 수가 있다. 메모는 틈새를 바라보는 기술이기도 하다. 절대 당신의 기억을 믿지 마라. 당신의 손으로 직접 적은 메모를 믿어라.

세 번째, 메모는 아이디어의 도구 상자다. 창조적인 작업을 하는 사람들의 다양한 메모를 한 권의 책으로 만들 수도 있을 것이다. 우리 주위에 있는 다양한 직종의 사람들의 아이디어는 의외로 간단한 메모에서 시작된 경우가 많다. 건축가, 화가, 음악가, 영화감독에 이르기까지 메모가 일상적인 버릇이 되고 내 삶의 습관이 되면 적어도 아이디어의 빈곤에서 빠져나올 수 있다. 좋은 메모 하나가 날카로운 칼날처럼 실타래같이 얽힌 문제를 풀 수도 있다. 목수가 연장통을 사용하듯 글을 쓸 때는 당신의 메모를 통해 당신의 숨겨진 능력을 확인하라.

그리고 인터뷰를 할 때 유용하다. 녹음기를 사용하는 것보다 메모가 나중에 정리하기 더 쉽다. 인터뷰 메모는 인터뷰 편에서 자세하게 이야기하자. 마지막으로 메모는 목표한 것을 이루는 목적 실현의 첫 단계이기도 하다.

이상 간략하게 메모의 유용성을 알아보았다. 내가 언급한 사항 말고도 이 글을 읽고 독자가 자신이 발견한 메모에 대한 단상을 추가할 수도 있다. 이 책을 이용해서 필자의 의견과 다른 자신의 의견을 여백에 메모하자. 한 권의 책을 읽으면서 독후감을 따로 쓰는 것과는 다른 효과가 있다. 노트가 없다면 휴지를 집어서라도 적어야 한다.

메모와 관련한 좋은 단행본들이 많이 출간되었고 독자들의 반응도 좋다. 삶을 바라볼 때 작은 것에 주목하면 큰 것을 얻는다. 지금 다시 메모한 노트를 펼쳐보니 '예술가들의 글쓰기'에 관한 책을 구상하면서 쓴 다음의 메모가 인상적이다.

절망은 희망의 발바닥이다.

이 문장을 시작으로 해서 한 편의 글을 쓰면 어떨까 생각 중이다. 언젠가 내 책에서 이 문장을 시작으로 어떤 글이 전개될지 나도 몹시 궁금하다. 시작이 반이라는 말은 메모를 하는 사람들의 태도를 잘 보여주는 말이다. 메모를 잘하고 있다면 이미 당신은 글쓰기의 반을 한 셈이다. 메모를 벽돌처럼 사용해서 튼튼한 언어의 집을 지어보자. 그 벽돌들 사이에 창문을 내서 산과 물과 사람을 바라본다. 메모는 튼튼한 벽돌집의 창문이기도 하다.

> 오랜 시간 나로 하여금 글을 쓰게 한 것은 무엇인가 말해질 필요가 있다는 직감이었다. 말하려고 애쓰지 않으면 아예 말해지지 않을 위험이 있는 것들. 나는 스스로 중요한, 혹은 전문적인 작가라기보다는 그저 빈 곳을 메우는 사람 정도라고 생각하고 있다.
>
> —존 버거, 《우리가 아는 모든 언어》, 〈자화상〉에서

이 글은 내가 가장 최근에 한 메모다. 글쓰기와 관련한 자료에 혈안이 된 나에게 창문이 되어 준 문장이기도 하다. 메모를 이렇게 하자.

노트를 구시대적 산물로 인식하지 마라.
직접 쓰는 것은 몸에 기억을 남긴다.
—빌 게이츠(기업가)

기록되기 전에는 아무 일도 진짜로 일어난 게 아니란다. 그러니 너도 가족과 친구들에게 많은 편지를 써야 한다. 일기도 꼭 쓰고.

　　　　　　　　　　　　　　　　　　　　　　　-버지니아 울프

　버지니아 울프Virginia Woolf 가 한 소녀(버지니아 울프의 전기를 쓴 작가 나이젤 니콜슨)에게 한 말이다. 위대한 영국 작가가 한 아이에게 편지와 일기를 쓰라고 다정하게 권하고 있다. 이때 두 사람은 나비를 잡고 있었다. 버지니아 울프는 어린 시절부터 나비와 나방 채집을 즐겼다고 하는데, 울프는 나비를 잡는 포충망처럼 일기나 편지를 쓰는 행위가 자신의 생각을 문자로 기록하는 일의 기본이라는 점을 소녀에게 알려주고 싶었는지도 모른다.
　이 말은 일기의 효용성과 글쓰기의 자세를 잘 표현한다. 기록되기 전에는 아무 일도 진짜로 일어난 게 아니라니, 얼마나 선명한가? 일기는 내가 기록할 수 있는 가장 진솔한 글쓰기다. 어떤 장르가 되었건 글쓰기는 진솔해야 한다. 일기를 통해 진솔하게 글쓰기 연습을 하는 시간을 갖는다.

영문학자 장영희는 당신의 어머니가 정리해준 상자 안에서 초등학교 때 쓴 일기장을 발견한다. 거기에는 어린 시절부터 장애인으로 살면서 보았던 세상에 대한 '일기'가 있었다. 그 일기를 발견하고 어른이 되어 원숙한 글을 쓰게 된 것이다. 장영희의 산문에 단초가 된 그 초등학교 시절에 쓴 일기를 아래에 인용한다.

오늘 아침에도 엄마가 연탄재 부수는 소리에 잠이 깼다. 살짝 문을 열고 보니 밤새 눈이 왔고 엄마가 연탄재를 바께스에 담고 계셨다. 올해는 눈이 많이 와서 우리 집 연탄재가 남아나지 않겠다. 학교 갈 때 엄마가 학교까지 몇 번이나 왔다 갔다 하면서 깔아놓은 연탄재 때문에 흰 눈 위에 갈색 선이 그어져 있었다. 그 위로 걸으니 별로 미끄럽지 않았다. 하지만 올 때는 내리막길인데다 눈이 얼어붙는 바람에 너무 미끄러워 엄마가 나를 업고 와야 했다. 내가 너무 무거웠는지 집에 닿았을 때 엄마는 숨을 헐떡거리고 이마에는 땀이 송송 나 있었다. 추운 겨울에 땀 흘리는 사람! ─바로 우리 엄마다. 그런데 나는 문득 엄마의 이마에 흐르는 그 땀이 눈물같이 보인다고 생각했다. 나를 업고 오면서 너무 힘들어 우셨을까. 아니면 또 '나 죽으면 너 어떡하니' 생각하시면서 우셨을까. 엄마 20년

만 기다려요. 소아마비는 누워 떡 먹기로 고치는 훌륭한 의사 되어 내가
엄마 업어 줄게요.

–장영희, 〈엄마의 눈물〉

이 일기는 어린아이의 단순한 생각들이 단락을 이루면서 큰 울림을 준다. 소아마비에 걸린 자신을 돌보는 엄마의 모습과 그에 감사하는 마음이 진솔하다. 땀과 눈물의 적절한 비유로 볼 때, 문학적인 재능도 엿보인다. 어른들이 보지 못하는 세상이 아이들에게는 있다. 그것은 온전히 혼자만의 세상이었다. 그 세상의 이야기를 일기로 기록하는 순간 뛰어난 산문 작가이자 영문학자인 '장영희'의 글이 된다. 버지니아 울프가 한 아이에게 일기를 쓰라고 말한 이유다.

일기는 혼자만의 것이라고 하지만, 종이에 기록된 글은 근본적으로 타인에게 읽힐 운명을 타고난다. 고대 중국에서 거북이 껍질에 쓴 문자가 발견되는 것처럼, 내 일기도 먼 훗날 돌아보면 인생의 화석처럼 여겨지기도 한다. 중년이 되어 초등학교 시절에 쓴 일기를 발견한다면 얼마나 신기한 일인가? 아무에게도 알려지지 않아, 심지어 자신도 잊고 있었던 순간이 일기를 통하여 고스란히 드러난다.

출판을 염두에 두고 일기를 쓰는 사람은 거의 없다. 타인을 의식하지 않는 순수한 글쓰기는 일기다. 다만 염두에 둘 것이, 망상

이나 희망을 적지 말고 사실을 적도록 노력하자. 부질없는 생각으로는 좋은 문장을 만들 수 없다. 일기는 철저하게 내면의 고백으로 이어가자. 내면적 독백인 일기는 편지와 더불어 자기 자신의 솔직한 심경을 털어놓은 마음 그릇이다. 일기는 개인의 내밀한 공간에서 일어나는 마음의 변주곡이다. 이러한 행위를 명상이라고 해도 될 것이다. 명상은 그 누구에도 들려주지 않고 자기 자신을 위해 연주하는 음악이다. 그 소리를 듣고 간소하게 적어라. 작품이라는 욕심이 없기 때문에 수사에 신경을 덜 써도 된다. 프랑스 작곡가 에릭 사티Erik Satie의 '짐노페디Gymnopedie'를 들으면서 "이 사람이 지금 일기를 쓰고 있구나"하는 생각을 한 적이 있다.

사후에 편집된 책으로 나오는 일기 문학이 있다. 스위스의 철학자 앙리 프레데리크 아미엘Henri-Frédéric Amiel의 일기는 문학작품으로 인정받는다. 개인적인 고백에 우리가 세상을 바라보는 탁월한 사상이 담겨 있기 때문이다. 나는 가끔 일기를 쓴다. 엄밀하게 말하면 일기라기보다는 메모에 가깝다. 그날 떠오른 단상을 요점만 간단히 정리해서 기록하고 문장을 잘 다듬지 않는다. 나중에 그 메모를 보고 글감을 찾기 위해서다. 사실 이것은 내 직업이 작가이기 때문이다. 일기에 쓸 내용을 시나 소설을 통해 써버리기 때문에 그런 것인가 싶기도 하다. 어느 날 일기를 가볍게 여기는 생활 태도에 일침을 가하는 일기를 발견했다. 《아미엘의 일기》는 일기 쓰기의 전범이 될만한 작품이다.

일기는 고독한 인간의 위안이자 치유이다. 날마다 기록되는 이 독백은 일종의 기도이다. 영원과 내면의 대화, 신과의 대화이다. 이것은 나를 고쳐주고 혼탁에서 벗어나 평형을 되찾게 해준다. 의욕도 보장도 멈추고 우주적인 질서 속에서 평화를 갈구하게 된다. 일기를 쓰는 행위는 펜을 든 명상이다.

카프카가 탐독했던 《아미엘의 일기》 중 한 단락이다. 아미엘은 1821년 스위스에서 태어나 제네바대학교를 졸업하고, 독일 베를린대학교에서 유학한 후, 모교에서 평생을 철학교수로 재직하면서 살았다. 아미엘은 시집과 다른 저서를 출간하기도 했지만 별로 주목받지 못하고, 평생에 걸쳐 쓴 일기가 사후에 출간되면서 우리들에게 알려진 사람이다.

아미엘은 일기를 통해서 내면 고백뿐 아니라, 19세기 유럽의 풍속을 정밀하게 관찰한 기록을 남겼다. 그의 일기는 기독교적인 구원과 심판이라는 주제를 지니고 있는 문학작품으로 평가된다. 위에 인용한 아미엘의 문장에서도 엿볼 수 있지만 그는 성실한 사람이다. 수도승들이 잠들기 전에 기도를 하는 것처럼 아미엘은 일기를 쓰고 있다.

수도승은 기도를 통해 신과의 대화를 시도한다. 일기도 일종의 기도처럼 여길 수 있다. 홀로 펜을 들고 자신을 마주하면 흐트러진 마음의 평형을 유지할 수 있다. 일기 쓰기를 통해 마음의 상처도

치유되고 우리가 평화롭다고 느끼는 순간이 찾아온다. "사물을 바라보는 힘을 기르고 평화를 사랑할수록 더욱 고독해진다.", "인간은 고독 속에서 뭔가를 이루어낸다." 그가 일기에 남긴 이런 문장들은 일기가 자신에게 주고 있는 힘을 이야기한다.

　홀로 일기를 쓰면서 아미엘은 함께 어울려 사는 인간에 대한 소중함을 절실히 느낀다. 그는 평생의 벗이었던 펜을 들고 '한때는 깃털 같았던 너마저도 이제는 무겁구나'라고 적었다. 평생 독신으로 산 늙고 병든 몸으로, 수양딸로 삼은 이웃집 소녀의 보살핌을 받는다. 병든 아미엘의 몸은 이제 한때는 깃털 같았던 고독마저도 견디지 못한다. 그때 그는 이웃에게 좀 더 다정하게 대하지 못하고, 고맙다는 말 한마디를 따뜻하게 건네지 못한 것을 후회한다. 마치 유언과 같은 아래의 문장은 세상과 작별하는 따뜻한 인간이 우리에게 보내는 전언이다.

평생 나와 함께 해준 고마운 펜인데 이젠 떠나보내야 할 것 같다. 시간은 여전히 흘러가고, 내 생명의 촛불은 이제 꺼질 날만 기다린다. 인생의 수많은 기다림 중에 죽음만큼 더디게 오는 것이 또 있을까. 나에 대한 동정과 근심은 날이 갈수록 더해진다. 이웃들이 꽃과 젤리, 편지와 우정의 증표를 보내왔다. 난 그들의 삶을 어리석다고 비난했는데, 그들은 한 노인의 죽음 앞에 끝까지 예의를 잃지 않고 있다. 퍽 먼 곳에 사는 친구들도 일부러 찾아와 나를 위로해주었다. 그들도 곧 나와 같은 자리에 눕게 될 것이다.

1881년 4월 29일에 위에 인용한 마지막 일기를 쓰고, 며칠 후인 5월 11일 인생 육십의 기록인 1만 7000쪽에 달하는 일기를 남기고 세상을 떠났다. 자신의 죽음을 바라보는 문장 "인생의 수많은 기다림 중에 죽음만큼 더디게 오는 것이 또 있을까"는 죽음을 기다리는 상태, 즉 노년의 상태를 비관적으로 쓰고 있는 것이 아니다. 마치 선물을 기다리고 있는 상태처럼 보이기 때문이다. 젊은 시절에는 보이지 않았던 죽음이 친구처럼 생각되는 것일까. 이 순간에 그는 고집스럽게 이웃과 단절하면서 살았던 삶을 되돌아본다. 거기에는 다정한 이웃이 있었다. 특히 친구들을 보면서 느끼는 감정을 이제 곧 '같은 자리에 눕게' 된다고 담담하게 적는다. 생의 마지막 상태를 보여준다. 아미엘이 그동안 쓴 일기, 전 인생을 기록한 긴 글의 마지막 문장처럼 보인다.

《아미엘의 일기》는 일기 쓰기의 한 정점을 보여주는 작품이다. 우리가 이렇게 써야 한다는 부담감을 가질 필요는 없다. 하지만 일기에 관심이 있다면 이런 작품이 큰 도움이 된다. 영화 공부를 하기 위해서 영화를 보듯이 일기 쓰기에 관심이 있다면 전범이 되는 일기 문학이 큰 도움이 된다. 일기는 자서전으로 읽힐 수 있기 때문에 다양한 형식의 산문으로 가는 길목이기도 하다.

심리학자 리암 허드슨Liam Hudson은 '분산형'과 '집중형'으로 인간

본성의 양극을 설명한다. '집중형'의 사람들은 과학이나 고전을 전공하며 일문일답의 능력이 뛰어나 지능검사에서 좋은 점수를 받는다. '분산형'은 예술이나 생물학을 전공하고 지능검사와 같은 일문일답에서 벗어난 창의적인 대답에 능숙하다. 외향적인 사람이 '분산형', 내성적인 사람이 '집중형'일 것 같지만, 연구 결과 그렇지 않다고 한다. 한 인간의 성격을 공식화할 수는 없다는 것이다. 사람은 처해진 사정에 따라 한쪽으로 기울기도 하면서 살아간다.

일기 쓰기 역시 마찬가지다. 얼핏, 내성적인 사람이 일기를 잘쓸 것 같지만 그렇지도 않다. 작가들 중에는 내성적인 성격이 강한 사람들이 많이 있다. 필자 주위에 있는 글쟁이 선후배들 역시 내밀한 공간을 중요시하고 외부 활동은 자제하는 사람들이 많이 있다. 하지만 어느 정도는 인간관계를 유지하면서 살고들 있다. 때론 외부에 성을 쌓아놓고 고독하게 지내는 사람들이 있다. 아미엘과 같은 사람이다. 펜이 있기에 가능한 일이다.

삶이 힘들고 고단한 우리들에게 일기나 편지를 쓸 여유가 없다고 하지 말자. 일기 쓰기는 하루에 한 번 조용히 나를 돌아보는 시간이다. 단 5분이라도 좋다. 잠자리에 들기 전에 양치질을 해야 다음 날 아침 개운하게 일어나는 것처럼, 일기 쓰기를 양치질처럼 하기 바란다.

욕실의 거울 앞에서 칫솔을 들고 있는 것처럼, 펜을 들고 가만히 생각해보자. 딱히 떠오르는 문장이 없다면 그냥 선이라도 몇 개

그어보자. 직선이나 곡선이 당신의 마음을 위로하는 문양처럼 보인다. 중요한 건 하루에 한 번 펜을 쥐는 것이다. 오늘은 오랜만에 펜을 들고 오늘 나에게 일어난 일 중에서 기록할 수 있는 것을 기록하자.

> 모든 작가들은 불행하다. 책에 묘사되어 있는 세계는 너무나 암담하다. 아무런 말과 행동을 하지 않는 것이 행복하다.

버지니아 울프가 1940년 9월 5일에 쓴 일기다. 작가와 세계, 행복에 대해 간단하게 적었다. 이 일기는 제2차 세계대전 중에 쓴 것이다. 울프의 말대로 모든 작가가 불행하다면 자신 역시 불행하다는 고백이기도 하다. 전쟁으로 인한 심리적인 불안감을 잘 표현한다. 비단 작가만 이러한 심경은 아닐 것이다. 전쟁통에 암담하지 않은 세계가 어디 있겠는가. 삶 역시 전쟁과 같다. 비록 총성이 울려 퍼지는 진짜 전쟁이 아니더라도 우리 주위엔 소통 불능의 인간들, 철면피들이 득실거린다. 차라리 이런 상황이라면 아무런 말과 행동을 하지 않는 것이 행복하다. 그 상태에서도 일기를 써라. 그래야 진짜 당신의 세상이 탄생한다.

지금 이 순간에도 세상에는 수많은 일들이 일어난다. 설령 골방에 홀로 있어도 산수유는 피어나고 봄은 온다. 눈길을 던지는 곳마다 온통 글쓰기의 소재가 차고 넘친다. 그런데 막상 펜을 잡으면 무엇을 쓰고 어떤 형식을 가지면 적당한지 고민한다. "무엇을 쓸 것인가?"는 내가 쓰고 싶은 것이 과연 글감이 될까를 생각해보는 것이다. 이런 고민에서 벗어나기 위한 간단한 방법이 있다. 무엇을 쓸 것인가의 제1원칙. 우선 나에게 가장 가까이 있는 글감을 찾자. 그것이 바로 일기다.

일기는 글쓰기의 밑그림이다. 자신에게 의미 있는 어떤 일들, 예를 들자면 사건 사고를 비롯한 사회적 현상이나, 간단한 독서 일기도 가능하다. 이런 기록들이 쌓이면 일기를 통해서 내가 무엇을 쓸 수 있는지 알아볼 수도 있다.

글쓰기는 글쓰기를 통해서 배워야 한다. 일기는 글쓰기의 시작으로 하기에 적당한 형식이다. 어떤 형식도 가지고 있지 않은 형식이다. 한 편의 시를 적어도 되고, 한 줄의 문장도 가능하다. 때론 나에게 보내는 긴 편지를 적을 수도 있다. 책상 위에 펼쳐진 빈 일기장은 무한한 가능성의 공간이고 항해를 준비하는 항구다. 심야에 일기장을 펼치자. 그리고 나만의 일기 스타일을 만들어보자.

예를 들어 일기의 첫 줄을 통일하는 방법이 있다. 12월 25일은 성탄절이다. 12월 25일 성탄절. 이런 식이다. 비록 성탄절은 아니더라도 문자로 기록된 역사 시대에는 매일매일이 의미 있는 날이다. 지금 이 글을 쓰고 있는 날짜는 2월 21일다. 이 날은 어떤 일이 있을까?

인터넷으로 검색해보니 신기한 일이 벌어진다. 2016년 1월 19

일에 발행된 단행본의 제목이 《재미있게 읽는 그날의 역사 2월 21일》이다. 깜짝 놀랐다. 이 책은 《2월의 모든 역사》 중 일부로, 1년 365일 동안 일어난 역사적 사건을 월별, 하루별로 정리한 시리즈 중 하나다. 그중에서 2월 21일을 따로 편집해서 한 권의 전자책으로 만들었다.

우리들이 사는 어떤 하루라도 한 권의 묵직한 단행본으로 만들수 있는 내용이 있다. 다만 우리가 그것을 모를 뿐이다. 수천 년의 역사가 있었는데, 오늘이라고 무슨 일이 없겠는가? 우리가 그냥 보내는 하루가 역사적 사건이 일어난 바로 그날이다. 1년 동안 쓴 일기는 나중에 어떤 글을 쓰건 간에 기억과 자료가 되고, 매일매일 글쓰기 연습을 하는 훈련장이 된다. 아, 그러고 보니 2월 21일은 단재 신채호 선생이 돌아가신 날이다.

일기는 사람의 훌륭한 인생 자습서다.
―이태준(소설가, 《문장강화》 저자)

```
3.
젊게 사는 사람들의 비법
[편지 쓰기]
```

편지는 타인의 방을 열기 위해 조심스럽게 두들기는 손기척이다. 그 소리는 작지만 내가 여기에 있으니 문을 열어달라는 다감한 신호다. 오래전부터 우리들은 방문을 걸어 잠그고 살기에 누군가가 다정하게 노크하기를 기다린다. 어느 날 삶에 지친 당신에게 날아온 편지 한 장을 두 손에 들면 그것을 읽어 내려가는 동안에 오해가 풀리기도 하고, 사랑이 깊어지기도 하고, 마음과 마음이 직결되기도 한다. 글쓰기가 나의 마음을 전달하는 도구로서 여겨진다면 편지 쓰기는 최적의 조건을 갖춘 도구다.

　일기 쓰기의 맞은편에 편지 쓰기가 있다. 일기가 나에게 하는 말이라면, 편지는 타인에게 하는 말이다. 편지는 너와 나의 대화다. 이것은 마음으로 이어진다. 그래서 편지는 진솔한 글이다. 그 형식도 다양하다. 일반적인 편지가 제법 긴 글을 담고 있다면, 엽서는 짧은 글을 담는다. 더 짧은 글은 전보라는 형태로 전달된다. 온라인이 발달하면서 이제 엽서와 전보는 사라지고 있다. 하지만 전달하는 도구나 형태만 바뀌었을 뿐, 지금 이 시간에도 SNS상에서는 수많은 편지와 전보가 오간다.

편지는 인간관계를 온라인과 오프라인에서 이어주는 다감한 존재다. 편지 한 장을 부치기 위해서는 우표와 우체통, 그리고 우체국과 집배원이 있어야 한다. 사람과 사람의 이어짐에 우표가 있다. 편지 쓰기는 이러한 세상과의 이어짐이고 사람과의 만남이다. 나는 편지에 대해 이런 산문을 쓴 적이 있다.

마두 도서관 사거리에는 빨강 우체통이 있었다. 평소에 그곳은 그냥 지나치는 장소였다. 하지만 산책을 하거나 외출을 하면서 가끔 '우체통에 넣을 편지가 없다'는 생각을 하곤 했다. 편지 한 장 쓸 일이 없어진 지가 꽤 오래 되었다. 그러던 어느 날, 군대에 간 남자친구에게 편지를 쓴다면서 우체통이 어디에 있느냐고 따님이 물었다. 이 동네에 십 년 이상 살았는데 따님께서는 집 근처에 있는 우체통을 보지도 않은 것 같았다. 나와 함께 그 자리를 확인한 따님은 밤늦도록 편지지에 마치 일기를 쓰듯이 편지를 써서 다음 날 새벽에 우체통까지 걸어가 편지를 넣었다. 따님이 편지를 쓰고, 우체국에 가서 우표를 사 정성스럽게 봉투에 부치는 모습을 보면서 우표를 자세히 보게 되었다. 390원짜리 우표는 아주 오래된 친구처럼 다가왔다. 지금 내 책상 위에 딸이 쓰다 남은 우표가 있다.

우표는 한 장씩 떼어내기 좋게 테두리에 구멍이 뚫려있고, 그 구멍자리를 천공穿孔이라고 부른다.

그래, 우표에는 천공이 있다. 천공이 없다면 매번 번거롭게 칼과 자가 필요할 거다. 천공은 매우 유용하다. 우표가 떨어질 때 '도도독' 나는 소리 또한 기억에 오래 남아 있었다. 어린 시절에는 그 소리가 재미있어 새 우표를 일부러 뜯어내기도 했다. 천공자국이 남아 있는 우표를 보면서 우리들의 추억도 우표처럼 천공을 만들면 좋겠다는 생각을 했다. 살면서 추억이 필요한 순간이 오면 그 순간을 네모진 우표처럼 잘 뜯어낸다. 그 시절의 아름다운 풍경으로 도안을 한 우표를 붙인 편지나 엽서를 누군가에게 보낸다는 것은 인간관계가 풍요롭다는 증거이기도 하다.

인간관계에도 천공이 있다. 연말연시에 모임을 끝내고 서로 헤어질 때, 연인들끼리 결별을 할 때, 연로하신 부모님이 세상을 떠날 때 관계를 이어주던 천공 자국은 도드라지게 남게 된다. 동그란 천공이 절반으로 나뉘어 붙어 있는 편지봉투의 우표처럼 우리들도 만나면 헤어지는 순간이 있다. 그 순간에 두 사람 사이에 우표처럼 천공이 있어야 헤어지기가 덜 힘들 거다. 우리들은 영원히 헤어지기 싫은 마음 때문인지, 천공을 만들길 싫어한다.

하지만 그 자리는 세월이 가면 저절로 만들어지는 것 같기도 하다. 내가 알고 지낸 사람과의 천공이 있는지는 알 수 있는 방법은 없겠지만, 아마도 헤어지는 순간에 우표를 뜯어내는 느낌처럼 서로 알 수 있을 거다. 그리고 우리가 잃어버린 것은 빨간 우체통까지 걸어가 편지를 보내는 그 마음이 아닌가 싶다. 편지는 서로 멀어진 사람에게 내 마음을 전하는 아름다운 마음이기도 하다.

전국적으로 공중전화가 사라지고 있고, 우체통도 이제 조금씩 사라지지만, 시대가 변해도 우리들의 정서에 필요한 원시적인 감정들이 있다. 동네 우체통이 어디에 있는지도 몰랐던 딸아이가 빨간 우체통을 매일 찾는 것을 보면서, 타인에게 진정으로 전하고 싶은 마음은 밤늦도록 한 자, 한 자 펜으로 적은 정성스러운 편지라는 것을 새삼스럽게 깨달았다.

우표와 우표를 이어주고 있는 천공을 보면서 지난 한 시절 보내던 편지들이 지금은 저 눈으로 내리고 있는 것은 아닌지, 이제는 아주 잊었다고 생각한 사람들의 얼굴들을 하나둘 떠올렸다. 그들은 기억에 천공자리를 내고 아주 오랫동안 마음에 남아 있었다. 우체통에 넣을 편지가 없는 것이 아니라, 마음이 없는 것이다. 그 마음을 이제 되살리고 싶다. 우체통은 항상 거기에 있으니.

이 산문은 편지 쓰기에 관심이 있는 사람에게 보내는 편지다. 편지에는 형식이 없다. 비록 상대가 있을지라도 꼭 화자를 의식하지 않고 써도 된다. 위의 산문에서 종결어미를 대화체로 바꾼다면 상대에게 말을 하는 것처럼 들린다.

예를 들어 마지막 문단을 고쳐 보자. "우체통에 넣을 편지가 없는 것이 아니라, 마음이 없는 것이다. 그 마음을 이제 되살리고 싶다. 우체통은 항상 거기에 있으니"를 "K씨. 우체통에 넣을 편지가 없는 것이 아니라, 마음이 없는 것이겠지요. 그래요. 마음이 없는 겁니다. 이제 그 마음을 되살리고 싶네요. 우체통은 항상 거기에 있으니까요"라고 간단하게 종결어미만 바꾸면, 편지를 보내지 않는 사람에게 편지를 보내달라는 완곡한 표현으로 들린다. 지금 쓰고 있는 이 글도 편지투로 바꾼다면 느낌이 다른 산문이 될 것이다.

> 나는 내 글 쓰는 방식에 대해 어떤 틀도 갖고 있지 않으며, 사람들에 대한 어떤 의도도 갖고 있지 않습니다. 나에게 의도나 틀이 있다면, 거름이 아닌 결실로 사람들의 마음을 움직이는 것이 나의 방식입니다. 나는 무엇에 목표를 두고 단순한 삶을 실천하고자 하는 걸까요? 다른 사람들에게 단순한 삶을 가르치기 위해서? 그래서 하나의 수학 공식처럼 우리의 삶이 더 단순해질 수 있도록 하기 위해서? 아니, 그보다는 내가 닦은 이 터전 위에서 내 자신이 더 가치 있고 유익한 삶을 누리기 위해서가 아닐까요? 나에게 가장 소중한 것, 내 삶에 가장 중요한 의미를 갖는 것들을 나는 언제까지나 주저 없이 강조할 것입니다. 비록 그것이 허공에 약한 진동을 보내는 것에 불과할지라도. 그리고 그렇게 되기가 쉬울지라도.
>
> ─헨리 데이비드 소로우, 《구도자에게 보낸 편지》

소로우는 자신이 소중하게 여기는 삶을 편지로 남겼다. 미국의 매사추세츠 주 북동부 콩코드 부근에 있는 호숫가의 작은 오두막에서 소박한 자연주의자의 삶을 살았고, 그 경험을 쓴 책《월든》은 고전으로 남아 지금까지 많은 독자들에게 유익한 삶을 누리라고 말한다.

소로우가 월든 호숫가에서 다시 고향 마을로 돌아왔을 때 비둘기 같은 편지가 한 통 도착했다. 발신인은 신학자 해리슨 블레이크였다. 그는 자신의 불안한 영혼에 대해 고백하고, 더 진실하고 순수한 삶을 일깨워주기를 부탁했다. 소로우는 우리가 슬픔에 겨운 이유는 망설임이나 의혹 때문이 아니라, 충실하게 살지 않기 때문이며, 진정으로 깨어 있지 않은 삶을 살기 때문이라는 답장을 보냈다. 두 사람은 이후 13년 동안 스승과 제자가 되어 편지를 주고받았다. 이들의 편지 모음이 《구도자에게 보낸 편지》라는 제목으로 출간되었다.

편지를 쓸 때 소로우와 같은 스승들의 문장이나, 그 편지의 내용에 어울리는 인용을 적당히 한다면 편지의 내용이 풍부해진다. 인용은 돋보기의 렌즈와 같은 역할을 할 수 있다. 태양 밑에서 돋보기의 초점을 잘 맞추면 종이를 태울 수 있는 것처럼, 적절한 인용은 자신이 표현하고자 하는 대상을 정확하게 표현하는 수단이 된다.

어떤 시기에 연애 감정을 느끼고 연애편지를 쓰고 싶다면 아래 위대한 작가들의 편지를 인용한다면 어떨까. 간절한 마음을 더욱 잘 표현할 수 있다. 마음의 허리띠를 풀고 느긋하게 아래의 편지들을 읽어보자.

난 11시 30분에 들어왔습니다. 그러고는 줄곧 바보처럼 안락의자에 멍

하니 앉아 있었습니다. 아무것도 할 수 없었습니다. 당신의 목소리밖에 는 들리지 않습니다. 나는 언제나 당신이 '사랑하는 당신'이라고 부르는 소리를 듣고 있는 바보입니다. 나는 오늘 두 사람에게나 말도 하지 않고 냉정하게 굴어서 그들의 기분을 언짢게 만들었습니다. 그들의 목소리가 아닌 당신의 목소리를 듣고 싶기 때문입니다.

사랑에 빠지면 바보가 된다는 말이 있는데, 이 분이 바로 그런 케이스다. 편지를 쓴 사람은 20세기 문학에 한 정점을 이룬 제임 스 조이스James Joyce. 조이스가 1904년 자신의 아내인 노라 바너클 과 연애하던 시절에 보낸 편지다.

영미 문학에서도 난해하기로 소문난 《율리시스》는 소설가들 사 이에서도 과연 이 소설을 다 읽어낼 수 있느냐는 내기를 할 정도로 복잡하다. 조이스의 글도 이 편지만 놓고 본다면 사춘기 소년의 문 장이다. 하지만 가만히 들여다보면 자신의 개인적인 감정을 고백 하는 문장이 단단하다. 자신의 감정에 대해 논리적인 전개를 하면 서도 간소하고 편안하다. 글쓰기의 달인다운 편지다.

세상에 누구보다 똑똑한 조이스가 자신을 '바보'라고 하는 장면 은 연애하는 사람들의 공감대가 아닌가. 제임스 조이스뿐만 아니 라 세상의 그 어떤 대가의 편지를 보아도 연애편지에는 어찌 보면 '유치찬란한' 감정의 파편들이 아무런 여과 장치도 없이 그대로 드 러난다. 이것이 글쓰기의 초심이 아닐까.

연애편지는 참을 수 없는 격정에 휩싸여 속마음을 드러내야 하기에 세련될 수도 없고, 세련된 작품 같다면 십중팔구 가짜일 가능성이 있다. "밤에 쓴 연애편지는 아침에 부치지 못한다"라는 말은 이러한 맥락에서 이해할 수 있다. 내친 김에 프랑스의 전쟁 영웅 나폴레옹의 편지도 조금 읽어보자.

> 나는 단 하루도 당신을 사랑하지 않은 적이 없습니다. 단 하룻밤도 당신을 포옹하지 않고 잠든 적이 없습니다. 군대의 선두에서 지휘할 때도, 중대를 사열하고 있을 때에도, 내 사랑 조세핀은 내 가슴속에 홀로 서서 내 생각을 독차지하고 내 마음을 채우고 있습니다.

나폴레옹의 편지는 사병의 편지와 다를 것이 없다. 장군이나 사병이나 사랑 앞에서는 백기를 들고 눈물을 흘리면서 그리워하는 법이니까. 영웅이나 위인들의 이러한 편지는 인용하자면 수없이 많다. 오늘 밤에는 연애편지 한 통 써보면 어떨까. 진솔한 마음으로 상대방을 향한 감정을 적어내면 된다.

아래에 인용하는 편지는 1787년 첫 번째 프라하 연주 여행을 하던 모차르트가 아내 콘스탄체에게 보내는 편지다. 천상에서 잠시 사람들에게 음악을 들려주기 위해 내려온 천사, 천재 음악가라는 모차르트가 사랑하는 아내와 잠시 헤어져 있는데도 그새를 못 참고 편지를 쓴다.

오페라가 끝난 뒤 숙소로 돌아왔습니다. 그토록 그리운 마음으로 기다리던 당신의 편지가 놓여 있었습니다. 오, 내 사랑이여, 편지 봉투를 뜯기 전에 나는 당신의 편지에 셀 수 없을 만큼 키스를 퍼부었습니다. 나는 오랫동안 방에서 나갈 수 없었습니다. 내 사랑, 오 내 귀여운 아내여. 당신에게 몇 가지 부탁이 있습니다. 첫째 슬퍼하지 말고, 둘째, 건강 잘 챙기고, 셋째 절대 혼자 걸어서 외출하지 말고 넷째 나의 사랑을 절대로 믿어야 합니다. 나는 당신의 초상화를 앞에 두지 않고는 한 통의 편지도 쓴 적이 없습니다. 그리고 다섯 째 무엇을 하더라도 우리들의 명예를 생각하고 외관에 신경을 써주고. 끝으로 나에게 보내는 편지는 더 자세히 길게 써주길 바랍니다. 안녕 내 사랑. 당신의 초상화와 반시간을 이야기하며 당신을 109506043082번 껴안습니다.

당신의 가장 충실한 남편으로부터

이 편지는 감정의 과잉이 느껴지지만, 모차르트라는 후광 때문인지 귀한 자료로 여겨지기도 한다. 감정의 과잉은 편지 말미에 숫자로 표시된 포옹 횟수다. 어떤 뜻이 있는지는 모르겠지만, 음악 천재의 천진한 면이 보여 재미있게 읽힌다.

숫자로 표시한 이유는 자신의 마음을 표현할 부사를 찾지 못해서가 아닐까? 당신을 '으스러지게 껴안습니다'보다 왠지 더 당신을 안고 싶다는 느낌이 든다. 더불어 편지를 발표할 원고처럼 퇴고하지는 않기 때문에 이런 표현이 나왔지만, 오히려 자연스럽게 보인다.

모차르트는 이 편지가 수 세기 후, 한국이라는 나라에서 읽힐 것이라는 생각은 하지 못했을 것이다. 두 사람만의 내밀한 공간이 이렇게 오픈되었다는 것은 그가 모차르트이기 때문이다. 때로는 고민하지 말고 쉽게 감동을 토로하는 공간이 있어야 한다. 연애편지는 그런 역할을 한다.

당신이 행복했으면 하고 바라는 사람이 요즘 우울한 기분일 수도 있으니까. 그때 뜻하지 않은 선물 같은 연애편지 한 통 전해준다면 멋진 추억이 된다. 살다 보면 연애가 필요한 순간이 있다. 연애편지는 젊은 시절의 특권이 아니라, 젊게 사는 사람들의 비법이다. 다른 사람들의 연애편지를 읽으면 그런 기분이 든다.

아래의 편지는 글쓰기와 공부를 하라는 아버지의 편지다. 연애 감정과는 완전히 다른 맥락에서 우리에게 도착한 편지다. 잠시 느긋한 마음을 여며주는 회초리와 같은 편지를 읽어보자.

나는 고을 일을 하는 틈틈이 한가로울 때면 수시로 글을 짓거나 혹은 법첩을 놓고 글씨를 쓰기도 하거늘 너희들은 해가 다 가도록 무슨 일을 하느냐? 나는 4년간 주희의 책을 골똘히 봤다. 두어 번 두루 읽었지만 늙은 몸이라 책을 덮으면 문득 잊어버리는지라 부득불 작은 초록 한 책을 만들지 않을 수 없었는데 그리 긴한 것은 아니다. 그렇기는 하나 재주를 펴보고 싶어 그만둘 수가 없었다. 너희들이 하는 일 없이 날을 보내고 어영

부영 해를 보내는 걸 생각하면 몹시 애석하지 않겠니? 한창 때 이러면 노년에는 장차 어쩌려고 그러느냐? 웃을 일이다. 웃을 일이다. 고추장 단지 하나를 보내니 사랑방에 두고 밥 먹을 때마다 먹으면 좋을 게다. 내가 손수 담근 건데 아직 완전히 익지는 않았다.

* 보내는 물건. 포 세 첩, 감떡 두 첩, 장볶이 한 상자, 고추장 한 단지.

조선 후기의 대학자인 연암 박지원이 아이들에게 보내는 편지의 일부를 읽었다. 위대한 인물의 속내가 잘 표현되어 있어서 읽는 동안 연암의 따뜻한 마음이 잘 느껴진다. 엄중하면서도 다감하다. 연암은 51세 때에 아내를 먼저 다른 세상에 보내고 여생을 홀로 살았다. 지방의 관리로 근무하는 동안 서울에 있는 자식들을 챙기는 마음이 각별하다.

편지에 대해서 이런 식으로 인용을 하자면 한 권의 책으로도 모자랄 정도로 우리 주위에는 좋은 편지들이 많이 있다. 글쓴이의 사정에 따라 출판이 되기도 하고, 영원히 글쓴이만의 것이 되기도 한다. 편지 쓰기를 잘 익히면 시나 소설, 혹은 논픽션을 쓰는 데 도움이 많이 된다. 편지를 잘 쓰면 글을 잘 쓴다는 말이기도 하다. 편지 글로 한 권의 산문을 쓸 수도 있을 것이다.

일기 역시 마찬가지이다. 얼핏 쉬워 보이는 글쓰기 방법이지만 막상 들어가면 만만치 않다. 이것 역시 기술이기 때문이다. 매일매일 연습하면 좋아질 것이다. 그리고 글쓰기 도구도 되도록 펜과 종이를 이용하자. 컴퓨터 자판보다는 손을 잘 느낄 수 있고, 종이를 구겨 뒤로 던져버리는 제법 작가다운 포즈를 취하면서 말이다. 글쓰기도 일종의 자기만족이다. 좋은 옷을 입고 외출을 하고 싶듯 좋은 글은 외출을 하고 싶어 한다. 그런 글을 편지와 일기를 통해 만들어보자.

윤동주의 시 〈편지〉는 편지 쓰기에 대한 좋은 글쓰기다.

누나!
이 겨울에도
눈이 가득히 왔습니다.

흰 봉투에
눈을 한줌 넣고
글씨도 쓰지 말고
우표도 붙이지 말고
말쑥하게 그대로
편지를 부칠까요?

누나 가신 나라엔
눈이 아니 온다기에.

.

'눈이 아니 온다는' 천상의 나라로 편지를 보내고자 하는 시인의 마음은 인간의 영혼에 대한 사랑이고, 살아 있으면 쓰고 싶다는, 그것이 비록 문자가 아니라 눈이라 할지라도 간절한 마음의 표현이다. 이 시는 더는 설명이 필요 없는 간결한 글쓰기의 전범이다. 그냥 보고 느끼면 된다. 편지는 시의 마음을 닮았다. 편지는 일기 다음으로 우리 곁에 가까이 있다. 이렇게 조금씩 글쓰기의 외연을 확장해나가자. 편지를 잘 쓰는 사람을 보면 저 사람이 시인이구나, 하고 느낀다. 편지는 일기와 시의 중간계다. 인간의 영혼이 떠돌아다니는 천국과 지옥의 중간계처럼.

글을 쓰기 전에는 항상 내 앞에 마주앉은 누군가에게 이야기를 해주는 것이라고 상상해라. 그리고 그 사람이 지루해서 자리를 뜨지 않도록 설명해라.
－제임스 패터슨(소설가)

쿵푸를 수련하기 위해 마당에 묘목을 심어놓고 매일 뛰어넘기를 한다고 한다. 키 작은 묘목을 매일 뛰어넘다 보면 세월이 흘러 자신보다도 높게 자란 나무를 뛰어넘게 된다. 이런 수련 방법이 현실적으로 가능한 것인지는 모르겠다. 하지만 조금씩 매일 연습을 한다는 점에서는 이런 수련법에서 배울 점이 많다. 우리가 글쓰기를 하는 이치와도 닮았다. 초등학교 시절 "철수야 놀자, 영희야 놀자"라는 문장에서부터 시작해 대학에서 졸업논문을 쓰고, 전문가가 되어 사회 평론이나 철학 에세이까지 발전하는 것이다. 글쓰기의 달인이 되고 싶다면 매일 조금씩 연습을 해야 한다. 그런 의미에서 일기와 편지가 아주 작은 묘목이다.

일기와 편지의 단계를 넘어서 이제 인터뷰로 간다. 글쓰기의 대상을 조금씩 넓혀나가자. 나, 너와 나, 그리고 나와 우리의 관계로 글쓰기의 대상이 달라진다. "무엇을 쓸 것인가?"라는 고민에서 이제 조금 벗어난 기분이다. 인터뷰는 글쓴이의 의도에 따라 다양한 시도가 가능한, 한 인간에 대한 아름다운 프리즘을 지닌 매력적인 글쓰기다.

우선 인터뷰는 격식을 갖추고 사회적으로 성공한 명사와 대화를 하는 것으로 생각하기 쉽다. 물론 인터뷰라는 어감이 그런 느낌을 주기는 하지만, 동네 아저씨와도 자연스럽게 대화를 나누어도 좋은 인터뷰 글이 나올 수 있다. 학생들이 수업 시간에 선생님에게 질문을 하는 것도 일종의 인터뷰다.

나는 수많은 사람을 만나 이야기를 나누었다. 우리나라 최고위층 인사와 인터뷰를 수개월간 진행한 적도 있고, 서울역의 노숙자를 찾아가 그들의 이야기를 듣기도 했다. 책 출간 후 내가 언론사 인터뷰의 대상이 되기도 한다. 이러한 경험은 내 본업인 창작에 큰 도움이 된다. 우선 인터뷰는 질문을 하는 행위지만 말을 적게 하고, 상대방의 이야기를 경청하는 귀가 커야 한다. 세상의 모든 소리를 다 듣겠다는 자세로 집중해야 상대방 말의 살과 뼈가 보인다.

유명 인사들의 인터뷰를 할 경우에는 인터뷰이가 사전에 질문지를 요구하기도 한다. 질문지는 형식상 절차이지만 머릿속에 질문을 담고 가는 것보다 효율적이다. 질문지를 요구하지 않더라도 메모를 통해 질문 사항을 우선 정리해야 한다. 예를 들어 열 개 항목으로 질문지를 작성한다고 치자. 이 질문에 대해 상대방이 준비를 해올 것이다. 질문지를 중심으로 인터뷰를 하지만 막상 대화가 오가면 예상 밖의 상황이 일어나기도 한다. 상대방의 대답을 들으면서 새로운 질문이 떠오르기도 한다. 미리 준비한 질문보다 훨씬 생동감 있는 이야기가 거기에서 나오기도 한다.

인터뷰의 형식은 기자(인터뷰어)가 묻고 인터뷰이가 대답하는 질의응답 방식이 일반적이다. 하지만 이런 틀에 얽매일 필요는 없다. 'Q&A' 방식의 인터뷰는 질문지 중심으로 대화하고 내용 정리에 중점을 둬야 한다. 이 책에서 언급한 글쓰기 원칙을 명심하고 인터뷰이가 쏟아내는 말을 간소한 문장으로 정리하면 된다. 이 방식이 기본이다.

질문과 대답을 정리하는 방식의 장점은 대화의 내용이 선명하고, 독자가 원하는 정보를 직접적으로 전달하기 때문에 비교적 짧은 시간에 독자가 원하는 내용을 전달한다는 것이다. 하지만 내용을 정리해보면 알겠지만, 말을 정리한다는 것도 상당히 어려운 일이다. 녹음을 하건 노트에 기록을 하건 간에 자신의 문장으로 만들어야 하고, 무엇보다 정확하게 전달해야 하기 때문이다.

다음으로 인터뷰한 내용을 풀어쓰는 방식이다. 이건 좀 생각을 해야 한다. 도입부와 종결부를 어떻게 구성하고 그날 들은 내용 중에서 글의 중심을 어디에 두고 밀고 나가야 할지 결정해야 한다. 열 개 이상의 내용이 있다면, 그 내용 중에서 머리가 될 만한 것을 중심에 놓고 나머지를 엮어나가야 한다. 내용을 나열만 하면 독자가 지루해하다가 결국 읽기를 포기할 것이다. 이 방식은 서평을 쓸 때도 마찬가지다.

책 한 권을 읽고 그중에서 포인트가 되는 부분을 집중적으로 다루면서 나머지 이야기를 해야 한다. 최근에 일본의 베스트셀러 작가들의 문학을 다룬 사이토 미나코의 《문단 아이돌론》을 읽었다. 그 책의 서평 기사를 보니 대부분 기자들이 무라카미 하루키를 중심에 놓고 나머지 내용을 다루고 있었다. 독자가 가장 관심을 가질 만한 작가를 중심에 놓고 그 책을 평가한다. 인터뷰 역시 마찬가지다. 여러 항목 중에서 중심 주제를 먼저 잡고 들어가야 한다. 어느 정도의 길이로 가야 할지도 중심 주제의 내용에 따라 원고량이 결정된다.

가수 한대수 선생과 인터뷰를 할 때의 일이다. 청년 시절에 한대수의 노래를 들으면서 성장했기 때문에 나는 궁금한 것이 많았다. 한대수의 노래에 얽힌 이야기만 들어서 정리해도 좋은 글이 나올 것 같았다. 선생은 매우 편안하고 다정한 분이었다. 인터뷰는 순조로웠다. 그런데 인터뷰 중간에 선생이 당황스러운 표정으로 양해를 구하면서 전화를 받았다. 선생의 부인과 영어로 통화를 하는데 부인에게 무슨 일이 있나 싶었다. 선생은 부인의 이름을 부르면서 마치 아이를 달래듯이 인터뷰 중이니 끝나는 대로 바로 가겠다고 하셨다. 우리 둘 사이에 잠시 어색한 침묵이 이어졌다.

잠시 한숨을 쉬면서 뭔가를 생각하던 선생은 호탕하게 허허 웃으면서 아내가 심각한 알코올 중독이라고 했다. 그건 잘 알려진 사실이다.

그리고 전혀 예상하지 못한 이야기를 하기 시작했다. 즉, 알코올 중독은 세상에서 가장 무서운 질병이고 주위 사람들을 병들게 하는 바이러스라는 것이다. 아내가 술에 대한 집착이 심해 집안 구석구석에 소주병이 숨어 있고, 갑작스러운 히스테리를 부려 가족들은 고통받았다.

당시 선생은 이미 환갑을 넘긴 나이였고 늦둥이 딸인 양호에 대한 걱정도 중첩되어 있었다. 그리고 내가 준비해 간 질문지에서 벗어나 자신의 삶을 자유롭게 이야기하기 시작했다. 목소리도 약간 격양되어 속마음을 털어놓는 분위기였다.

내가 시인의 감각으로 선생의 고통을 잠시 엿보고 거기에 대해 진성 있는 마음으로 대화를 하자, 선생은 인터뷰라는 형식에서 벗어나 자신의 삶을 이야기하기 시작했다. 인물 인터뷰의 경우, 특히 예술가들의 인터뷰가 '진짜'가 되기 위해서는 자신도 잠시 잊고 있었던 일들을 꺼내는 순간이 와야 한다. 질문자가 만드는 내용은 아무리 철저하게 조사를 한다고 해도 한계가 있기 마련이다.

'팩트 체크'를 해야 하는 정부 정책과 국정 운영에 관한 인터뷰와는 달리 인물의 삶이나 사상은 인터뷰를 하는 동안에 자연스럽게 이야기가 흘러나오는 순간이 있다. 물론 거기까지 가기 위해서는 여러 과정이 있지만 말이다. 짧은 시간에 처음 만난 인터뷰이와 일단은 친해져야 한다. 그가 어떤 사람인지, 무엇을 좋아하는지 등 개인적인 취향까지도 알고 간다면 훨씬 유리한 위치에서 인터뷰를 진행할 수 있다.

　그날 인터뷰를 마친 한대수 선생은 나와 악수를 나누고는 쓸쓸하게 신촌 뒷골목을 걸어 올라갔다. 아직 인터뷰가 끝나지 않은 것 같은 마음이 들었다. 선생이 가파른 계단을 올라가고 있는 모습을 보다가 사진기자에게 선생의 뒷모습을 찍자고 했다. 사진기자도 고개를 끄덕이면서 선생의 뒷모습을 촬영했다. 그 사진은 내가 가장 좋아하는 사진 중 하나다. 정면 얼굴 사진보다 더 인물을 잘 드러내는 그 무언가가 있기 때문이다. 집필실에서 인터뷰 내용을 정리하면서 그가 계단을 올라가는 모습을 떠올렸다. 인생의 무거움이 느껴짐과 동시에 한대수의 지금 모습을 가장 잘 보여주는 장면이다. 거기부터 원고를 쓰기 시작했다. 도입부가 결정된 것이다. 글쓰기 원칙 중 하나, 쓰고 싶은 것을 제일 먼저 써라. 도입부에서 독자를 끌어들여야 한다. 그러기 위해서는 인터뷰를 마치고 가장 강조하고 싶은 문장이 있을 것이다. 그걸 먼저 써야 한다. 이것은 소설가 윤후명 선생이 나에게 알려준 소설을 쓰는 법이기도 하다.

신촌 모델촌 사이로 난 계단 사이로 올라가는 한 사내가 보인다. 그는 가

　Restart! 다시 시작하는 글쓰기

파른 언덕길을 겨우겨우 올라가고 있다. 계단 중간에 벽을 집고 두어 번 어이구 소리를 내면서 쉬었다 간다. 그 모습을 물끄러미 보았다. 역광으로 어둡게 보이는 사내의 뒷모습이 좁은 골목길을 다른 세상으로 만들고 있었다. 사람이 들지 않고 새만 날아오는 깊은 숲속에 아름답게 불타는 단풍의 절정. 기어이 한 번 터지고 마는 소리꾼의 절창, 백조의 노래, 이런 이미지들이 어우러진다. 누추한 신촌의 골목길을 팝아트의 화폭으로 만들어낸 사내의 이름은 한대수. 가수 한대수다.

사람들은 한대수가 우리나라에서 독보적인 대중 포크가수이고, 아내가 알코올 중독이고, 아버지가 미국의 저명한 핵물리학자였다는 사실을 이미 알고 있을 수 있다. 그 사람이 지금은 어떻게 살고 있는지 많은 사람들이 궁금해할 것이라는 가정을 하고 이 글을 쓰기 시작했다.

허름한 신촌의 모델촌 계단을 올라가는 모습이 지금의 상태를 잘 보여주었다. 어떤 말로 근황을 설명하는 것보다 그의 동작이나 행동이 더 직접적으로 다가오기도 한다. '백조의 노래'는 백조가 죽기 전에 단 한 번 부른다는 예술가의 절창을 의미하고, 환갑이 넘었지만 여전히 자신의 길을 묵묵히 걸어가는 모습은 석양과 단풍에 비유했다. 물이 잘 든 단풍이 신록이나 녹음의 잎보다 얼마나 아름다운가? 한대수의 인터뷰는 선생의 말씀을 중심으로 했지만 일단 나의 손에 들어온 이상 나의 산문처럼 녹여 풀어쓰는 것이 적절하다고 판단했다.

모든 인터뷰이가 일목요연하게 인터뷰어의 질문에 정확하게 대답하지는 않는다. 막상 질문을 하면 인터뷰이가 동문서답식의 말을 하기도 하고 심지어 아무 말 없이 가만히 있을 때도 있다. 그렇다고 따져 물을 수도 없다. 형사가 범인을 취조하듯이 질문을 하면 안 되기 때문이다. 그럴 경우에는 질문보다는 대화를 한다는 느낌으로 다가가는 것이 좋다.

시인 황금찬 선생과 최경한 화백과의 인터뷰가 그런 경우였다. 두 분 다 이미 구순을 넘기셨기 때문에 청력이 좋지 않아 크게 말을 해야 하고, 연로하신 탓인지 조금 전에 한 말씀을 되풀이하기도 했다. 그래서 이 분들은 월간지 마감이 임박할 때까지 세 번 이상 만나서 한 편의 원고를 썼다. 만나면 만날수록 인생의 지혜라고도 할 수 있는 말씀들이 쏟아졌다.

예를 들어 최경한 화백은 "단순하고 소박한 생각이 오래가는 법이다"라는 메시지를 주었다. 황금찬 시인은 "시는 신을 기억하는 작업이다"라는 말씀을 하셨다. 우리 사회의 원로들을 인터뷰하는 일은 매우 즐겁다. 두 분과 인터뷰를 하고 나서 든 생각이 있다. 자신의 분야에서 한 평생을 보낸 사람들은 혜안이 있다는 점이다. 하지만 사회 명사들과의 인터뷰는 매체의 기획에 의해서 이루어지는 경우가 많다. 지금 당장 이런 사정이 안 된다면 조금 더 가까이에서 만날 수 있는 사람을 찾아보는 건 어떨까.

자신의 스승이나 집안 어른들에 대한 인터뷰가 좋겠다. 스승과 가족 인터뷰는 편한 사이이기 때문에 일부러 격식을 차려서 하는 것이 좋다. 조금 요란해도 괜찮다. 상대방이 대접을 받는다는 기분이 들게 하라. 그 분들을 노벨상 수상자처럼 대해도 된다. 그분들의 한 평생이 노벨상보다 가치 있을 수 있다. 장소 역시 마찬가지다. 평소에 만나는 장소가 아닌 카페나 미술관 같은 곳에서 기자처럼 대화를 시도해보라. 의외로 신선한 만남이 될 수 있다. 이런 식의 인터뷰 책이 화제가 되어 베스트셀러가 된 경우가 있다. 미치 앨봄Mitch Albom의《모리와 함께한 화요일》이라는 책이다.

내 노老은사와의 마지막 수업은 일주일에 한 차례씩 교수님댁에서 이루어졌다. 그는 서재 창가에 서서 땅에 떨어진 분홍빛 히비스커스 꽃잎을 내다보곤 했다. 수업은 화요일마다 아침 식사 후에 시작되었다. 주제는 '인생의 의미'였다. 교수님은 자신이 인생에서 얻은 경험들을 가지고 강의해나갔다.

성적 평가는 없었지만 매주 구두시험이 있었다. 나는 질문에 대답해야 했고, 또 스스로에게 질문을 던져야 했다. 그리고 이따금 교수님의 머리를 베개 위에 편안히 괴어 드린다든지 흘러내린 안경을 코 위로 다시 밀어드려야 했다. 수업이 끝난 후 교수님께 안녕히 계시라는 인사와 함께 작별의 키스를 해드리면 점수를 더 주셨다.

교과서 따위는 필요 없었지만 사랑, 일, 공동체 사회, 가족, 나이 든다는 것, 용서, 후회, 감정, 결혼, 죽음 등 여러 가지 주제들이 논의되었다. 그리고 맨 마지막 수업은 아주 짧았다. 겨우 몇 마디 말로 끝나버렸다.

졸업식 대신에 장례식이 치러졌다.

졸업 시험은 없었지만 배운 내용에 대해 긴 논문을 제출해야 했다. 그 논문이 바로 이 책이다.

모리 교수님이 생애 마지막으로 했던 수업에 참여한 학생은 단 한 명뿐이었다.

내가 바로 그 학생이었다.

미치 앨봄은 뚜렷한 주제 의식을 가지고 부드럽고 간단한 문장으로 인터뷰를 진행했다. 독자는 이런 문장에 저절로 빨려 들어간다. 그래서 앞 장만 읽으려고 하다가 책의 끝까지 가고, 어떤 경우에는 처음부터 다시 읽게도 하는 것이 그의 글의 힘이다. 이 책을 만약 신문의 취재기사로 썼다면 감동의 폭은 줄어들었을 것이다.

이 책처럼 인터뷰는 인생 수업이기도 하다. 그동안 인터뷰를 하면서 나 역시 그런 생각이 들었다. 예를 들면 유홍준 교수가 그랬다. 미술사학자인 그를 인터뷰하는 동안 미술에 대한 눈을 조금 떴다고나 할까? 인터뷰를 통해서 끌어낼 수 있는 지혜는 좋은 책을 읽고 나서 생기는 효과와 비슷하다.

스승이나 집안 어른을 인터뷰한다고 하더라도 내가 유명 매체의 기자라고 생각하자. 평소에는 잘 몰랐던 한 인간에 대한 질문이라고 생각하자. 만나기 전에 깊게 생각하고 질문지를 작성해보자. 노인이 된 어른들의 평생을 다 말하게 할 수는 없다. 말씀하시는 내용을 잘 살펴서 그중 한 부분에 집중해서 질문하자. 돋보기를 들고 개미를 보는 심경으로 자세하게 물어보자.

이미 팔순을 넘긴 어르신 분들은 우리나라의 분단과 전쟁을 경험한 분들이다. 전쟁에 대한 경험, 청춘의 첫사랑, 지난 인생에서 결정적인 한 순간을 비롯해서 각별하게 아끼는 물건에 대한 이야기 등 질문지는 될 수 있는 대로 소박한 이야기나 항상 곁에 두고 있는 작은 물건, 인생의 한 순간에 포커스를 맞추자.

질문 항목도 열 개를 넘지 않게 간소하게 하자. 미치 앨봄이 정한 주제를 조금 변형해도 괜찮을 것 같다. 동서양을 막론하고 우리들의 인생에 필요한 주요 항목은 크게 다르지 않다. 주제는 진부할지라도 글은 독창적이고 참신하게 써야 한다. 태양 아래 새로운 것은 없는 법이다.

예를 들어 집안 할아버지 인터뷰를 한다면, "할아버지는 붓과 벼루를 아직도 소중하게 간직하고 계신데 그 물건들이 어떤 의미가 있나요?" 이런 식으로 구체적이고 정확하게 질문하자. 애매모호한 질문은 동문서답을 유도하는 지름길이다. 피해야 할 질문은 "사시는 동안 가장 행복한 순간이 언제였나요?"와 같은 질문이다. 이런 질문은 이야기 중간에 할 말이 별로 없을 때 슬쩍 던지고 말자. 의외로 좋은 대답이 나올 수도 있긴 하지만, 입장을 바꿔 상대에게 이런 질문을 받는다면 당신 역시 썩 좋은 대답을 자신할 수 없을 것이다. 식당을 한 사람이라면 당연히 음식에 관련된 질문을 풍부하게 준비하고, 대장간을 했다면 망치나 도끼에 대한 질문을 준비해야 한다. 우리 가족이나 집안 어른들의 인터뷰는 나의 뿌리를 찾는 일이기도 하다. 역사학자인 친구는 자신의 가족사를 우리 역사와 대비하면서 정리하겠다는 계획을 세우고 있다. 이것은 참 좋은 기획이다.

인터뷰를 마치고 글쓰기에 들어가면 두 가지 방식으로 써보자. 처음에는 Q&A 방식으로 정리하고, 두 번째는 그것을 바탕으로 자신의 스타일로 감정을 넣어서 풀어 쓴다. 옆에 커피 한 잔을 둬도 좋다. 취재를 하고 나서 글쓰기를 할 때 참고할 텍스트는 역시 신문기자들의 인터뷰 기사들이다. 인터넷으로 검색해서 좋은 기사들을 잘 읽어보면 큰 도움이 된다.

인터뷰 도구로 녹음기를 쉽게 생각할 수 있지만, 그 자리에서 노트를 하면서 진행하면 좋다. 녹음기를 다시 돌려서 듣기를 반복하는 것보다 직접 손으로 요점을 정리하면서 글을 풀어나가는 방법을 권하고 싶다. 녹음 내용을 다시 듣는 일은 의외로 번거로운 일이다.

인터뷰를 하고 나서 그날 바로 원고 집필에 들어가는 것이 좋다. 노트한 문장과 그때의 분위기, 냄새, 주위에 있는 사람들이나 사물 등을 기억의 가장 가까운 곳에 둔다. 일단 집중해서 초고를 쓰고 천천히 퇴고하는 방식은 모든 글쓰기의 기본이라는 사실도 명심하자.

내가 글을 쓰는 것은 전적으로 내가 무엇을 생각하고 있는지,
내가 무엇을 보고 있는지, 내 눈에 무엇이 보이며
그것이 무슨 의미인지 알아내기 위해서다.
−존 디디온(소설가)

분자생물학은 생명을 '자기를 복제하는 시스템'이라고 설명한다. 생명에 대해 20세기 생명과학이 도달한 답 중 하나다. 글쓰기 역시 어떤 의미에서는 자신을 복제하는 한 수단이다. 인간만이 하고 있는 생명현상이 글쓰기가 아닐까. 내가 살아 있다는 사실을 원고지에 복제하는 것이 바로 글쓰기다. 원고에는 나의 유전자가 있다.

　대학 시절에 생물과 무생물의 차이점을 묻는 교수의 질문을 받고 생명에 대한 정의를 내리기 위해 지금까지 노력하고 있다는 한 과학자. 그는 분자생물학의 핵심 사항에 대해 다음과 같이 접근한다. 다음에 소개하는 예문은 "생명이란 무엇인가"라는 물음으로 20여 년 이상 분자생물학을 연구한 과학자가 쓴 글이다.

　DNA는 긴 끈 모양의 물질이다. 그 끈을 자세히 살펴보면 진주를 꿰어놓은 목걸이 모양의 구조를 하고 있다. DNA 안에 생명의 설계도가 새겨져 있다고 한다면 각각의 진주 알은 알파벳, 끈은 문자열에 해당한다. 과학자들은 DNA의 문법을 풀고자 우선 이 알파벳의 실체에 대해 연구했다. DNA를 강한 산에 넣고 열을 가하면 목걸이의 연결 고리가 끊어지면서 진주가 뿔뿔이 흩어진다. 그 상태에서 진주의 종류를 조사해 보았다. 그러자 놀랍게도 진주의 종류는 겨우 네 가지였다. A와 C와 G와 T라는 네 알파벳.

–후쿠오카 신이치, 《생물과 무생물 사이》

나는 이 글을 읽고 DNA에 관심을 갖게 되었다. 글 잘 쓰는 과학자는 일반인들이 과학에 관심을 갖게 하고, 자기 성찰을 하는 계기를 마련하기도 한다. 소로우가 호숫가에 머물면서 에세이《월든》을 집필한 것처럼, 과학자는 신비스럽게 숨겨진 과학의 호숫가에서 사색하는 철학자처럼 보인다.

위의 예문에서 잘 나타나 있듯이 에세이는 어떤 대상을 설명하는 글이다. 시는 노래하는 글이고 소설은 이야기하는 글이다. 시와 소설은 문학이지만 에세이는 문학에만 머무르지 않는다. 세상의 모든 학문에서 에세이가 가능하다. 프로이트의 에세이가 소로우의 에세이와 다른 점은 세상을 바라보는 태도와 관점이 다르다는 점뿐이다. 한 사람은 과학적인 방식으로, 한 사람은 명상적인 방식으로 접근한다. 두 사람 다 우리들의 위대한 글쓰기 스승이다.

과학적 사고방식이 결여되어 있고 종교성이 팽만한 사람은 과학을 통한 생명 연구 자체를 거부한다. 생명은 신이 인간에게 내린 선물이고, 신비이며, 연구의 대상이 아니라 믿음의 문제일 뿐이라고 한다. 하지만 우리가 사는 시대에 과학은 일반인이 이해하기 어려운 주제를 잘 풀어가고 있다. 그러기 위해서는 논리적인 증명이 필요하다. 생명에 대한 가설을 세우고 어떻게 증명을 해나간단 말인가? 그 방법을 과학 에세이는 잘 보여준다. 과학 에세이는 연구자들이 보여주는 새로운 세상이다.

위의 예문은 생명이라는 주제 문장과 주제 문장을 논리적으로 설명하는 뒷받침 문장이 잘 배치되어 있다. 비유가 쉽고 재미있어 읽는 이의 입가에 미소를 짓게 한다. DNA를 진주 목걸이에 비유하다니 얼마나 멋진 발상인가. 글쓰기는 보이지 않는 것을 보이게 하는 마법과도 같은 속성이 있다. 아주 간단한 비유를 통해 다른 차원의 세상을 보여준다. 여기와 저기를 이어주는 사다리처럼.

철학자의 에세이는 어떨까? "철학자란 무엇인가?"라는 질문에 대한 한 철학자의 글쓰기를 보자. 이 문장 역시 우리에게 높게만 보이는 철학에 올라서게 하는 사다리 같은 문장이다.

누가 철학자인가. 이것은 쉬운 물음이 아니다. 명석한 철학자 피타고라스도 끙끙거리며 겨우 다음과 같이 답했다. "올림픽 축제에는 세 종류의 사람이 있다. 하나는 승리의 월계관을 쟁취하기 위해 열심히 뛰는 자요 둘째는 축제의 마당처럼 신나게 박수치며 분위기를 즐기는 자요 마지막은 이모든 것을 묵묵히 지켜보는 자다. 이 마지막 사람을 일러 철학자라 한다."

왜 이렇게 팔짱을 끼고 바라보는 자가 철학자인가. 어원에 따르면 철학의 뜻은 '지혜를 사랑함'이다. 그러니 사랑할 지혜가 먼저 있어야 한다. 지혜는 지식이나 지능과 다르다. 그것은 살피고 헤아려서 현명한 판단을 내릴 수 있는 능력이다. 그러려면 먼저 제대로 보는 일, 즉 '이데인'이 필요하다. 뛰는 자는 승리의 목적에만 빠져 살피지 못하고, 즐기는 자는 분위기에만 취해 헤아리지 못한다. 바라보는 자만이 지혜로운 마지막 내레이터로서 사태의 전말을 정리할 수 있다. 헤겔이 철학자를 황혼녘에야 비로소 나래를 펴는 미네르바의 부엉이에 비유했던 것도 이런 맥락에서이다.

—김영민, 이왕주,《소설 속의 철학》

철학자가 철학자를 설명하는 일은 쉽지 않다고 고백한다. 시인이란 무엇인가를 시인이 설명하는 일 역시 어렵다. 쉽지 않은 문제를 쉽게 풀기 위해 설명이 필요하다. 글쓴이는 그리스 철학자의 권위를 살짝 빌려온다. 이미 검증된 철학자 피타고라스의 문장을 인용하면서 도입부를 전개한다. 어려운 질문에 대한 대답으로 적절한 비유를 들고 자신의 설명을 더한다.

철학을 지혜에 대한 설명으로 풀어낸다. 마지막 문단 역시 헤겔의 명문장을 인용한다. 인용이 적절하게 되어 있어 순조롭게 읽힌다. 이 글은 김동리의 소설 〈무녀도〉를 설명하기 위한 도입부다.

이 정도의 글이라면 수학공식처럼 어렵게만 여겨지는 철학자에 대한 선입견을 버릴 수 있다.

에세이는 평론 글에서부터 소설의 한 단락, 문학적인 수필에 이르기까지 다양한 형태로 나타난다. 산문시도 에세이의 요소가 스며들어 있다. 예를 들어 소설의 한 대목을 잘라서 보면 그 다음에 어떤 문장을 쓰느냐에 따라 에세이로도 충분히 전개가 가능하다. 에세이 기법의 훈련이 잘된 사람은 어떤 형태의 글도 쓸 수가 있다.

> 바닷가, 파도치는 곳이라고 할 수 있을 만큼 바다 가까운 해안가에 꽤 큰 시커먼 줄기의 산벚나무가 스무 그루도 더 늘어서 있어 신학기가 되면 푸른 바다를 배경으로 산벚꽃이 끈끈해 보이는 갈색 어린잎과 함께 현란한 꽃을 피우고, 이윽고 꽃이 질 때에는 꽃잎이 수없이 바다에 흩뿌려져 해면을 아로새기며 떠돌다 파도를 타고 다시 기슭으로 되돌아오는 벚꽃 모래사장을 그대로 교정으로 쓰고 있는 동북 지방의 어떤 중학교에, 저는 시험공부도 제대로 하지 않았는데도 그럭저럭 입학할 수 있었습니다. 그 중학교의 모자 휘장에도 교복 단추에도 도안된 벚꽃이 피어 있었습니다.
>
> −다자이 오사무, 《인간 실격》

다자이 오사무의 대표작인 《인간 실격》은 소설이지만 소설 구성은 서문과 세 개의 수기로 이루어져 있다. 마치 수필집처럼 구성된 소설은 담담하게 에세이처럼 읽히는 매력이 있다. 위의 단락은 벚꽃을 소재로 한 수필처럼 읽히기도 한다. 감각과 감정이 감성적으로 드러난 문장이기도 하다. 한 단락이 마치 내 앞에 떨어진 한 장의 벚꽃잎처럼 간결하게 보이면서도 풍부한 인간 감정을 건드린다. 바다와 파도, 산벚나무와 교정, 교복을 입고 있는 한 소년의 모습이 더도 덜도 아닌 적당한 단락으로 구성된다. 그의 소설이 매력적인 이유는 이 문장에서 충분히 드러난다.

보지 못하는 나는 촉감만으로도 나뭇잎 하나하나의 섬세한 균형을 느낄 수 있습니다… 봄이면 혹시 동면에서 깨어나는 자연의 첫 징조, 새순이라도 만져질까 살며시 나뭇가지를 쓰다듬어봅니다. 아주 재수가 좋으면 한껏 노래하는 새의 행복한 전율을 느끼기도 합니다.

때로는 손으로 느끼는 이 모든 것을 눈으로 볼 수 있으면 하는 갈망에 사로잡힙니다. 촉감으로 이렇게 큰 기쁨을 느낄 수 있는데, 눈으로 보는 이 세상은 얼마나 아름다울까요. 그래서 꼭 사흘 동안이라도 볼 수 있다면 무엇이 제일 보고 싶은지 생각해봅니다. 첫날은 친절과 우정으로 내 삶을 가치 있게 해준 사람들의 얼굴을 보고 싶습니다. 그리고 남이 읽어주는 것을 듣기만 했던, 내게 삶의 가장 깊숙한 수로를 전해준 책들을 보고 싶습니다.

오후에는 오랫동안 숲 속을 거닐며 자연의 아름다움에 취해 보겠습니다. 찬란한 노을을 볼 수 있다면, 그날 밤 아마 나는 잠을 자지 못할 겁니다.

– 헬렌 켈러, 《사흘만 볼 수 있다면》

간절함을 나타내는 절정의 문장이다. 《리더스 다이제스트》가 선정한 20세기 최고의 수필인 헬렌 켈러의 《사흘만 볼 수 있다면》은 글쓰기의 감각을 일깨워준 작품이기도 하다. 듣지도 보지도 못하는 상태에서 촉감만으로 점자를 더듬듯 사물을 더듬는 순간은 비장애인들의 감각을 길러준다. 대상에 대한 절실한 마음은 어떤 장애도 걸림돌이 될 수 없다.

헬렌 켈러는 시각과 청각이 불편한 중복 장애인으로서 사회운동, 특히 여성운동에 업적을 낸 인물이다. 헬렌 켈러가 시각 장애에서 사흘만 벗어날 수 있다면 무엇을 보고 싶어 하는지를 풀어낸 이 글을 읽다보면, 내가 보지 못했던 것들이 내 주위에 얼마나 소중하게 존재하고 있는지를 깨닫게 된다. 당신은 헬렌 켈러가 제일 먼저 보고 싶어 했던 내 삶을 가치 있게 해준 사람들의 얼굴을 정말로 본 적이 있는가? 있다면 누구인가? 혹시 그들의 얼굴을 그냥 스쳐 지나가고, 존재하지도 않고 보이지도 않는 허상을 보려고 인생 낭비를 하고 있지는 않은지 생각하게 한다.

헬렌 켈러는 사람과 책, 그리고 자연을 먼저 보고 둘째 날로 넘어간다. 혹시 이 수필을 읽었더라도 다시 찾아 읽지 말고, 헬렌 켈러의 둘째 날에 대해 가만히 눈을 감고 생각해보자. 그 후에 나라면 무엇이 보고 싶을지 적어보자. 또 같은 방식으로 셋째 날도 적고 나서, 내 글과 헬렌 켈러의 글과 비교해서 읽어보자.

이것은 문장 수업의 한 방법이다. 단, 점자를 더듬듯이 눈을 감고 내 몸의 모든 감각을 열어놓고 접근하자. 과연 그것이 무엇인지 나도 궁금하다. 태어나면서부터 지금까지 내가 과연 무엇을 보았고 무엇을 보지 못했는지 성찰의 기회가 되리라고 믿는다. 문장 수업을 하는 동안에는 멋진 문장들을 보고 있어야 한다. 그 문장들을 다정한 사람의 얼굴처럼 보고, 또 내 얼굴을 보면 뭔가 보이는 것이 있다. 그것을 쓰자. 그러면 어떻게? 여러 방법이 있지만 아래 인용하는 문장을 참고하자.

> 또 한 가지. 디테일과 전체와의 조화 문제. 디테일 처리에 빠져서 시간 가는 줄 모르고 그리다 보면 전체적 조화에 문제가 생기는 경우가 많다. 대부분의 초보자들은 디테일이 모여서 전체적 조화를 이루는 것으로 알고 디테일에 치중을 하지만, 사실은 그 반대다. 디테일은 전체와의 관련 속에서만 의미를 가질 수 있다. 그래서 한번 그려 놓고 꼭 전체와의 조화를 확인해 보아야 하는 거다. 아니 애초에 전체와의 조화 속에서 디테일을 그려 나가야 한다. 이 두 가지 원칙은 인생살이에도 그대로 적용이 된다. 첫째, 실천의 중요성, 실천을 하되 지속성이 있어야 할 것. 둘째, 어떤 일을 할 적엔 반드시 전체와의 연관 속에서 그 일을 추진할 것.
> —황대권, 《야생초 편지》

전체와 디테일의 문제는 아리스토텔레스가 말한 "전체는 부분의 합보다 크다"라는 문장을 떠올리게 한다. 형태심리학에서 유래

한 게슈탈트(Gestalt, 형태) 법칙에서 전체는 부분들의 단순한 합 이상의 특성으로 구성되어 있고, 이는 물리적·생물학적·심리학적 현상들이 통합되어 있다는 예술 작품론과도 연결된다. 글쓰기는 전체와 디테일의 조화다. 물방울들이 모여 바다를 이루듯, 처음에는 전혀 짐작할 수 없었던 또 다른 전체가 나타나는 것이 글쓰기 성과라고도 할 수 있다. 전체는 형태를 갖추고 있지만, 디테일은 지성과 감성, 경험과 독서, 여행과 은둔의 모든 것을 품고 있다.

이 책을 쓰고 있는 계절이 봄이어서인지 청춘에 대한 에세이를 떠올려본다. 이런저런 작품 중에서 우연히 도서관에서 최근에 읽은 시인의 글이 있다. 시인의 감각과 정서가 잘 드러난 문장이다.

청춘을 가만 두라. 흘러가는 대로. 혹은 그냥 닥치는 그대로. 청춘에 있어서만큼 사용법이란 없다. 파도처럼 닥치면 온 몸으로 받을 것이며 비 갠 뒤의 푸른 하늘처럼 눈이 시리면 그냥 거기다 온 몸을 푹 담그면 그만이다.

주저하면 청춘이 아니다. 생각의 벽 안쪽에 갇혀 지내는 것도 청춘이 아니다. 괜히 자기 자신을 탓하거나 그도 아니면 남을 탓하는 것도 청춘의 임무가 아니다. 청춘은 운동장이다. 눈길 줄 데가 많은 번화가이며 마음 들떠 어쩔 줄 모르는 소풍날이다.

−이병률, 《끌림》

작가는 떨림과 끌림이 있는 문장을 구사한다. 간결한 단문으로 문장을 자르고 "아니다, 아니다"를 반복하면서 청춘을 긍정과 밝음으로 이끈다. 문장에 힘이 있고 밝고 긍정적이다. 위의 예문은 민태원의 수필 〈청춘 예찬〉과 이양하의 수필 〈신록 예찬〉의 감각을 이어받은 시인의 청춘 예찬으로 읽히기도 한다.

문학적인 감성이 풍부해서 단어 선택이나 문장의 결이 부드럽고 유연하다. 그렇다면 반대의 경우는 어떠할까. 노령화 사회에 접어든 우리 사회에서의 나이듦, 늙음에 대해 한번 생각해보자. 이 주제 역시 다뤄야만 하는 우리 사회의 디테일이다.

문학 에세이는 너무나 아름다운 작품이 많아 오히려 인용하고 설명하기가 번거로울 정도다. 시나 문학 에세이는 다른 에세이를 쓸 때 큰 도움이 된다. 따로 인용을 하지는 않겠지만, 피천득, 법정 스님의 에세이를 추천하고 싶다.

음악, 미술을 비롯한 예술 에세이들이 에세이와 대상 예술의 경계를 허물고 있다. 잘 쓴 예술 에세이는 음악을 듣거나 그림을 보는 것처럼 독자의 마음을 움직인다. 아래 인용하는 음악, 미술에 대한 에세이는 개성이 강한 필자들의 중독성 있는 문장들이다.

음악에는 경계가 없습니다. 한데 애써 경계를 만들려는 사람들이 있어서 답답할 때가 간혹 있습니다. 솔직히 저는 그것을 '허위적 관념'이라고 생각합니다. 최근에 대중가요를 종종 듣곤 했는데 그런 제 모습을 보고 후배가 한마디 툭 던지더군요. "이제 음악적 노선을 바꾸는 겁니까?" 물론 장난삼아 던진 말이겠지요. 한데 그 농담 속에도 우리가 가진 고정관념, 이를테면 클래식과 대중음악 사이에 놓인 견고한 장벽이 있습니다. 극단적으로는 클래식만을 '들을 만한 음악'으로 여기는 순혈주의자들도 종종 눈에 띕니다. 하지만 그것은 내면의 결핍을 보상받으려는 심리에 가깝지 않을까요?

정작 음악에서 중요한 것은 개성과 깊이가 아닐까 생각합니다. 장르 불문하고 그 두 가지를 품고 있는 음악은 훌륭합니다. (…)

근대의 음악가들 중에서 음악에 경계가 없다는 사실을 여실히 보여준 인물로 구스타프 말러를 빼놓을 수 없습니다. 낭만주의 시대의 마지막에 자리하는 이 음악가는 자신의 몸속에 저장된 많은 음악을 교향곡 속으로 끌어들입니다. 다시 말해 음악가로서 그가 보여준 태도는 '경계의 벽'에 갇히지 않는 것이었습니다. 예컨대 그는 어린 시절에 들었던 군대의 행진음악, 아버지가 운영하던 선술집에서 흘러나오던 유행가 가락, 농부들의 소박한 춤곡, 거리를 떠도는 장돌뱅이들의 음악을 과감하게 자신의 교향곡 속으로 끌어들입니다. 그래서 저는 말러를 일컬어 '혼종의 음악가' 또는 '융합의 음악가'라고 종종 표현합니다.

-문학수,《더 클래식 3》

눈처럼 흰 화선지가 펼쳐져 있다. 옆에는 검은 먹물이 담긴 벼루와 그 농담을 조절하기 위한 빈 접시 하나, 그리고 붓 한 자루가 있다. 화가는 한

참 동안을 텅 빈 화면 속에서 무엇을 찾는 것처럼 가만히 쏘아보고만 있다. 이윽고 붓대를 낚아채어 하얀 종이 한복판에 옅은 선을 빠르게 그어 나간다. 억센 매부리코에 부리부리한 눈, 풍성한 눈썹과 콧수염, 한 일 자로 꽉 다문 입, 턱선을 따라 억세게 뻗쳐나간 구레나룻을 거침없이 그어댄다. 구레나룻 선을 쳐나갈 때는 마치 한창 달아오른 장단에 신神이 들린 고수鼓手처럼 연속적으로 퉁기듯이 반복하면서 묵선을 점점 더 길게, 점점 더 여리게 조절하며 붓에 운율을 실어 풀어놓았다. 끝으로 이마와 뺨의 윤곽선을 긋고 나자 미묘한 표정의 달마가 확실하게 떠올랐다. 아마 붓을 종이에 대기 시작한 지 채 1분도 지나지 않았을 것이다. 모두 예리한 붓끝으로 빠르게, 그러나 약간은 조심스럽게 몇 줄의 먹선을 그은 게 다지만, 이로써 달마는 살아 있는 존재가 되었다.

−오주석, 《오주석의 옛 그림 읽기의 즐거움 1》

음악 평론을 통해 인문학의 영역을 확장하는 문학수의 글은 인문적인 지성을 밑바탕으로 하고 있고, 천재 미술평론가 오주석의 글은 문예적인 감성의 질감이 느껴진다. 탁월한 개성의 두 저자는 박물관의 도자기와 같았던 음악과 미술을 우리 집안의 찻잔처럼 느끼게 한다. 예술에 대한 글쓰기는 작가의 역량과 인문적인 소양이 빛나는 매력적인 장르다. 독자 여러분도 두 저자의 에세이를 통하여 예술가들과 더 교감할 수 있는 에세이에 도전해보길 바란다. 예술 에세이는 지성과 감성의 문장 아카이브다.

이제 법학과 사회학의 예문을 통해 우리 사회 시스템의 기본 문제에 관심을 가지는 시간을 가져보자. 지성적인 문장이 논리적으로 전개되는 에세이는, 문학적 감성으로는 다룰 수 없는 우리 사회의 병든 시스템에 대한 날카로운 의사의 메스 같은 글이 되어야 한다. 아래에 인용하는 문장들은 단단한 벽돌을 쌓듯이 지식과 정보를 바탕으로 구성되어 있다.

이러한 내용들에서 확인되듯이 법 공부를 잘하려면, 제일 먼저 사람과 세상을 보는 눈을 정립해야 한다. 법학은 가치 지향적 학문이지 가치중립적 학문이 아니다. 어떠한 가치를 중심에 놓을 것인가를 분명히 하고, 다른 가치와의 소통과 타협을 추구해야 한다. 그리고 법학을 제대로 공부하려면 철학, 정치학, 사회학 등 다른 학문을 알아야 한다. 법학은 독자적인 학문 체계와 논리를 가지고 있고 또 그래야 하지만, 다른 학문의 시각과 성과를 흡수해야 한다. 그렇지 못하면 법학은 편벽하고 건조한 개념과 논리의 묶음에 머물고 말 것이다.

―조국,《왜 나는 법을 공부하는가》

'악마의 맷돌'이 진정 다시 돌기 시작했는가? 세계는 유럽발 위기로 숨고르기를 하고 있다. '악마의 맷돌', 산업혁명의 우렁찬 구호가 인류를 처참한 빈곤 상태로 몰아가는 광경을 영국 시인 윌리엄 블레이크가 비장한 심정으로 묘사한 말이다. 인간과 자연을 갈아 죽이는 악마의 힘! 지난 두 세기는 이 악마의 힘을 천사의 날개로 바꾸는 문명 과정이었다. 그런데 1998년과 2008년, 인류는 이 '악마의 맷돌'이 돌기 시작하는 소리에 경악했고, 급조된 수십조 달러의 공물로 겨우 진정시켰다. 지구촌 서민들은 엄청난 대가를 치렀다. 3000만 명이 일자리에서 쫓겨났고, 5000만 명이 극빈자로 전락했다. 정작 문제를 발생시킨 당사국보다 다른 국가의 피해가 더 컸다.

—송호근, 《이분법 사회를 넘어서》

조국 교수는 전공인 법학에 대해 '다른 학문의 시각과 성과를 흡수해야' 한다고 강조한다. 마치 이 문장을 받아 예문을 보여주는 것처럼 사회학자 송호근 교수는 자신의 글에서 이런 생각을 잘 보여준다. 영국 시인의 시에서 필자의 논리에 부합하는 중요한 단어를 선택해 자신의 주장에 논리적으로 적절하게 풀어쓴다.

또한 두 예문은 서로 다른 글쓰기를 보여준다. 우열의 문제가 아니라, 에세이의 목적에 맞게 전자는 논리 중심으로, 후자는 비유와 은유를 섞어 논리적인 글의 외연을 확장한다. 후자가 쉽게 읽히는 것처럼 보이는데, 그 이유는 조국 교수의 말대로 전공 외 다른 외연을 확장했기 때문이다. 에세이에서 인용은 단어 하나부터 문장과 단락까지 매우 중요한 역할을 한다. 특히 어렵고 딱딱한 개념을 설명하기 위해 문학적인 표현을 잘 이용하면 좋은 에세이로 성공할 확률이 높다. 그래서 책을 읽어야 하고, 특히 어떤 주제를 가지고 집필을 하게 되면 그 분야의 좋은 책들을 찾아 쌓아놓고 가까이 하면 좋다. 옛 선비들은 비록 책을 읽지 않더라도 곁에 두는 것 역시 독서라고 해서 적독積讀 이라고 했다.

위에서 살펴본 에세이 문장들은 대상에 접근하는 글쓴이의 기법과 마음을 보여준다. 내가 어떤 분야에 관심을 가지고 있는지, 그 분야에 걸맞은 글쓰기는 과연 어떤 것인지를 생각해보자. 꼭 전문 분야가 아니더라도 우리 일상생활에 관련된 실용적인 글쓰기도 좋고, 문학적인 감성이 묻어 있는 수필도 좋다. 중요한 것은 대상을 적절하게 설명할 수 있는 문체를 갈고닦아 문장을 만들어나가는 노력이다. 에세이는 나만의 문체가 잘 드러나는 글쓰기다.

만약 그 글이 쓴 것처럼 보인다면 다시 써라.
ㅡ엘모어 레너드(시나리오 작가)

거대한 바난나무에 깃들인 숱한 삶을 보았다. 그 뒤로 솟아오르는 거대한 비구름을 보았다. 인간들에게 덤벼드는 사나운 코끼리를 보았다. (⋯) 세계는 좋았다.

(⋯)

인간이라는 존재가 풍경의 일부에 지나지 않는다는 것을, 풍경이라는 형식 속에 편입된 작은 나무처럼 바람이 불어오면 흔들리고 바람이 지나가면 다시 풍경 속으로 복귀하는 것임을, 나는 풍경이라는 예리한 허의 화살을 맞고 깨달았다. 내 집이 가볍고 우스꽝스러운 풍경을 형성하는 하나의 장난감이라는 생각이 들 때, 나는 내 몸속에 깃들인 그 미묘한 느낌을 견디면서 또다시 황무지를 향해 여행을 떠날 것이다.

-후지와라 신야, 《인도방랑》

여행기는 장소와 사람에 대한 글쓰기다. 그곳은 멀리 있는 곳이지만, 가까운 곳으로 다가가는 원근법의 글쓰기이기도 하다. 사람 역시 마찬가지다. 장소와 사람은 불가분의 관계에 있다. 사람에게 새로운 것은 그리운 것이기도 하다. 그래서 여행은 보들레르와 같은 낭만주의 시인들의 이국정서를 자극했다. 후지와라 신야의 《인도방랑》, 박태순의 《나의 국토, 나의 산하》, 안데르센의 《지중해 기행》, 유홍준의 《나의 문화유산답사기》, 괴테의 《이탈리아 기행》에 이르기까지 그동안 나온 여행기는 많은 독자들의 사랑을 받았다.

후지와라 신야의 《인도방랑》은 작가가 직접 찍은 어두운 사진과 함께 충격적인 책이었고, 아직까지 그 여운이 남아 있다. 신야는 25세에 방랑을 시작해 39세까지 인도, 티베트, 중근동, 유럽과 미국을 떠돌아다녔다고 한다. 《인도방랑》은 3년의 인도 여행 이야기를 담았다.

여기에 여행 글쓰기의 비밀이 담겨 있다. 인도까지는 아니더라도, 한 번 간 곳을 자꾸 가라. 갈 때마다 새로운 사물이 당신을 반길 것이다. 이미 보았다고 생각한 것은 본 것이 아니라 그냥 스쳐 지난 것이라는 사실도 알게 될 것이다. 돌멩이 하나 흐르는 물방울에서도 의미를 찾을 수 있다. 그래서인지 미술을 전공하는 선배는 지방의 모 사찰을 자꾸 간다고 했다.

선배는 나에게 "가면 갈수록 새로운 것이 보인다"라는 말을 했다. 그것을 다듬고 몇 개의 문장을 만들어낸다. 그냥 한 번 스치고 지나가는 풍경은 오래 머물지 못한다. 그저 감상적인 차원에 머물기 쉽기 때문이다. 마치 무수히 우리의 삶을 스치고 지나간 우리의 기억처럼.

위에 언급한 책 이외에도 좋은 여행기는 지금도 꾸준히 나오고, 여행 작가를 꿈꾸는 사람들이 자신의 여행 체험을 중심으로 다양한 형태의 책을 독립적으로 만들기도 한다. 여행기도 일종의 에세이지만 여행기만이 가지는 고유의 성질이 있다. 우선은 여행을 한다는 행위다.

문학 에세이뿐 아니라 넓게 보자면 문자로 만든 모든 작품이 여행기의 속성을 지니고 있긴 하다. 문학작품은 여행의 경험이 중요하게 반영된다. 잘 만든 여행기는 문학작품의 경계를 뛰어넘는다. 하지만 다른 일처럼 "잘 만든다"는 게 참 어렵다. 그걸 단박에 터득할 수는 없을 것이다. 우보천리. 소걸음으로 천리를 가는 것이 여행 글쓰기의 비법이라면 비법이다.

여행기를 쓰건 안 쓰건 간에 우리는 여행을 가고 싶어 한다. 강원도 오지에서 평생 살고 있는 마을을 벗어나지 못한 사람들도 있다. 그들이 본 세상은 태어나서 죽을 때까지 그 자리다. 마치 나무와 같은 삶이다.

여행은 근대 사회의 산물이다. 산업혁명처럼 여행 혁명이라는 말이 가능하지 않을까. 우리는 지금 여행의 시대에 살고 있다. 우리들은 바람처럼 자유롭게 살고 싶다. 문득 어딘가로 떠나고 싶다는 생각은 본능에 가까운 것이 아닐까. 그 본능을 일깨운 것은 비행기를 비롯한 교통수단의 발달과 카메라를 비롯한 각종 장비들이 보편화됐기 때문이다. 불과 몇십 년 전만 해도 해외여행은 일부 특권층이 향유하는 고급문화였다. 그러나 지금은 가장 대표적인 대중문화로 자리 잡았다. 젊은이들이 아르바이트를 해서 해외여행을 떠나는 모습은 청춘의 패션이고, 사회로 진입하기 전에 거쳐야 하는 통과의례처럼 보인다.

여행의 필수 장비인 카메라는 이제 손바닥에 달려 있는 눈동자가 되었다. 스마트폰이 나오기 전에 여행을 많이 했던 나는 카메라 기자들이 가진 최신 장비를 따라가기 위해 돈과 노력을 퍼부은 시절도 있다.

이제 그것이 모두 손바닥으로 들어왔지만 장단점은 있다. 이러한 편리함이 여행을 가볍게 했지만 그렇다고 글쓰기가 편해진 것은 아니다. 사진가 강운구 선생은 사진 한 장을 찍기 위해 한나절을 기다리기도 했다. 보고 또 보고, 그러다가 결정적인 순간에 촬영을 한다. 글쓰기 역시 마찬가지다.

여행기는 여행과 다르다. 여행을 다녀와서 뭔가를 쓰겠다는 생각을 했다면 답사하는 마음으로 여행을 준비하는 것이 좋다. 물론, 아무 생각 없이 다녀와서도 가능은 하겠지만 그런 경우에 좋은 여행기가 나올 가능성은 희박하다. 꼭 여행기가 아니더라도, 여행은 글쓰기에 영감을 주고 잃어버린 영혼의 에너지와 삶의 활력을 찾아주기도 한다.

때론 어떤 여행지에서 마주치는 풍경을 그 어떤 문장으로도 표현하기 불가능한 경우가 있다. 답답한 일상의 공간에서 벗어나 아프리카 대륙과 같은 곳에서, 미지의 국경 마을에서 심야에 글을 쓰는 자신을 상상하는 일은 꽤 매력적인 일이다. 하지만 아시다시피 여행과 여행기는 천차만별이다.

현지에서 본 풍경과 생각을 책상에 올려놓고 쓰는 일은 또 다른 고된 여행길이다. 때론 사람을 풍경처럼 그리기도 하고 풍경을 사람처럼 쓰기도 한다. 여행을 통해 사람과 풍경을 함께 만나고 어떤 지점에서는 그동안 잃어버린 나를 만나 눈물을 흘리기도 한다.

하지만 풍경에 압도되거나, 서로 사용하는 언어가 달라 사람과의 대화가 끊어지기도 한다. 난생 처음 보는 압도적인 풍경에 대한 묘사가 너무나 진부해져서 실망하기도 한다. 전문 사진작가가 아닌 내가 사진으로 담아온 풍경과 눈으로 보고 기억하는 풍경 사이에는 얼마나 큰 차이가 있는지 느낄 때도 있다. 그때 "내가 본 풍경이 분명 이 정도가 아니었는데" 하면서 애꿎은 카메라와 렌즈를 탓하기도 한다.

글쓰기도 마찬가지다. 그 풍경을 묘사할 때 쓰고자 하는 단어들, '아름답다', '멋지다', '황홀하다'. 아, 쓸 만한 표현이 없고 모두 진부해 보인다. 그렇다면 어떻게 해야 할까? 일단 자신의 감상과 감정에서 빠져나와 객관적인 태도로 접근해야 한다.

아름다운 풍경을 보았다면 '아름답다'라는 형용사를 빼고 써보자. 구체적인 지명을 적고 거기에 어떻게 접근했고, 거기에서 무엇을 보았는지, 나비 한 마리, 돌멩이 하나, 포말 지는 파도, 떠오른 달의 깨진 부분 등 그것이 주는 의미는 무엇인지 조목조목 써야 한다. 우리와는 다른 사람들의 독특한 동작까지도 유심히 살펴보자. 이런 디테일이 모여서 문장이 될 때 독자들이 함께할 수 있다.

지금까지 여행을 많이 했지만 두 번의 여행이 기억에 남는다. 우리나라 등대 기행과 〈원재훈의 남아프리카 문명 탐사〉로 다녀온 남아프리카 여행이다. 결론적으로 두 번 다 원고를 쓰기는 했지만 출판은 포기하고 말았다. 그 이유는 아주 간단하다. 남다른 여행기를 쓰지 못했기 때문이고, 적어도 내가 보기에 뭔가 부족하다는 생각이 들었기 때문이다.

내가 보여주고 말하고 싶은 것은 두 팔을 벌려도 담을 수 없을 정도로 '이만큼'인데 정작 나온 것은 손바닥으로 가릴 만큼인 '요만큼'이다. 가끔 내가 너무 원고에 욕심을 부리는 것은 아닐까라는 생각을 하지만, 원고에 욕심을 부리지 않는 작가는 작가가 아니다. 마음을 비우고 쓴다고는 하지만 원고 욕심은 물질에 대한 탐욕과는 다르다. 각고의 노력을 해야 한다는 뜻이다. 그 노력이 부족하면 만족스러운 원고가 나오지 않는다. 어디서부터 잘못되었는지는 모르겠지만.

이 두 여행 경험은 언젠가는 꼭 책으로 내고 싶다. 등대 기행은 서해에서 남해를 거쳐 동해의 울릉도까지, 말 그대로 우리나라의 섬에 있는 등대를 찾아 일주한 여행이었다. 여행을 하면서 신문과 잡지에 연재를 했고, 그 이후에 쓴 소설에서 중요한 문장으로 되살아났다. 다음은 모 일간지에 연재한 〈등대 기행〉 중에서 서해안의 무인도인 옹도 여행기다.

아마도 마흔 살 무렵부터가 아니었을까? 마흔 살은 또 다른 스무 살이었다. 그해 재야의 종소리가 울리자 그동안 불안하게 흔들렸던 정체성에 대한 혼란이 일어났고, 그 여파로 오래 다닌 직장을 관두었다. 무직에 대한 불안감은 그동안 못 쓴 글쓰기로 달랬다. 그때 딱 일 년만 쓰고자 했다.

생각해보니, 삶에 대해 아무 대책 없이 덤벼드는 사춘기 소년처럼 굴었다. 일상에 일탈을 꿈꾸는 시기가 바로 마흔 살이라고 한다. 왜 그런 것일까. 아마도 습관적으로 살아가고 있는 현실에서 뭔가 보이지 않고 답답해서 그런 것이 아닐까.

지금 멀지만 확연하게 보이는 섬이 있었다. 고래가 살고 있는 섬. 보이기만 한다면 가지 못할 것도 없다. 대신 차근차근 가보자. 어떻게 가면 갈수 있을까? 어떻게 하면 고래를 잡을 수 있을까? 그 후로 십 년이 지난 지금 나에게 고래는 무엇인가? 생활을 풍요롭게 하는 돈인가, 아니면 사랑인가? 고래는 바다 저 깊고 먼 곳에 있는 존재였다. 그래서 나는 고래를 닮은 섬이라는 서해의 옹도로 갔다.

옹도는 무인도이기 때문에 여객선이 가지 못한다. 항만청의 협조로 옹도 등대원들이 이용하는 선박을 이용하기로 했다. 출발 예정 시간인 아침 여덟 시에 비가 내리기 시작했다. 어느새, 안흥 내항의 허름한 풍경이 비에 지워지고 천둥이 치자 검푸른 바다에 벼락이 떨어졌다. 포구에 있는 안흥 식당에 들어가 쏟아지는 폭우를 바라본다. 포구로 선박을 안내하는 붉은 색 등대가 보인다. 고깃배에 매달아 놓은 깃발이 바람에 휘날린다. 식당 할머니가 말한다.

"오늘은 틀린 것 같아, 틀린 것 같아."

하지만 두 시간 정도 지났을까. 거짓말처럼 쨍하니 하늘이 맑아지기 시작했다. 인생은 알 수 없다는 말이 있는데 포구에 사는 사람들이 만들어낸 격언 같다는 생각이 들었다. 옹도 선착장 공사 인부들과 함께 작은 어선을 탔다. 그들은 비가 개자 심드렁한 표정으로 바다를 바라보았다. 오늘 하루 쉴 수 있다고 생각한 모양인데 날씨가 도와주지 않았다. 나는 표정 관리를 하면서 바다를 바라보았다.

작은 배여서인지 멀미가 날 것처럼 출렁거린다. 저 멀리서 옹도가 보이기 시작했다. 옹도는 섬의 모양이 항아리 같아서 붙여진 이름이다. 항아리라…… 항아리는 속이 비어 있고, 그 빈 속에 무엇인가를 담는다. 간장, 고추장, 김치…… 저 섬에는 무엇이 담겨 있을까? 동남풍으로 불고 있는 바람이 출렁거리는 파도를 섬으로 밀어 올린다.

옹도엔 등대원인 사람 3명과 새들만 산다. 그래도 사람이 사니까, 무인도라기보다는 등대섬이라고 하면 어떨까 싶다. 미리 연락을 받고 내가 오는 모습을 확인했다고 했다. 사람이 섬에 들면 바람이 다르다고 한다. 이들이 시인인 나의 감성을 앞서가는 가슴을 가지고 있구나 싶었다. 비록 직업이지만 그들은 바다만을 바라보고 있다. 그들의 눈동자는 투명하고 맑아 보였다.

"이 섬이 항아리처럼 생겼다고들 하지만 제가 보기에는 꼭 고래같이 생겼어요. 섬의 정상에 있는 등대는 고래가 뿜어내는 물줄기처럼 보이고 말이죠."

옹도에 살고 있는 젊은 등대원이 말했다. 나중에 배를 타고 섬을 빠져나오면서 그의 말을 확인했다. 옹도는 항아리라기보다는 바다를 향해 헤엄치다 우연히 몸을 드러낸 고래의 형상이었다. 등대는 고래가 뿜어내는 물줄기처럼 하얗게 솟아 있다.

등대에 올라서면 다른 섬들이 보인다. 아침에 내린 비 때문인지 날씨가 청명하다. 비가 내리면 하늘과 바다는 더 맑아진다. 사람을 보고 싶어 하는 마음은 어디까지 가서 멈추는 것인가. 그리움의 끝처럼 수평선을 경계로 푸른 하늘을 보다 눈길을 떨어뜨리면 바로 푸른 바다다. 하늘과 바다가 닿아 있어 둘의 구분이 없다. 거꾸로 본다면 바다가 하늘로, 하늘이 바다로 보일 것이다. 르네 마그리트가 본다면 창의적인 그림이 탄생할 것 같다. 항만청의 협조로 섬 기행을 한다는 이야기를 듣고 그들은 나를 부러운 눈동자로 쳐다보았다. 우리는 몇 가지 뉴스에 대한 이야기를 나누다가 이야기가 뚝 끊어졌다. 그러자 담배를 피워 물면서 등대장이 말했다.

"여기는 서해의 독도예요."

그렇구나, 독도구나. 사람이 살지 않는 섬을 독도라고 비유할 수 있다. 고독한 섬이라는 이름은 모든 섬의 공통분모다. 등대에서 빠져나와 젊은 등대원과 산책을 했다. 섬을 구경시켜 준다면서 그는 나와 나란히 걸었다. 어느 지점에서 우리는 멈추었다. 그가 먼저 말했다.

"여기는 가끔 저 혼자 오는 곳입니다. 여기 서 있으면 내가 작아지는 것을 느낄 수 있어요. 넓은 바다에 섬처럼 말이지요. 밖의 세상은 내가 없어도 잘만 돌아가고, 나라는 존재가 작아진다는 거죠. 외롭다는 말이 아닙니다. 그냥 작아진 것 같아요. 등대에서 일하는 공무원이라는 직업이 대단한 자부심으로 살아가는 사람들에 비하면 아무것도 아니라는 느낌이죠."

하지만 반드시 있어야 하는 사람들이다. 그 누구보다. 대단한 일을 한다고 설치는 인간들보다 더 소중하다. 그런 말은 하지 않았다. 나는 고개를 끄덕이면서 나는 당신이 부럽다고 했다. 그는 하하 웃었다. 청년의 웃음소리가 맑다. 그는 섬의 동백나무 숲길로 나를 안내했다. 숲이 끝나는 곳에 등대가 나온다. 나는 사람이 참 그립겠다는 말을 했다. 그 말을 듣고 그가 고개를 끄덕인다. 우리들이 오는 모습을 보고 다른 등대원들도 다가온다. 우리는 이런저런 이야기를 나누기 시작했다.

"이곳에 몇 달 근무하니까 낚시하는 사람들만 봐도 가슴이 두근두근했어요."

"전 언어장애까지 느꼈다니까요. 말을 하고 싶은데 목에 걸려서 넘어 오질 않는 거예요. 참나, 하하."

말을 하고 싶어도 하지 못한 기억은 좋아하는 여자에게 뭔 말을 하고 싶은데 그러지 못한 기억밖에는 없다. 이들은 말을 하지 않고 살았기에 말하는 방법을 잠시 잊은 것이다. 고등학교 문학반에서 같이 시를 쓰던 친구를 20년 만에 만났는데 그가 말했다. "시를 안 쓰니까 시 쓰는 법을 잊었어." 나는 그때 그 친구를 생각했다. 시 쓰는 법을 잊는다고 뭐가 불편하겠는가, 하지만 말을 하지 못할 지경이 되면 곤란하다. 그에게 편지나 일기를 쓰면서 지내면 좋겠다고 하자, 편지는 매일 쓴다고 했다. 매일 쓰니까 이게 편지인지 일기인지 알 수 없다고 한다. 누구에게 보내는 것이냐고 하자, 그냥 웃는다. 나도 허허 웃으면서 더 물어보지는 않았다.

섬에서 식수는 천수를 이용한다. 이 섬에 사람이 살지 못하는 이유가 물이 없어서이다. 바다 한가운데 물이 없다니, 참 아이러니하다. 이곳에 담수가 없어 등대원들은 하늘에서 내려온 물, 즉 빗물을 받아먹는다. 하늘이 내려주는 물인 천수를 여과장치를 통해 먹을 물과 빨래나 세수를 하는 잡수로 나누어 먹는다.

등대 한 편의 우물에서 물을 길어 세수를 했다. 천수로 세수를 한다. 등대에는 눈치 빠른 개가 한 마리 있다. '다롱이'라고 불렀다. 처음에 나를 보고 짖다가 몇 시간이 지나자 짖지 않는다. 내 곁에 와서 꼬리를 흔든다. 이 녀석도 사람이 그리웠나 보다.

저녁시간이 되자 도로에 가로등처럼 등롱불이 들어온다. 가로등은 어두워지면 저절로 툭 전기 불이 들어왔다. 간혹 운전을 하면서 저녁 시간에 가로등이 켜지는 순간을 보곤 했다. 가로등이 켜지면 어두워진다. 등롱에 불이 들어오면 섬은 빛난다. 하늘의 별도 그렇다. 어두워지면 빛나는 것이 있다. 그걸 행복이라고 하자.

이곳의 절경은 새벽과 저녁이다. 저녁의 일몰은 사람을 미치게 만든다. 바닷물이 붉게 물들고 바람의 방향을 따라 새소리가 들려오는 저녁이다. 가을은 일몰의 계절이다. 이 거대한 일몰 앞에서 나는 한 장의 낙엽도 되지 못한다. 멍하니 일몰을 바라보고 있는 나에게 젊은 등대원이 말한다.

"밤배를 타신 적이 있습니까?"

나는 고개를 끄덕이면서 말했다.

"섬 기행을 하면서 두어 번 타 보았습니다."

그는 말했다.

"등대는 밤배를 타야 보이는 겁니다."

나는 다시 고개를 끄덕인다. 밤배를 타야 보이는 것이 등대다. 삶의 밤배를 타고 어디론가 가고 있는 영혼의 항로는 어두워서 더 무거운 것이다. 밤바다는 무겁고 단단하다. 갈 길을 잃지 말라고 등대가 있다. 그 불빛은 바로 길이다. 불빛은 어둠 속으로 들어가고 어둠은 불빛을 통해 밖으로 나온다. 참으로 절묘하다. 사람이 더 외로운 사람을 사랑하는 것 같다.

옹도 등대에는 대산 항만청 소속 직원인 세 명의 등대원이 살고 있다. 1907년 5월 등롱에 불이 들어와 2007년인 이제 100년 등대가 되었다. 지금의 등대는 1995년 7월1일 신축한 것이다. 우리나라에서 석유 백열등을 최초로 사용한 곳이기도 하다. 등탑은 팔각형 평면이고, 등롱은 원형이다. 등대 옆에는 우물이 있었다.

섬을 떠나면서 배에서 다시 등대를 바라보았다. 처음에 등대원이 말했던 고래를 생각했다. 그러자 섬이 움직이고 있었다. 물을 뿜어내면서 어디론

가 헤엄쳐가고 있었다. 잡아라. 저 섬을 잡아라. 나는 손을 뻗었다. 등대
는 조금씩 멀어졌다.

섬이라는 공간이 주는 외로움 때문인지 등대 기행은 감상적으
로 빠질 함정이 있었다. 이 함정은 아름다운 함정이지만, 실제 등
대원들의 삶은 치열한 생존의 현장이었다. 그들의 삶은 고단하고
외롭고 높았다. 백석의 시처럼.

등대는 그것을 보고 다가오는 선박에게는 생명줄이기도 하다.
사람과 사람이 어떻게 살아가야 하는지를 잘 보여주는 불빛이기
도 했다. 등대원들을 만나 되도록 그들의 말을 적으려고 했고, 등
대의 제원 등을 정확하게 기록하려고 했다. 우리나라의 섬 풍경은
서로 비슷한 것 같지만 모두 달랐다. 부사로 꾸밀 수 없는 풍경의
모습은 형용사와 동사로 만들려고 노력했다. 예를 들자면, 밤바다
는 "무겁고 단단하다"라는 형용사로, 등대 불빛은 "불빛은 어둠 속
으로 들어가고 어둠은 불빛을 통해 밖으로 나온다"처럼 "들어가고
나온다"라는 동사로 묘사했다. 이 문장이 "등대 불빛은 황홀하게
아름다웠다"식의 부사와 형용사 문장보다는 좋다고 생각했다.

남아프리카공화국 여행은 여러 편의 산문으로 발표했다. 특히
남아프리카공화국에서 가장 신경 쓴 것은 '넬슨 만델라'라는 인물
의 흔적을 더듬어보는 일이었다. 그가 1만 일의 옥중 생활을 견디
고 어떻게 역사적인 인물이 되었는가에 대한 호기심에서 출발한

여행이었다. 나와 동행한 사진작가와 남아프리카공화국으로 가는 내내 비행기 안에서 만델라에 대한 이야기만 했다. 만델라라는 인물은 낭만주의자들의 이국정서처럼 나에게 가고 싶지만 너무 멀리 있어 가지 못하는 어떤 곳이었다. 그 바람이 이루어지고 나는 그곳에서 많은 것을 보고 생각했지만 아직까지 적당하게 적지를 못하고 있다. 좋은 것을 보았다고 해서 좋은 문장을 쓸 수 있는 것은 아니다.

여행과 글쓰기는 서로 상반되는 개념일 수도 있다. 여행은 동적이고, 글쓰기는 정적이다. 멈춤과 움직임, 대상을 향해 다가가고 멈춤은 인간과 그의 이야기를 바탕으로 한다. 부처와 예수, 모차르트와 고흐, 김구와 체 게바라에 이르기까지 여행을 통하지 않고 성장한 사람은 없다. 하지만 예외가 있다. 그 사람이 바로 넬슨 만델라였다.

그는 사십 대 중반에 수감되어 칠순 노인이 되어 출옥했다. 그는 독방 생활을 하며 세상과 격리되어 여행할 수 없는 공간에서 살았다. 신영복 선생 역시 마찬가지가 아닌가. 두 거목이 이루어낸 것을 생각하면 지금 내가 여행을 한다는 것은 거의 축복에 가깝다. 여행은 당신에게 주어진 태양의 축복이다.

여행기를 쓰기 위해서 필요한 것은 펜과 나침반이다. 덴마크의 작가 카렌 블릭센Karen Blixen의 자전적 소설을 영화화한 〈아웃 오브 아프리카〉에서 남작부인인 카렌은 데니스에게 펜과 나침반을 선물받는다. 실제로 작가는 펜과 나침반 덕분에 작가가 될 수 있었다고 고백한다.

글쓰기 도구인 원고지와 펜, 여행에 필요한 지도와 나침반은 여행기라는 독특한 방식의 글쓰기를 상징하는 도구다. 조금 더 확장해서 생각한다면 글쓰기는 삶이라는 지도와 영혼의 나침반을 통해 어딘가에 도달하고자 하는 욕구일수도 있다. 그리고 그곳은 미지의 세계이기에 더 흥미롭다. 내가 무엇을 할 수 있는지, 어디까지 갈 수 있는지 나도 모른다. 너도 모른다. 오로지 내 발바닥이 길을 디디고 나아갈 때 조금씩 알게 된다.

You don't know what you can do before you try.

(직접 시도하기 전에는 우리가 무엇을 할 수 있는지 알지 못한다.)

서양 격언인 위의 문장은 우리에게 여행하고 쓰라고 권유한다. 여행은 잠시나마 다른 생을 사는 것이다. 우리가 선택할 수 있는 제한된 삶과 버티기 힘겨운 일상에서 벗어나 다른 사람들의 이야기를 듣는 것이다. 그것이 어떤 생이고, 어떤 이야기인지 알 수 없기에 우리는 떠난다. 여행은 신비로운 것이다. 안데르센 역시 평생을 여행으로 보냈고 동화와 더불어 여행기를 책으로 냈다. 우리는 왜 여행을 하는 것일까? 생물학적으로 우리는 걸어 다니는 동물이다. 여행은 걷는 것이고 움직이는 것이다. 움직이면서 우리는 성장

한다. 여행을 떠나면 정신과 몸이 함께 깨어난다. 정신이 깨어있지 않으면 눈을 감고 세상을 사는 것이다. 정신을 깨우기 위해 몸을 움직이는 것이고, 그 움직임이 목적을 가지게 되면 우리는 여행을 떠난다고 이야기한다.

길은 걸어가는 동안에 완성된다. '도행지이성道行之而成'은 《장자》의 〈제물론〉에 나오는 말이다. 도道란 무엇인가? 그것은 절대적인 진리다. 그것은 저기에 있는 것이 아니란다. 도는 걸어가는 동안에 완성된다는 장자의 이 촌철살인을, 나는 걸어가면서 길을 내는 사람들의 피땀 어린 기록을 읽으면서 다시 한 번 확인했다.

잘 살고 싶다면 내 인생에 길을 만들어야 한다. 장자의 사상은 길에 대한 생각을 더욱 깊게 만든다. 베르나르 올리비에Bernard Ollivier는 도보 여행가로 유명한데, 그의 여행기는 철학적인 성찰이 빛나는 산문이다. 장자의 말 그대로 삶의 길은 걸어가는 발바닥으로 만들어놓은 길이라는 생각이 들었다.

홀로 외로이 걷는 여행은 자기 자신을 직면하게 만들고, 육체의 제약에서 그리고 주어진 환경 속에서 안락하게 사고하던 스스로를 해방시킨다. 순례자들은 아주 긴 도보여행을 마친 후엔 거의 예외 없이 변모된 자신의 모습을 느낀다. 이는 그들이 그토록 오랫동안 스스로를 직면하지 않았다면 아마도 발견할 수 없었을 자신의 일부를 만났기 때문이다.

– 베르나르 올리비에, 《나는 걷는다 1》

프랑스에는 비행 청소년들을 대상으로 도보 여행을 시키는 프로그램이 있다. '쇠이유Seuil'라는 단체의 프로그램인데, 설립자 베르나르 올리비에는 비행 청소년들이 홀로 먼 길을 걷고 나서 새로운 삶을 시작하는 모습을 많이 보았다고 한다.

영국의 귀족 자제들은 성년이 되기 위해 반드시 오지로 여행을 떠났다고 한다. 거칠고 먼 길을 걸으면서 자기 자신을 직면하는 것이다. 당장 직면하고 있는 현실적인 문제나 피상적인 고민거리들은 걸어가는 동안 저절로 사라진다. 몸이 힘들면 정신이 깨어나고 자신을 괴롭히던 문제들이 얼마나 하찮은 것들이었는지를 보기도 한다. 청소년들은 걸으면서 성장한다. 성인이 되어 갈 길을 '길'을 걸어서 찾는 방법이다. 격리와 여행은 큰 차이가 있다. 우리는 잘못을 저지른 사람을 격리하고 가두려고 한다. 베르나르 올리비에는 아직 성장 단계에 있는 비행 청소년들을 감옥에서 길 위로 풀어주었다. 그리고 걸어보라고 권한다. 가두는 것과, 풀어주는 것, 과연 어떤 것이 한 인간을 제대로 살게 하는 것인지 심각하게 생각하게 한다.

"세상은 문밖에 있다"는 광고 문안처럼 여행은 문밖으로 나가는 행위지만, 여행기는 문 안으로 들어와야 하는 행위다. 설령 그곳이 길 위라 하더라도, 그 공간은 글쓰기라는 답답하고 어렵고 지겨운 마음의 공간이 된다. 이것이 현실이다. 역설적으로 이 현실이 자성의 시간을 가지는 공간과 시간을 제공한다. 어떤 시인의 말처럼 길 위에서는 집을 그리워하고, 집에서는 길을 그리워하는 법이다.

여행기를 쓸 때 진부한 문장을 쓴다고 자책할 수도 있을 것이다. 세상의 모든 여행지는 이제 평범한 곳이 되었다. 영화 〈킹콩〉에 나오는 해골 섬에 첫 발걸음을 딛는다고 해도 여행기를 쓸 때 그것이 새로운 작품이 되리라는 보장은 없다. 진부하게 써버리면 졸작이 되기 때문이다. 그럼 진부함이란 무엇인가? 그것은 특정한 어떤 단어를 지칭하는 것이 아니다. 세상에 진부한 단어는 없다. 다만 단어를 진부하게 쓰기 때문에 진부하고 난삽해지는 것이다. 한 단어를 새로운 마음으로 고르고, 고민하고 노력해야 한다. 만약 그 단어가 나에게 필요하다면, 남들이 진부하다고 버린 단어일지라도 잘 갈고닦아서 보석으로 만들어라. 잘 알고 있지 않은가? 태양 아래 새로운 것이 없다는 진리를. 여행이 글이 되는 순서는 다음과 같다. 이 과정을 염두에 두길 바란다.

---

1. 떠나기 전에 마음에 담아 두었던 것들

2. 낯선 곳에 도착해서의 기분

3. 길 위에서의 단상들

4. 머물고, 떠나고, 흩어지고, 모이고

5. 돌아오면 책상으로

6. 다시 떠나는 마음의 여행

Restart! 다시 시작하는 글쓰기

이런 과정을 거치면서 자연스럽게 여독에 찌든 몸과 마음을 풀어내자. 여행을 통해 무엇을 볼 수 있는지, 여행기의 고전이라고 할 수 있는 괴테를 마지막으로 만나보자.

정말이지 로마에 와보지 않고서는 여기서 무엇을 배우게 되는가를 전혀 알 수 없다. 말하자면 사람들은 여기에 와서 다시 태어나는 것임에 틀림없다. 지금까지 가지고 있던 개념들을 돌이켜 보면 마치 어릴 적에 신던 신발 같다는 생각이 든다.

괴테의 《이탈리아 기행》에서 읽은 문장이다. 새벽에 홀로 일어나 몰래 이탈리아로 여행을 떠나던 당시 괴테는 무척 지쳐 있었다. 작가로서의 명성도 얻고, 먹고 살만한 위치에서 사람들 사이에 둘러싸여 있었다. 괴테는 진부한 일상에서 벗어나 이탈리아로 여행을 떠났고, 이 여행은 그의 인생에 큰 변화를 일으킨다.

괴테는 바이마르 공국의 재상을 지낸 정치인이고, 자연과학 분야에서도 탁월한 재능을 나타낸 이른바 교양인이다. 그가 유명해진 것은 1774년 실연하고 나서 쓴 《젊은 베르테르의 슬픔》 때문이다. 괴테는 이 작품으로 자신의 상처를 치유하려 했다. 현실의 고통을 창작의 공간에서 녹여 작품으로 재창조했다. 《이탈리아 기행》은 그에게 새로운 전환점이 되었다. 이것이 포인트다. 이탈리아 여행기를 썼다는 것.

우리가 괴테처럼 새벽에 이탈리아로 떠날 수는 없지만 가까운 수목원이나, 혹은 조금 여유가 있다면 섬으로 가보자. 섬에 가서 하루 이틀 정도 지내거나 아예 일주일을 지내보시기를 바란다. 정형화된 공간으로 보았던 바다를 아침저녁으로 관찰하자. 강물처럼 흐르지는 않지만 파도가 어떻게 몰려오는지까지. 바다를 보면서 어느 순간 "저것이 내 마음이구나" 하는 생각이 들 수도 있을 것이다.

여행은 일상의 전환점이자 인생의 쉼표이고 사랑하는 친구다. 그동안 너무 바빠 소홀히 했던 사랑하는 친구 혹은 연인을 만나러 지금 떠나자.

올림픽 출전 선수들이 메달 수상소감에서 "부모님께 감사드린다. 매일 새벽 연습장으로 데려다 주셨다" 등의 말을 한다.
글쓰기는 피겨 스케이팅이나 스키가 아니다.
부모님의 도움으로는 절대 늘지 않는다.
만약 글을 쓰고 싶다면 집을 나서라.
―폴 서루(여행작가)

Restart! 다시 시작하는 글쓰기

```
┌─────────────────────────────────────┐
│                                       │
│              7.                        │
│        단어를 사람 보듯                  │
│          [시 쓰기]                      │
│                                       │
└─────────────────────────────────────┘
```

슬픈 일은 멀리서 보고, 기쁜 일은 가까이에 두고 만져라. 가끔 후배들에게 내가 하는 말이다. 이 말은 시를 쓰면서 염두에 두는 말이다. 인생은 본질적으로 슬픔과 기쁨이란 바다의 섬 같다는 생각이 들면 나는 시인 파울 첼란Paul Celan을 생각한다. 소월, 백석에서 시작된 나의 시 쓰기는 파울 첼란이라는 바다를 만나면서 때론 좌초하고 때론 일말의 희망을 보기도 했다. 그가 보낸 유리병 편지가 내가 서성거리는 해변의 어딘가에 지금도 있을지 모른다. 시 쓰기는 적어도 내 생각에는, 글쓰기의 핵심이다. 그것은 항상 우리의 현실로 가까이 다가오기 때문이다.

시는, 언어의 한 현상 형태로, 그 본질상 대화적이기 때문에 일종의 '유리병 편지' 같습니다. ―분명 희망이 늘 크지 않은―믿음, 그 유리병이 언젠가, 그 어딘가에, 어쩌면 마음의 땅에 가 닿으리라는 희망을 품고 유리병에 담아 띄우는 편지요. 한 편 한 편의 시들도 이런 식으로 도중에 있습니다. 무언가를 마주해 있는 겁니다.

무얼 마주해 있느냐고요? 열려 있는 것, 점령할 수 있는 것을 향해서, 어쩌면 말을 건넬 수 있는 '당신'을 향해서, 말을 건넬 수 있는 현실 하나를 향해서요. 시에서 문제 되는 건, 그런 현실들이라고 저는 생각합니다.

―파울 첼란,《죽음의 푸가》

시에 대한 은유의 문장이다. 문장의 결이 부드럽게 파도처럼 다가온다. 은유의 힘이 빛난다. 바다와 희망, 유리병, 편지 등의 단어가 서로 스며들면서 우리에게 질문하고 또 대답하게 한다. 시인의 삶을 살피면서 이 글을 잘 읽어보면 애잔한 마음이 들기도 한다. 이것은 잔혹한 현실에 대한 시인의 유니크한 자세다.

시인이 보낸 유리병 편지가 지금 내 앞에 놓여 있다. 시는 독자와의 대화를 통해서 완성되는 미완의 정신이다. 파도 위를 떠도는 유리병처럼 독자가 없다면 정처 없다. 어쩌면 무수한 유리병이 지금도 파도 위를 떠돌아다니고 있을 것이다. 한 권의 책도 우리에게 그렇게 다가온다.

이 글이 뇌리에 깊게 새겨진 이유는 섬에서 본 파도 때문이다. 섬에 앉아 있으면 파도가 밀려오는 것이 확연히 보인다. 파도는 유리병 하나를 밀고 육지로 다가온다. 그것이 우리와 마주하고 있다는 사실을 그때는 몰랐었다.

　지난 세기에 베르톨트 브레히트Bertolt Brecht의 시처럼 '살아남은 자들의 슬픔'의 시기가 있었다. 히틀러와 아우슈비츠가 그 중심에 있다. 파울 첼란은 유대인 수용소에서 기적적으로 살아남아 시를 쓴 시인이다. 그토록 힘들게 살아남았지만 결국에는 파리의 센 강에서 자살로 생을 마감한 비극적인 시인이기도 하다.

　파울 첼란이 시를 설명하는 위 문장은 산문 은유의 한 방법으로 읽힌다. "시는 유리병 편지와 같다"는 문장에는 바다와 파도, 그리고 백사장과 육지가 생략되어 있다. 대신에 '대화적이기 때문에'라는 표현을 통해 현실과 마주하는 시가 우리와 만날 가능성을 드러낸다. 그렇다면 현실은 무엇인가? 그것은 글쓰기를 통해 드러나는 나, 너, 우리, 세계이다.

　상상해보자. 바닷가 백사장에서 문득, 유리병 편지를 발견하는 사람의 심경을. 그 편지가 바로 나에게 온 편지라면 당신은 얼마나 경이로운 세상을 보는 것인가. 시란 이런 것이다.

　시 쓰기는 일반적인 산문과는 다른 구조를 가진다. 화가가 붓을 통해 작품을 완성하고, 작곡가가 악보를 쓰는 것처럼 시는 언어를 매개로 한 언어 예술의 한 경지이기 때문에 작품을 만들기가 어렵기도 하고, 문장이 짧아서 쉬워 보이지만 막상 펜을 잡으면 막막하다. 캔버스 앞의 화가도 같은 심경이다. 하지만 그것을 밀고 들어가야 한다. 아무것도 하지 못할 것 같은 모멸감을 극복하고 쓰고 또 써야 한다.

시 쓰기는 모든 글쓰기와 마찬가지로 시 읽기에서 출발하면 좋다. 시를 많이 읽고 외우면 좋은 문장을 만드는 기술을 익히는 데 도움이 된다. 특히 짧고 분명한 메시지를 전달하는 단문의 경우에는 시적인 문장이 유용하다. 나는 시를 많이 읽은 편집자를 신뢰한다. 그들은 책 제목이나 중간 제목을 잘 뽑아낸다. 그 능력은 광고 문안, 문자 메시지까지도 이어진다. 우리 일상에서 시 쓰기 기술을 잘 활용해보자.

시는 문장에 리듬이 있어 외우기가 편하다. 정형시의 운율이 아니더라도, 설령 산문시라고 해도 압축적이고 회화적이면서 음악성이 있다. 그래서 시 쓰기는 글쓰기의 꽃이다. 시의 행간과 여백은 문자와 함께 어우러지면서 문자의 공간성을 확장한다. 우리 현대 시와 한시, 외국 시 등 다양한 시 읽기는 분명히 여러분의 쓰기 능력을 확장할 것이다. 이제 우리나라 시인들이 쓴 '꽃'을 주제로 한 시를 통해 시 쓰기의 단면을 살펴보자.

아프다고 썼다가 지우고 나니
사과꽃 피었습니다
보고 싶다고 썼다가 지우고 나니
사과꽃 하얗게 피었습니다

—도종환, 〈사과꽃〉에서

시인은 '쓴다'는 행위를 통해 사과'꽃'을 발견한다. '보고 싶다'를 썼다가 지우니 사과'꽃'이 피었다는 의미는 무엇일까? 논리적으로 설명하기 힘들다. 그래서 시는 시의 행간과 종이의 여백까지도 같이 읽어야 한다. 독자의 눈높이에 따라 달리 읽히고 의미가 다르게 전달되기 때문이다.

병상의 환자가 이 시를 읽는다면 자신의 병이 완치되는 의미로 읽을 수 있다. 상처가 치유되고 그 자리에 꽃이 피는 기분이 들기 때문이다. 멀리 있는 연인을 그리워하는 사람은 밤새 편지를 쓰고 나서 활짝 핀 꽃을 보고 자신의 마음이 전달되었다고 느낄 수도 있다. 글을 쓰고 지우는 동안 꽃이 피었다. 고통과 치유의 은유적인 표현으로도 읽힌다. 이 짧은 시 몇 줄을 놓고도 여러 해석이 가능하다.

시장에서 가장 흔하게 보는 과일이 사과다. 이 시는 소재로 사과꽃을 선택했다. 왜 사과꽃일까? 장미나 민들레, 백합이나 카네이션이 아니라 왜 사과꽃일까? 그것은 시인이 사과'꽃'을 보았기 때문이다. 다른 꽃과는 달리 사과꽃은 상품화되지 않는다. 사과를 맺기 위해 피었다가 금방 지기 때문이다. 시인은 여기에 주목한 것이 아닐까? 향기나 모양이 아니라, 결실과 의미의 꽃으로 사과꽃을 선택한 것은 아닌지 모르겠다.

파울 첼란의 말대로 시 쓰기는 지금 내가 보고 있는 현실이다. 지금 보고 있는 대상이 바로 시다. 그것이 나를 향해 열려 있기 때문이다. 꽃은 우리를 향해 열린 대표적인 자연이다. 한 걸음 더 나아가면 그 자연을 통해 환상을 보기도 하고 꿈을 이루기도 한다.

벽에 대고 적어라, 그럼 그 자리에 문이 생길 것이다. 꿈속에서도 적어라, 그럼 깨어날 것이다. 이것은 마술을 부리는 것이 아니라, 건축가가 설계도를 그리고 나서 집을 짓는 방법과도 같은 것이다. 시가 언어의 집이라는 말도 이런 맥락에서 이해하면 된다. 사과꽃에 괄호를 치고 그 안에 다른 꽃을 적어도 시가 되겠지만, 도종환의 시는 바로 사과꽃이다. 이것이 바로 시인의 눈이고 남들이 잘 보지 못하는, 설령 남들과 같이 보았다고 하더라도 자신에게만 보이는 꽃이 바로 시가 된다.

꽃을 바라보는 시선은 사람마다 다르다. 같은 꽃을 보고도 아름다움을 느끼는 사람이 있는가 하면, 한숨을 내쉬는 사람이 있다. 언젠가는 그 자리에서 사라지기 때문에 허무함을 느낄 수도 있다. 선운사의 동백꽃이 진 자리에서 느끼는 애잔함은 어떤가. 모든 것이 사라진다는 사실 앞에서 우리는 자유로울 수 없다. 그렇다면 아래 문장을 읽어보자.

오늘 우리가 찬사를 보내는 미술품이나 조각상이 언젠가 부서져 없어질 날이 실제로 올 수 있다. 혹은 오늘날의 시인들이나 사상가들의 작품을 더 이상 이해하지 못하는 세대가 출현할 날이 올 수도 있으며, 이 지상의 모든 생물들이 다 소멸되어 버리는 어떤 지질학상의 사건이 벌어질 날이 도래할지도 모른다. 그러나 모든 아름다움과 완벽함은 그것이 우리의 정서적 삶에 어떤 의미를 지니느냐에 따라 그 가치가 결정되는 것이기 때문에 그것이 우리 인간의 삶보다 더 오래 존속해야 할 필요도 없는 것이고 그 아름다움과 완벽함은 절대적인 시간의 길이에 구속되지 않는 것이다.

−지그문트 프로이트,《예술, 문학, 정신분석》

꽃을 소재로 한 시를 읽고 그 꽃을 파는 사람들까지도 생각해본다. 꽃을 팔아서 사는 사람들의 현실은 어떨까? 꽃 가게 주인에게 꽃은 생계 수단이다. 꽃의 판매량에 따라서 그 사회의 분위기도 짐작할 수 있다. 식탁마다 화병에 꽃이 있는 나라도 있고, 꽃보다는 쌀 한 줌이 더 절실한 사람들도 많다. 꽃은 우리나라의 시장경제와도 연결되어 있다. 생화의 판매량이 점점 줄어든다고 한다. 생일 선물, 혹은 축하 선물로 꽃이 점점 사라지는 현실은 삶의 향기가 사라진다는 뜻이기도 하다. 눈에 보이지 않는 향기야말로 꽃의 가장 중요한 기능이다. 꽃은 사람의 향기이기에 꽃이 피지 않는 세상은 상상할 수가 없다.

글쓰기는 쓰고자 하는 대상에 향을 피우는 기능이 있다. 좋은 시 한 편은 생화 한 송이를 곁에 두고 사는 것과 다르지 않다. 하지만 점점 판매가 줄어드는 꽃처럼 책 판매량도 같이 줄어들고 있다. 이러한 연결고리는 점점 황무지가 되어가는 도시 생활에 대한 성찰의 동기가 되기도 한다.

　김수영의 〈꽃잎〉 연작 시 중에서 한 부분을 읽어본다. 지금 인용하는 시는 소리를 내서 읽으면 좋다. 소리를 내서 읽으면 눈으로 보는 것과 완전히 다르게 시 감상을 할 수 있다. 도자기를 손으로 만져보는 것과 눈으로 보는 것과의 차이라고나 할까. 국보급 도자기는 유리관에 들어 있지만, 국보급 시들은 얼마든지 손으로 만지작거리면서 읽어도 된다.

　　꽃을 주세요 우리의 고뇌를 위해서
　　꽃을 주세요 뜻밖의 일을 위해서
　　꽃을 주세요 아까와는 다른 시간을 위해서

　　노란 꽃을 주세요 금이 간 꽃을
　　노란 꽃을 주세요 하얘져가는 꽃을
　　노란 꽃을 주세요 넓어져가는 소란을

　　노란 꽃을 받으세요 원수를 지우기 위해서
　　노란 꽃을 받으세요 우리가 아닌 것을 위해서
　　노란 꽃을 받으세요 거룩한 우연을 위해서
　　꽃을 찾기 전의 것을 잊어버리세요
　　　꽃의 글자가 비뚤어지지 않게

꽃을 찾기 전의 것을 잊어버리세요
　　꽃의 소음이 바로 들어오게
꽃을 찾기 전의 것을 잊어버리세요
　　꽃의 글자가 다시 비뚤어지게

내 말을 믿으세요 노란 꽃을
못 보는 글자를 믿으세요 노란 꽃을
떨리는 글자를 믿으세요 노란 꽃을
영원히 떨리면서 빼먹은 모든 꽃잎을 믿으세요
보기 싫은 노란 꽃을

이 시는 '주세요, 받으세요, 잊어버리세요, 믿으세요'라는 종결어미가 반복된다. 짧은 시에 꽃이 반복을 거듭한다. 같은 단어의 반복을 통해서 리듬과 의미 강조의 효과를 본다. 시에서 이런 문장은 흔히 접한다. 그런데 글쓰기 원칙이랍시고, 혹시 이 시를 간소한 문장으로 바꾼다고 반복되는 문장을 줄여버리면 어떤 일이 벌어질까. 시는 사라지고 의미도 사라지고 그저 허접한 산문만 남게 된다.

강조하지만 글쓰기에 '절대 원칙'이란 것은 없다. 시 쓰기의 경우, 심지어 맞춤법, 띄어쓰기까지 무시하고 일부러 오문처럼 보이는 문장을 쓰기도 한다. 그렇다고 해서 아무렇게 쓴다고 시가 되는 것도 아니다. 시 쓰기의 절대 원칙을 굳이 고르자면 '인간과 자유'

정도가 될까. 노란 꽃은 상징적인 꽃이다. 노란 꽃은 무슨 꽃을 말하는가. 백합인가 개나리인가. 도종환의 사과꽃보다는 의미를 파악하기가 쉽지 않다.

김수영 시인은 '꽃'을 우리의 고뇌를 위해서 달라고 한다. 지금 우리는 현실적으로 어떤 고뇌가 있을까. 세상에는 우리가 도저히 소통할 수 없는 폭력과 거짓, 기만과 농단의 현실이 있다. 신이 사라진 자리에 돈이 들어와서 인간의 영혼을 정육점의 고깃덩어리처럼 판매한다. 이런 시대일수록 시가 필요하다. 물론 이것은 역사가 시작된 이래로 이어지는 현실이다.

김수영은 이런 세태에 대해 "시여, 침을 뱉어라"하고 피를 토하듯 원고지에 적었다. 하지만 그의 시에는 구호가 없다. 아무리 과격한 시라고 하더라도 함성이 들리지 않는다. 시는 동물의 울음이 아니기 때문이다.

시라는 '조용한 함성'은 확성기에서 들려오는 구호가 아니라, 깊은 풀잎과도 같이 인간의 영혼을 움직이는 바람이기 때문이다. "풀이 눕는다"라는 김수영의 시적 목소리는 아마도 꽤 오랫동안 독자의 마음에 남을 것이다. 세상을 바라보는 그의 진정성은 꽃으로 피어났다.

김수영의 시적 이미지에서 사람과 꽃이 차지하는 비중은 얼마나 중요할까. 문학평론가 이영준은 "김수영 시 전체에서 가장 빈도가 높은 일반명사는 '사람'으로 114회 사용되었고, 두 번째로 많이 사용된 명사는 '꽃'으로 112회 사용되었다"라고 분석했다. 김수영의 시뿐만 아니라 우리나라 시에서 '꽃'은 자주 사용되는 일반명사다. 꽃에 대한 시를 뽑으라면 이 책으로도 모자란다.

> 내가 그의 이름을 불러 주기 전에는
> 그는 다만
> 하나의 몸짓에 지나지 않았다.
>
> 내가 그의 이름을 불러 주었을 때
> 그는 나에게로 와서
> 꽃이 되었다.
>
> 내가 그의 이름을 불러 준 것처럼
> 나의 이 빛깔과 향기에 알맞은
> 누가 나의 이름을 불러다오
>
> ―김춘수, 〈꽃〉에서

김춘수의 〈꽃〉은 유명한 시다. 내가 그의 이름을 부르는 풍경은 꽃을 매개로 한다. 누군가의 이름을 부른다는 것은 관계의 기본이다. 내가 너를 안다는 신호다. 이것을 꽃에 비유해 우리들이 서로에게 의미 있는 존재로 다가가기를 원하고 있다.

여기에서 꽃은 관계를 이어주는 매개체다. 가끔 이런 생각을 한다. 글을 쓸 때는 사물을 바라보고 만지는 달팽이의 더듬이가 있어야 한다. 첫 연에서부터 둘째 연인 '꽃이 되었다'까지를 잘 읽어보면 '사람이 꽃이 되는 과정'이 몇 줄의 문장으로 이어져 있다.

논리적인 글쓰기인 귀납이나, 연역 기법이라기보다는 어느 순간에 의미가 확장되는 '아날로지' 기법이다. 내가 그의 이름을 불러주자 꽃이 되었다는 이 시에 우리가 감응하는 이유는 뭘까. 사실 이 문장을 논리적으로 정확하게 설명하기 힘들고, 문학평론가의 현학적인 분석 또한 내가 느낀 그 감흥을 표현하기는 힘들다. 시는 논리적으로 해석되는 것이 아니라 아날로지로 받아들여야 한다.

예를 들어 사랑에 빠진 사람이 "왜 내가 너를 좋아하는지는 모르지만 하여간 죽도록 사랑한다"라고 하는 말처럼, 논리가 비약되는 상태가 시에서는 허용되고 오히려 그런 시들이 더 완성도가 높아진다. 시 쓰기를 어떻게 논리적으로 설명할 수 있을까. 시를 논리적으로 설명한다고 해도 어떤 시인은 그 틀을 깨버린다.

시는 결국 삼단논법으로 표현하기 힘든 인간의 마음을 표현하는 한 수단이며, 지금 자신이 바라보는 대상에 대한 가장 간절한 마음이다. 우리들의 글쓰기에는 시인의 아날로지와 철학자의 논리적인 사고가 겸비되어 있어야 한다.

'꽃'을 통해 도종환, 김수영, 김춘수를 살펴보았다. 일반명사인 꽃으로 시인은 자신만의 고유명사처럼 선명하게 이미지를 그려내고 자신의 사상을 표현했다. 우리 주위의 일반명사에서 시어를 가져오지만, 그 쉽고 흔한 단어를 자신만의 보석으로 만드는 과정이 바로 시 쓰기다.

〈무슨 꽃으로 문지르는 가슴이기에 나는 이리도 살고 싶은가〉라는 미당의 시 제목처럼 생명에 대한 은유로 꽃보다 적절한 시어는 찾기 힘들다. 꽃은 진부함을 넘어선 시어로 자리 잡았다. 우리들은 앞으로도 계속해서 꽃에 대한 시를 보게 될 것이다.

어떻게 시를 써야 할까? 시 쓰기는 표현 기법만 다를 뿐, 글쓰기의 대원칙에서 벗어나지 않는다. 우선 자신의 것을 써야 한다. 꽃을 가지고 이미 열거한 시인처럼 쓴다면 그것은 영혼의 표절이며 시의 생명력을 상실한다.

예를 들어 "무슨 풀로 문지르는 가슴이기에 내 청춘은 이리 푸른가"라고 쓴다면? 이런 문장은 습작 노트에는 적을 수 있지만 발표는 안 하는 것이 좋다. 이 단계에서 한 단계 더 발전하고 자신만의 고유한 시를 만들어낼 때까지 말이다.

책 제목 중에 《꽃으로도 때리지 말라》가 인상적이었는데, 기아에 시달리는 아이들에게 온정의 손길을 베풀자는 생각이 잘 드러난 시적인 제목이다. 그래서 작가들이 책 제목을 고를 때 시집을 읽곤 한다. 단 한 줄, 혹은 몇 개의 단어가 책 전체를 나타내는 아날로지를 갖고 있기 때문이다. 시 쓰기를 글쓰기의 핵심이라고 하는 이유다. 이 핵심을 거쳐서 다른 세상으로 나간다면 좋겠다.

그럼 내 시를 위해 어떤 꽃을 찾아야 할까? 꽃은 일단 우리 동네 담벼락에 핀 나팔꽃이나, 공원을 산책하다 연못에서 본 연꽃이나, 봄날 보도블록에 핀 민들레를 대상으로 삼아야 한다. 이런 습작을 반복하다 보면 어떤 시기에 주위의 모든 사물이 꽃으로 보이는 순간이 다가오지 않을까? 그때 자신만의 시가 꽃망울처럼 터져 피어날 것이다.

꽃을 피워 밥을 합니다
아궁이에 불 지피는 할머니
마른 나무 목단, 작약이 핍니다
부지깽이에 할머니 눈 속에 홍매화 복사꽃 피었다 집니다.
어느 마른 몸들이 밀어내는 힘이 저리도 뜨거울까요
만개한 꽃잎에 밥이 끓습니다
밥물이 넘쳐 또 이팝꽃 핍니다
안개꽃 자욱한 세상, 밥이 꽃을 피웁니다

−엄재국, 〈꽃밥〉

아궁이 앞에서 밥 짓는 할머니의 모습을 통해서 시인은 목단, 작약, 홍매화, 복사꽃, 이팝꽃, 안개꽃을 본다. 이 시는 밥 짓는 할머니의 모습을 그린다. 매일 먹는 밥을 이렇게 볼 수 있다는 것 자체가 신선한 자극이다. 꽃을 바라보는 시인의 마음이 잘 드러난다.

꽃은 생명의 상징이기에 밥과 잘 어울리기도 한다. 단어와 단어는 서로 어울릴 때 창조적인 힘을 갖는다. 좋은 단어끼리 잘 만나면 친구가 되고 반대의 경우에는 원수가 되기도 한다. 그래서 서로 어울리지 않는 단어가 만나 절묘하게 어울리는 것이 최상의 조합이고, 어울릴 만한 것들이 어울리면 보통, 아주 잘 어울린다고 생각한 단어가 만나는 순간 의미가 깨어진다면 최악이 된다. 시인은 꽃과 밥을 함께 노래했다. 창조성은 하늘에서 뚝 떨어지는 것이 아니라, 바로 내가 먹는 밥과 내가 보는 꽃처럼 평범한 것들의 만남에서 이루어진다.

시 쓰기를 할 때, 단어를 사람 보듯이 하길 바란다. 글자가 사람을 만나 한 몸이 될 때 시어가 태어난다. 지금 내게 벌어지는 일상적인 일과 나에게 다가오는 사회현상까지 어떻게 표현할 것인가를 염두에 두고 책상에 앉자. 나에게 가장 많이 다가오는 사물과 단어를 적고 조금씩 사유의 세상을 넓혀나가자.

시는 온몸으로, 바로 온몸으로 밀고 나가는 것이다.
−김수영(시인)

8.
내 마음 속의 창문
[고독한 글쓰기]

나의 고독은 어릴 적 꿈의 체험과 함께 시작되었고, 내가 무의식에 대한 연구를 할 시기에 최고조에 달했다. 어떤 사람이 다른 사람들보다 더 많이 알게 되면 그는 고독해진다. 하지만 고독은 반드시 공동체에 대립하는 것만은 아니다. 고독한 사람보다 공동체에 대해 더 호감을 느끼는 사람은 없기 때문이다. 공동체는 모든 개체가 자신의 개성을 기억하고 다른 사람과 동일시되지 않는 곳에서만 만개하게 된다.

─카를 융,《카를 융, 기억, 꿈, 사상》

고독은 글쓰기의 친구다. 작가들은 고독한 시간을 견디면서 쓴다. 작가의 스타일에 따라 다른 방식으로 이야기하지만 고독에 대한 입장은 대동소이하다. 융이 무의식을 연구할 때 고독이 최고조에 달했다는 말은, 정신분석 분야 최고의 성과를 고독한 시간을 견디면서 이뤘다는 말이기도 하다. 에드거 앨런 포Edgar Allan Poe의 작품들을 비롯해, 수많은 천재들은 고독한 처지를 버티고 살아남은 사람들이기도 하다.

고독이란 무엇인가? 고독을 두 가지로 정리해본다. 우선은 나와 세상이 격리된 상태다. 교도소의 독방이나 섬 같은 장소에 홀로 남는 특수한 경우다. 그리고 몽테뉴나 버지니아 울프가 말하는 나만의 작업 공간으로서의 '자기만의 방'이 있다.

어떤 공간을 규정하는 것은 인테리어가 아니라 그곳에 머무는 사람이 하는 행위다. 수도승이 사는 오두막은 성소이지만 도둑들이 산다면 도둑굴이다. 넬슨 만델라의 교도소는 정치 대학이라 불렸다고 한다. 고독은 특수한 공간에 의해 만들어지는 것이 아니다. 이런 의미에서 글쓰기는 '구원'일 수도 있다. 세계적으로 유명한 저작들과 음악 작품, 그림 등은 모두 고독의 산물이다.

난파된 배에서 살아남은 로빈슨 크루소는 무인도에서 홀로 살아가면서 자신의 삶을 일기로 기록했다. 대니얼 디포Daniel Defoe의 소설 《로빈슨 크루소》는 공포에 질린 생존자가 섬을 통치하는 주인공으로 변모하는 과정을 그렸다(물론 이러한 관점은 18세기 유럽 백인들의 제국주의 식민지 정책처럼 보이기도 하지만).

로빈슨 크루소는 이렇게 썼다. "아까 말했듯이, 펜, 잉크, 종이가 있었는데, 나는 그것을 최대한 아껴서 사용했다. 앞으로 이야기를 풀어놓겠지만, 잉크가 있는 동안에는 모든 걸 정확하게 기록해

두었다." 섬에서 고립된 로빈슨 크루소는 어떤 유형의 인간군이 아니라, 특별한 개인이다.

그는 문명과는 완전히 고립된 상태에서 자신에게 일어나는 일을 기록하며 정체성을 확보하고, 섬의 주인이 된다. 로빈슨 크루소의 이 과정은 글쓰기를 통해 자신의 정체성을 확보하는 상징적인 의미로 읽힌다.

고독을 상징하는 섬이 무의식의 바다에는 항상 존재한다. "당신의 섬은 어디에 있습니까?"라는 질문에 대한 응답으로, 우리는 바다를 바라보면서 생각을 섬처럼 떠올려 쓰기도 한다. 어떠한 상황과 장소에서도 쓴다는 행위는 섬처럼 고독하기 때문이다. 글쓰기 공간은 설령 그곳이 시장통이라고 할지라도 섬이다.

장 그르니에Jean Grenier의 산문집 《섬》의 문장을 읽어보자. 이 책은 제목인 '섬'을 중심으로 사유의 폭을 넓혀나가는 에세이로 세계문학의 고전으로 읽힌다. 그르니에가 섬을 주제로 사유의 폭을 확장해나가는 과정은 글쓰기의 전범이다.

사람이 자기의 주위에 있는 것들을 무시해버리고 어떤 중립적인 영역 속에 담을 쌓고 들어앉아서 고립되거나 보호받을 수는 있다. 그것은 즉 자신을 몹시 사랑한다는 뜻이며 이기주의를 통해서 행복해질 수 있다는 뜻이다.

−장 그르니에, 《섬》

바다 한가운데 떠 있는 섬은 육지와 단절된, 즉 고립된 바다의 영역이다. 바다는 세상과의 단절이고 섬은 고독의 상징이다. 섬은 '어떤 중립적인 영역 속에 담을 쌓고 들어앉아서 고립되거나 보호받을 수는 있는' 장소다. 작가는 섬에서 오로지 자기만을 통해 행복해질 수 있다고 강조한다. 여기에서 가지를 치는 생각들이 이 산문집의 유니크한 문장을 이룬다.

알베르 카뮈Albert Camus가 이 책을 사랑한 이유는, 스무 살이라는 청춘의 닻을 내리는 우울한 바다와 같은 상황에서 문학적 스승과 문장을 만났기 때문이다. 우울한 한 젊은이가 인생의 출발점인 스무 살에 중요한 '문장'을 만났다. 바로 스승의 글쓰기였다.

카뮈의 소설 《이방인》의 주인공 뫼르소는 시대의 이방인으로 살 수밖에 없었고, 뫼르소의 고독한 공간은 직장인이 근무하는 사무실과 살인범이 수감된 감옥과 다르지 않았다. 고독은 격리와 공동체의 문제가 아니다. 뫼르소와 같이 극적인 드라마가 없더라도 인간이 처한 상황 자체이기도 하다. 작가는 비록 고통스럽고 결핍에 시달릴지라도 고독한 공간을 가지고 있어야 한다. 카뮈가 글을 쓴 태도는 몽테뉴와 연결고리를 가지고 있다.

누구나 내면 깊숙한 곳에 자신만의 작업장을 간직하고 있어서, 언제든 마음대로 그곳으로 들어가 자유와 고독을 지을 수 있어야 한다.

―몽테뉴

고독은 다양한 모습으로 우리 곁에 존재한다. 외부적인 압력으로 섬이나 감옥 같은 곳에 격리됐을 때, 타인과의 고리가 끊어진 외로움에 시달릴 때, 우리는 절망하고 패배감에 사로잡힌다.

넬슨 만델라는 로벤 섬에 수감되어 비밀리에 자서전을 쓰기 시작했다. 중간에 원고가 적발되어 압수를 당하는 등 여러 역경이 있었지만, 결국 1990년 석방된 뒤에 원고를 다시 써서 책을 출간한다.

남아프리카공화국의 인종차별 정책에 맞서 싸우다가 법정에서 종신형을 선고받았을 때도, 사형이 아니어서 다행이라고 한 그의 낙관적인 태도는 어떤 상황에서도 굴복하지 않았음을 보여준다. 그는 강인한 인간 정신의 전형이 되었다. 김대중과 신영복 역시 마찬가지다. 우리 현대사의 두 거인은 몽테뉴의 말대로 어떤 상황에서도 자신만의 작업장을 간직하고 있었다. 고독은 울타리가 아니라 사다리를 만들었다. 그 정신은 바로 글쓰기에서 발현된다.

김대중의 옥중서신은 당신의 정치철학과 인간애에 대한 교과서로 읽힌다. 역사, 철학, 종교에 관한 다양한 에세이는 교도소가 공부방이었다는 생각이 들 정도다. 한 인간이 자신의 상황을 변화시키는 강인한 힘은 도대체 어떤 사상에서 발현된 것일까.

고난의 시절에 행복한 날을 기다리며 참아 나가라는 것은 잘못이다. 행복한 날은 오지 않을 수도 있고 오더라도 그간은 불행해야 한다. 우리는 고난의 시절, 그 자체를 행복한 날로 만들어야 한다. 그러기 위해서는 인생의 목표를 무엇이 되느냐보다 어떻게 사느냐에 두어야 한다(이것은 매우 어려운 일입니다. 그러나 나는 요즈음 그렇게 되도록 노력하고 있습니다).

−김대중, 《김대중 옥중서신》, 〈제24신〉에서

외우고 필사하고 싶은 문장이다. 우리는 '고난의 시절'에 처하는 운명을 타고났다. 나 역시 지금 이 순간이 그리 행복하지 않다. 아니, 오히려 힘들고 고통스럽다. 이때 누군가 나타나 저기 천국이 있다고 한다. 이것은 당장의 고통을 잊게 하는 마약과 같은 언어다. 옥중에서 생의 가장 고독하고 고통스러운 순간에 하는 명상은 고난의 시절을 행복의 시절로 바꾸는 연금술이기도 하다. 문장의 마지막에 괄호를 치고 종결어미를 바꿔 다감한 목소리로 이것이 무척 힘들다고 고백하는 말은 울림이 크고 사유의 공간성이 넓다.

이 네 문장은 단순하면서 강인하고 솔직하면서 투박하다. 자기 주장이 확실한 연설문처럼 읽히지만 정치인이 아닌 인간 김대중의 속내가 빛난다. 대통령이 되기 위해서가 아니라 "어떻게 사느냐"가 중요하다는 의미다. 이런 정신이 김대중의 위대한 점이다. 이 글은 노스님의 죽비와 같은 문장이다. 정신이 나약해질 때 대나무 죽비처럼 날카롭게 내 등짝을 내리친다.

신영복의 옥중서신. 선생이 감옥에서 기록한 글들은 수많은 독자의 가슴을 적셨다. 출감 후 선생의 행보를 보면, 이미 옥중에서 단단하게 뿌리를 내린 마음이 에너지가 되어 선생을 움직인 것이 아닐까 하는 생각이 든다. 선생은 고통 그 자체를 이야기하지 않는다. 고통스러울 때, "나는 고통스럽다"라는 문장은 되도록 쓰지 말자. 이것은 진부하고 유아적인 행동이다. 고통을 통해 사색하고 전망하자. 이것이 고통을 이기는 행복한 방법이다.

1968년 통일혁명당 사건으로 무기징역을 선고받고, 20년 20일의 수감 생활 동안 검열 도장이 찍힌 봉함엽서에 깨알같이 쓴 편지들은 사색의 파편들이다. 날카롭게 독자의 가슴을 파고들어 읽는 동안 가슴을 콕콕 찌른다.

> 이번 이사 때 가장 두고 오기 아까웠던 것은 '창문'이었습니다. 부드러운 능선과 오뉴월 보리밭 언덕이 내다보이는 창은 우리들의 메마른 시선을 적셔주는 맑은 샘이었습니다.
> 그러나 생각해보면 '창문'보다는 역시 '문'이 더 낫습니다. 창문이 고요한 관조의 세계라면 문은 힘찬 실천의 현장으로 열리는 것입니다. 그 앞에 조용히 서서 먼 곳에 착목하여 스스로의 생각을 여미는 창문이 귀중한 '명상의 양지'임을 부인할 수는 없지만, 그것은 결연히 문을 열고 온몸이 나아가는 진보 그 자체와는 구별되지 않을 수 없습니다.
>
> ―신영복, 《감옥으로부터의 사색》

신영복의 '창문'은 남아공의 로벤 섬에 있는 만델라의 독방에서 보았던 그 '창문'을 생각나게 했다. 동시에 관리인이 보여주었던 만델라의 독방의 문을 여는 열쇠도 생각났다. 좁은 독방에 하늘을 향해 난 창문 하나를 보면서 만델라는 무슨 생각을 했을까? 만약에 만델라가 이 글을 읽는다면 전적으로 선생의 의견에 동의하지 않을까. 선생은 창문을 통해 기어이 밀고 나가야 할 인간의 '문'을 보았다. 선생은 글쓰기를 통해 자신의 생각을 조금 더 다듬고, 인간관계의 가장 중요한 덕목인 소통의 문을 만들어나갔다.

이러한 정신이 없었다면 인간성은 파괴되고 육체마저도 병들어 우리가 알고 있는 신영복은 없을 것이다. 글쓰기는 바로 창문이고, 문이며, 정신이고 육체다. 이것을 가장 잘할 수 있는 장소가 바로 고독한 장소인 자기만의 방이다. 괴테나 피카소의 화려하고 아름다운 작업실이 아니더라도 어떻게 살 것인가를 알고 있다면 감옥도 바로 그런 장소가 될 수 있다.

사실 진보적인 인물들의 수감 생활은 특별한 경우다. 수감 생활까지는 하지 않았지만, 현실에 적응하지 못하고 고통스럽게 살다 간 영혼들이 우리들의 마음을 울린다. 우리가 고독하다고 여긴 인물들, 이를테면 고흐나 슈베르트 같은 사람은 생전에 평가를 제대로 받지 못하고 힘겨운 삶을 살다 갔다.

그들의 일상을 옥죄던 가난과 질병의 고통은 타인과의 관계에서 격리된 상태처럼 보인다. 이들이 고독한 이유는 주변에 사람들이 없기 때문이 아니라, 자신이 중요하게 여기는 것을 전할 수 없거나, 혹은 가치 있다고 여기는 확신이 타인에게 황당무계한 것으로 생각될 수 있다는 현실 때문이다.

슈베르트는 가장 고통스러운 순간에 작곡한 음악이 청중들을 행복하게 한다는 말을 남겼다. 고흐는 그림과 더불어 편지로 '고흐체'라고 할 만한 뛰어난 문장력을 갖춘 화가다. 1882년 동생인 테오에게 보낸 편지는 그가 '창문'을 통해 인생을 대하는 태도를 볼 수 있다.

> 내게 밝은 미래가 있을지 여부는 무엇보다 내가 하는 일에 달렸다고 믿어. 기력이 다하는 날까지 다른 어떤 길도 아닌 이 길로 묵묵히 투쟁을 계속해나갈 거야. 내 작은 창문들을 통해 자연의 면모들을 즐겁게 관찰하며 애정을 다해 성실히 그것을 그릴 생각이지. 누군가로부터 방해를 받으면 그저 방어하는 걸로 만족할 테다. 이 정도로 그림 그리기를 좋아하니 그 무엇도 나를 이 길에서 돌려세울 수 없을 거야. 원근법의 독특한 효과는 복잡한 인간사보다 더 많은 호기심을 불러일으킨다.
>
> ―고흐, 《빈센트 반 고흐: 그림과 편지로 읽는 고독한 예술가의 초상》

작가의 쓰기와 화가의 그리기는 자신의 내면을 보여주는 기술이다. 원근법의 어떤 면이 화가에게 호기심을 불러일으키는가. 이것은 화가 자신만의 비밀일 수도 있다. 우리는 다만 그가 그린 작품만 평가할 뿐이다. 아무리 좋은 문장으로 그림에 대한 이야기를 한다 해도, 아무 말 없는 그림 하나가 사람의 마음을 움직인다.

작품과 사람 사이에 어떤 시공간이 있고, 그 공간을 가로질러 그림에게 다가가는 시간은 오래 걸리지 않는다. 하지만 당대의 평가는 조금 다른 문제다. 당대의 여러 정황에 따라 화가의 그림이 다음 세대에 평가를 받기도 한다. 위의 편지에 나타난 고흐 정신은 모든 삶에 적용된다. 문학에서는 애드거 앨런 포가 그렇다. 두 예술가는 광기 어린 삶을 살다가 비참하게 삶을 마감한다. 이때 우리는 딜레마에 빠진다.

고흐처럼 고통스러운 현실을 사느니, 평범하고 편안하게 또 행복하게 살다 가고 싶다. 소크라테스의 독배를 마시느니 차라리 범부의 술잔을 들겠다는 것이 인간적인 생각일 수도 있다. 이런 생각을 한다고 누가 돌을 던지겠는가. 그러나 이런 삶의 태도 때문에 예술가들이 돋보이는 것이 아닐까. 그들은 별을 향해 걸어간 사람이다.

죽어서 묻어버린 화가들은 그다음 세대에게 자신의 작품으로 말을 건다. 지도에서 도시나 마을을 가리키는 검은 점을 보면 꿈을 꾸게 되는 것처럼 별이 반짝이는 밤하늘은 늘 나를 꿈꾸게 한다. 그럴 때면 나는 묻곤 해, 프랑스 지도 위에 표시된 검은 점에게 가듯 왜 창공에서 반짝이는 저 별에게 갈 수 없는 것일까? 타라스공이나 루앙에 가려면 기차를 타야 하는 것처럼, 별까지 가기 위해서는 죽음을 맞이해야 한다. 죽으면 기차를 탈 수 없듯, 살아 있는 동안에는 별에 갈 수 없다. 늙어서 평화롭게 죽는다는 건, 별까지 걸어간다는 거야.

-고흐, 《반 고흐, 영혼의 편지》

이 문장의 언어들은 별처럼 반짝인다. 일몰 시간에 가로등이 점등하는 순간처럼 고흐는 죽음을 두려워하지 않고 자신이 그려야 하는 대상으로 보았다. 하지만 고흐에 감상적으로 접근하면 그의 진면목을 놓친다. 그가 화가로서 살았던 고독한 모습에 집중하면 그리 불행한 사람은 아니었다는 생각이 들기도 한다.

친구인 고갱의 말대로 고흐는 불행한 삶을 살았지만 그래도 동생인 테오와 몇몇 사람들은 고흐의 작품을 알아보았다. 고흐는 고독 속에서 행복한 사람이었다. 비록 광기 어린 행동으로 사람들의 오해를 사기도 하고 가난한 생활 때문에 질병으로 고통을 받았지만. 그의 고독은 자신의 개성을 발전시키고 또한 그림이 있는 세계가 더욱더 풍요로워지는 데 기여했다. 그는 카를 융의 말처럼 최고의 작품을 그리는 동안 최고조의 고독을 경험했을 것이다.

작가로서의 삶은 최상의 상태에서조차 고독한 상태입니다. 작가들을 위한 조직은 일시적으로는 작가의 고독을 덜어주겠지만, 그것이 작가의 창작 행위까지 진작시켜줄지는 의문입니다. 작가는 자신의 고독을 저버림으로써 공적인 위상을 높이기도 하지만, 그러다가 종종 작품의 질이 떨어지는 결과를 낳기도 합니다. 그의 작업은 오로지 혼자서 할 수밖에 없기 때문이며, 그가 만약 훌륭한 작가라면 그는 영원한 고독 혹은 영원한 고독이 주는 결핍과 매일매일 마주해야 합니다.

－헤밍웨이, 〈노벨문학상 수락 연설문〉에서

헤밍웨이의 연설문은 고독과 글쓰기에 대한 명문장으로 기억에 남는다. 글쓰기는 혼자 할 수밖에 없지만, 여러 사람들이 같이 읽는 순간에 빛난다. 그것이 고독한 삶을 버티고 살아온 사람에 대한 축복이라면 그 순간을 견딜 만하지 않을까. 하루에 조금이라도 고독한 방으로 들어가는 시간을 만들면 나는 성장한다. 5분, 10분이라도 좋다. 조용히 혼자 머물면서 성찰하고 전망하자. 창으로 난 풍경을 바라보듯이.

글쓰기가 힘들 때면 나는 나 자신을 격려하기 위해 내 책을 읽는다.
그러면 글쓰기는 언제나 어려웠고 가끔은 거의 불가능했음을 기억하게 된다.
－어니스트 헤밍웨이(소설가)

나를 거쳐서 길은 황량의 도시로

나를 거쳐서 길은 영원한 슬픔으로

나를 거쳐서 길은 버림받은 자들 사이로

나의 창조주는 정의로 움직이시어

전능한 힘과 한량없는 지혜,

태초의 사랑으로 나를 만드셨다.

나 이전에 창조된 것은 영원한 것뿐이니,

나도 영원히 남으리라.

여기 들어오는 너희는 모든 희망을 버려라.

단테의 서사시인《신곡》의 〈지옥〉에 나오는 문장이다. '황량, 슬픔, 버림받은' 등의 단어가 이어지면서 비장한 기운이 넘친다. 지옥은 어떤 희망이라도 버리고 들어갈 수밖에 없는 공간이다. 지옥에는 별이 뜨지 않는다. 하늘이 없기 때문이다. 심지어 죽음마저도 허용되지 않는다. 시인 황지우는 "지옥이 지옥인 것은 그곳에는 죽음마저 허용되지 않기 때문이다"라고 했다.

사실 지옥은 신과 더불어 우리의 상상이 만들어낸 가공의 세계일 수도 있다. 천국과 지옥은 걸어서 갈 수 없는 곳이다. 죽어야 가는 곳이 살아 있는 우리들을 지배한다. 우리가 경험할 수 없는 세계지만, 항상 거기에 있는 것이 분명해 보인다. 지옥에 대해서 쓴다는 것은 보이지 않는 것을 보이게 하는 글쓰기다. 종교적인 글이 아니더라도 우리는 영혼과 사랑, 슬픔과 감정을 비롯해 눈에는 보이지 않는 세상을 쓰고 싶어 한다. 그런 의미에서 글쓰기는 말할 수 없는 것을 말하게 하고, 보이지 않는 것을 보이게 하는 마술과도 같다.

사후의 삶에 대한 생각을 하면 부처의 말이 떠오른다. 사람이 죽고 나서 극락과 지옥이 있느냐는 제자의 질문에 부처는 "지금 너의 몸에 불화살이 박혀 있는데 무슨 생각을 하는 것이냐?" 하고 면박을 준다. 꼬리에 불붙은 생쥐같이 현실을 견디기에도 벅찬데 보이지도 않는 미래나 사후의 삶까지 생각한다는 것이 어리석다는 말씀이다. 이 말은 매우 당연하고 중요한 이야기지만, 인간의 무의식을 비롯해 눈에 보이지 않는 세상에 대한 우리의 호기심은 나무의 뿌리처럼 어쩔 수 없다. 지금 세상을 지배하는 것은 눈에 보이는 것이 아니라 눈에 보이지 않는 것이기 때문이다.

이스라엘의 역사학자 유발 하라리Yuval Harari는 호모 사피엔스가 세상을 지배하게 된 이유는 인간들에게만 있는 고유한 '언어' 덕분이라고 했다. 언어가 지식을 만들었고, 지식 덕분에 인간은 인지혁명, 농업혁명, 산업혁명을 이뤄냈다. 언어는 글쓰기로 연결된다. 언어가 문명을 만들어낸 도구다.

하라리는 호모 사피엔스가 가상 세계를 만들어 세상을 움직인다는 사실에 주목했다. 즉 인간이 만들어낸 종교, 신화, 현대 자본주의를 비롯한 거대한 움직임을 '가상의 실재'라고 했다. '가상의 실재'를 눈에 보이게 하는 방법이 바로 글쓰기다. 기독교는 성경을 통해 천국을 종이에 적었다. 그러자 사람들은 그것의 진위 여부와 관계없이 거기에 그것이 있다고 믿는다. 무당이 부적을 그리는 것 역시 문자의 힘을 믿는 행위다. 우리는 쓰고 그것을 믿는다. 신화는 보이지 않는 것을 보이게 하는 글쓰기의 힘을 보여준다. 신화는 인간들이 서로 사랑하는 속성을 닮았다.

신화는 상상할 수 없을 만큼 강력한 힘을 지니고 있었다. 농업혁명 덕분에 밀집된 도시와 강력한 제국이 형성될 가능성이 열리자, 사람들은 위대한 신들, 조상의 땅, 주식회사 등등의 이야기를 지어냈다. 꼭 필요한 사회적 결속을 제공하기 위해서였다. 인간의 본능이 늘 그렇듯 달팽이처럼 천천히 진화하고 있는 동안, 인간의 상상력은 지구상에서 유례없이 거대한 협력의 네트워크를 만들어나갔다.

– 유발 하라리, 《사피엔스》

이 문장은 학자의 논리적인 개념과 시인의 아날로지가 결합되어 독자들을 끌어당긴다. 여기에서 필자는 우리 사후의 삶을 비롯한 신화와 종교, 조금 더 나아가 우리의 현실적인 삶을 이끌어가는 자본주의와 돈을 비롯한 비가시적 세상을 표현한다. 글의 속성 중 하나가 자신의 생각을 말하는 것이니까, '인간의 상상력'이 어디까지 갈지는 인간도 가늠하기 힘들다.

비가시적인 세상을 보여주는 가장 가시적인 사물이 무엇일까. 그것은 '별'이다. '별'은 꽃과 더불어 우리에게서 가장 멀리 있지만 마음 가까이에 두고 있는 어떤 존재가 아닌가 싶다. 윤동주가 노래한 〈별 헤는 밤〉을 비롯해 많은 시인들이 별을 노래했고, 고흐를 비롯해 많은 화가들이 별을 그렸다. 과학자는 우주선을 날려 별에 직접 가고자 한다.

별은 지금 우리들에게 어떤 의미를 지니고 빛나는 것일까. 니체는 이렇게 쓴다.

현대는 어떤 시대일까. 현대는 지구가 작아졌고, 그 위로 인간이 벼룩처럼 날아다닌다. 그리고 별은 사라져버렸다. 사람들은 별을 모른다. 별이 무엇인가. 이상이란 무엇이냐고 말하며 최후의 인간은 서로 눈짓을 건네며 엷은 웃음을 웃는다.

– 니체, 《차라투스트라는 이렇게 말했다》

철학자는 우리들의 가슴에서 별이 사라져버렸다고 한다. 우리들이 더는 별을 보지 않는다는 말이기도 하다. '별이 없는 세상에 벼룩과 같은 인간'이라는 표현은 의미심장하다. 니체의 이러한 사상은 드디어 "신은 죽었다"라는 절묘한 문장을 탄생시킨다.

그리스도와 공자와 부처 등을 포함한 세상 모든 신은 우상이라고 평가절하하고, 다음과 같은 질문을 던진다. "삶의 최고 가치가 상실된 상태에서 개인은 어떻게 살아야 할 것인가?"라고. 니체는 초인적인 존재인 '위버멘쉬Übermensch'를 제시한다. 니체는 《안티크리스트》에서 '불교는 삶에 지친 노인들을 위한 종교'라고 했는데, 나는 동양인이고 불교에 관심이 많아서인지 그 말을 받아들일 수 없다. 내 생각에는 부처가 '위버멘쉬'의 전형이라고 생각하기 때문이다.

니체가 말한 별이 사라진 세상은 세기를 이어 지금 우리 사회를 지배한다. 그 사회는 이러하다.

이 원숭이들을 보라. 이들은 권력을 원하며, 무엇보다도 권력의 지렛대인 돈을 원한다. 이들 모두는 높은 권좌를 원한다. 권좌 위에 똥이 있을 지라도.

　권력과 돈, 그리고 그것의 권좌가 아주 선명하고, 똥이라는 말을 통해 그 세속성을 잘 드러낸다. 니체의 문장을 보면 그가 초인으로 세상을 바라보고 있음을 알 수 있다. 광기로 점철된 그의 삶은 혹시 그가 별이 없는 현실에서 별을 보았기 때문은 아닐까. 니체는 누구보다도 섬세한 인간의 마음을 지녔고, 뛰어난 지성으로 세상의 고통을 담아낸 큰 그릇이었기에 당대를 살아내기 버거웠던 천재다.

　예술가들이 니체에 관심을 보이는 이유 중 하나가 바로 유려한 에세이 문장때문이다. 비록 철학적 용어에 익숙하지 않더라도 대중들은 그의 문장을 쉽게 읽어낼 수 있다. 이것이 바로 별을 주제로 한 글쓰기의 한 전형이다. 어려운 철학의 대명사로 불리는 칸트 역시 별을 쉬운 문장으로 풀어낸다. 우리 시대의 선생의 목소리처럼 들린다. 칸트 선생의 울림이 큰 문장을 읽어보자.

　생각하면 할수록 놀라움과 경건함을 주는 두 가지가 있으니, 하나는 내 위에서 항상 반짝이는 별을 보여주는 하늘이며, 다른 하나는 나를 항상 지켜주는 마음속의 도덕률이다.

별과 도덕률은 철학자가 지니고 있는 삶의 목적과 수단이다. 우리들이 가진 이상과 현실이라고나 할까. 칸트의 별과 도덕률은 지금까지도 많은 사람들에게 혼란스러운 현실을 버티면서 어떻게 살 것인가에 대한 대답으로 읽히기도 한다. 별과 도덕률은 글을 쓰는 사람이 자신의 가슴과 머리를 어떤 방향으로 두고 있어야 하는지를 알려준다.

철학을 "어떻게 살 것인가"에 대한 응답이라고 한다면, 글쓰기는 이 방법을 알려주는 행위다. 쉽고 간단한 문장으로 사상을 표현하는 사상가는 그의 사상을 잘 모르는 다른 사람들에게도 친근하게 다가온다.

별을 보면서 사후에 어떤 일이 벌어진다는 가설을 생각할 수도 있다. 이 가설을 증명하기 위해 세상의 그 누구도 논리적인 글을 쓸 수는 없다. 죽은 자가 살아 돌아와서 쓴 글은 본 적이 없기 때문이다. 이런 의미에서 예수의 부활은 창작에 가까운 것이 아닐까. 그나마 죽은 이의 글쓰기가 가능한 것은 소설이나 시 같은 문학 창작에서 발견된다.

예를 들어, 독일 작가 한스 노삭Hans Nossack의 소설 《늦어도 11월에는》의 화자는 죽은 여자다. 이 사실은 소설의 후반부에서 알게 되는데, 마지막에 죽은 자가 살아 있는 사람들을 관찰하는 모습을 발견하고는 섬뜩한 느낌이 들었다. 우리들은 죽고 나서의 삶을 살 수 없다. 이러한 결핍으로 인해 토템이나 무속, 꿈이나 귀신 이야

Restart! 다시 시작하는 글쓰기

기가 등장하는 것이 아닐까.

나는 이런 꿈을 꾸었다. 이미 이십 년 전의 일이다. 직장 후배가 돌연 자살을 해서 상심했다. 도대체가 이해할 수 없는 일이었다. 그러던 어느 날 밤에 그 후배가 아주 고운 모습으로 단장을 하고 나에게 나타났다. 꿈속이었지만 정말 생생하게 기억에 남았다. 후배는 이제 먼 길을 가야 하니 작별 인사를 하러 왔다고 했다. 그때 꿈속에선 나는 이것이 꿈이라고 여겼다.

후배는 "나와 같이 가지 않겠느냐" 하고 물었다. 나는 그럴 수는 없을 것 같다고 먼저 가라고 말하고는 깨어났는데 허무한 마음이 들어 그 이후로 한참 힘들었다. 하지만 꿈은 여기에서 끝나지 않았다. 여명이 밝아올 때 벽에 걸린 달력으로 후배가 죽은 날을 헤아려 보니 그 꿈을 꾼 날이 바로 후배가 죽은 지 49일째 되는 날이었다.

우리는 전통적으로 망자가 49일 동안 지상에 머물다가 저승으로 간다고 믿는다. 그래서인지 이 꿈이 망자와 산자를 연결하는 현실 감을 갖게 했다. 꿈이 현실로 걸어 나오는 느낌이 들었다. 후배의 영혼이 정말 꿈을 통해서 나에게 다가온 것일까? 왜 하필 나였을까? 우리는 선후배 사이의 친밀감 정도만 가지고 있을 뿐이었다. 망자를 꿈에서 본다는 것은 우리가 경험할 수 있는 영혼과의 교류다.

죽음은 지상에서 사라짐이자 냉혹하고 가혹한 현실이지만, 거기에만 머물지 않은 '무의식'의 세계다. 우리 눈에는 보이지 않는 우리의 반쪽이다. 융은 "하지만 다른 관점에서 보면 죽음은 하나의 즐거운 사건으로 여겨진다. 영원의 관점에서 죽음은 일종의 결혼이며 융합의 비의다. 영혼은 이를테면 자신에게 결여된 반쪽에 도달하여 통합을 이루게 된다"라고 적었다.

여기에 주목하고 싶다. 죽음을 바라보는 시선을 어디에 두느냐에 따라 자신의 삶이 반 토막이 될 수도 있고, 완전한 것이 될 수도 있다. 죽음이 알 수 없는 것이라는 사실 앞에서 우리는 두 가지 선택의 기로에 서 있다. 죽음이 가혹하고 무서운 사라짐인가, 혹은 즐거운 사건인가? 어떤 선택을 하시겠는가. 영혼에 대한 믿음은 적어도 손해 보는 장사 같지는 않다.

별은 이러한 상상력을 자극하는 촉매이자, 영혼의 세계의 문을 열어주는 열쇠가 된다.

글을 쓴다는 것, 그것은 야생으로 돌아가는 것이다.
─마르그리트 뒤라스(소설가)

돈이 모든 악의 근원이라는 상투어를 만들어낸 사람은 악의 본질에 대
해 아무것도 모르며, 인간에 대해서는 거의 아는 게 없다.

—에릭 호퍼, 《길 위의 철학자》

심야에 동네 편의점에서 즉석 복권 수십 장을 긁고 있는 두 명
의 사내를 보았다. "느낌이 좋다"라는 말을 하면서 복권의 당첨금
을 확인하는 사람들. 그들의 맞은편 계산대에서도 편의점 직원이
복권을 긁는 데 몰두하고 있었다. 그 모습을 보고 새삼 돈에 대한
생각을 했다.

문학소년 시절에 시는 순결한 것이어서 돈과는 관련 없는 그 어
떤 상태로 있어야 한다고 배웠다. 시인이 돈을 보고 글을 쓰면 안
된다는 말은 지금도 가끔들 하는 말이다. 그런데 우리가 사는 이

세상에 돈과 관련 없는 일이 뭐가 있을까 싶다. 특히 작가의 경우 출판을 한다는 행위는 상업적인 일이다. 물론 돈을 위해 글을 쓰는 것과, 글을 쓰니까 돈이 들어오는 것은 다른 일처럼 보인다. 하지만 결국 모두 돈과 연결되어 있다. 글쓰기는 과연 돈을 염두에 두지 않고 순수(?)하게 해야만 하는 것일까. 지금 내 입장은 단호하다. 그건 아니다.

시대를 상징하는 건축물이 있다. 중세의 성당, 그리스의 신전, 중국의 자금성을 비롯해서 우리가 사는 도시 역시 뛰어난 건축물로 설명이 가능하다. 롯데월드타워와 같은 우리 시대의 거대한 건축물 사이에 편의점이라는 공간이 있다. 복권은 네 잎 클로버의 행운과 돈을 상징한다. 고흐의 그림에도 복권을 사는 사람들의 모습을 그린 수채화가 있다. 편의점과 복권, 이 둘은 지금 우리 사회를 가장 낮은 자세로 보여주는 장소이고 물건이다.

돈에 대한 글쓰기는 훌륭한 글감이다. 돈에 대한 책들, 예를 들어 부자들의 성공 스토리를 비롯해 돈을 가장 잘 버는 업종인 투자, 금융, 부동산, IT 관련 산업의 책들이 쏟아진다. 그래서인지 어떤 출판기획자는 책을 써서 돈을 벌고 싶다면 우선 부자들이 성공한 이야기에 관심을 기울이라고 말한다. 그렇다면 우리 시대의 큰 부자 가운데 한 명인 빌 게이츠는 어떤 글을 쓰는지 살펴보자.

지금부터 나는 특히 새롭고 중요한 것에 대해서 말하려고 한다. 디지털 시대에 제대로 활약하기 위해 우리 회사는 그동안 새로운 디지털 인프라스 트럭처를 구축해왔다. 그것은 흡사 인간의 신경계와 같은 것이다. 위험에 처하거나 뭔가 필요할 때, 그에 걸맞은 속도로 반응하도록 반사 신경을 자극해주는 생물학적 신경계 말이다. 생물학적 신경계는 우리가 뭔가에 대해 숙고하거나 판단을 내려야할 때 필요한 정보를 제공해줄 뿐만 아니라, 중요한 문제에 신경을 쓰고 있으면 중요하지 않은 정보들을 차단해주기도 한다. 기업도 역시 이와 같은 종류의 신경계를 보유할 필요가 있다. (…)

내가 이러한 문제들에 대해 숙고하며 CEO 회담에서 연설할 내용을 최종 손질하고 있을 때, 불현듯 새로운 개념 하나가 나의 뇌리를 스쳤다. 바로 "디지털 신경망"이라는 개념이다. 디지털 신경망은 인간의 신경 체계를 기업에 적용한 디지털 신경 체계로서, 적절하게 통합된 정보의 흐름을 꼭 필요로 하는 부서에 적시에 제공해준다. 디지털 신경망을 구성하고 있는 프로세스들은 기업이 자신의 외부환경을 인식해 반응할 수 있도록 해주고, 경쟁사의 도전과 고객의 요구를 감지할 수 있도록 해주며, 이러한 것들에 대해 시의적절하게 대응할 수 있도록 해준다. 하드웨어와 소프트웨어의 결합을 필요로 한다는 점에서 여타 네트워크와 마찬가지지만, 디지털 신경망은 단순한 컴퓨터 네트워크와는 현격히 다르다. 우선 지식 노동자들에게 안겨주는 정보의 정확성과 신속성, 풍부함에 있어서 다르고, 결과적으로 정보를 통해 얻게 되는 '통찰력'과 '상호 협력'에서도 큰 차이가 나기 때문이다.

                                           —빌 게이츠, 《빌 게이츠 @ 생각의 속도》.

이것이 바로 세계 최고 부자의 문장이다. 인용한 첫 문장이 '지금부터 새롭고 중요한 것에 대한 이야기'다. 바로 이런 점이 아닐까. 빌 게이츠는 항상 '특히 새롭고 중요한 것'을 말하고 그것을 이루었다. 자기 분야에 자기실현을 하는 천재적인 역량이라고도 할 수 있다. 그는 단순하지만 강한 믿음이 있다고 고백한다.

정보를 어떻게 수집하고 관리하며, 활용하는가에 따라 사업의 성패가 좌우된다고 강조한다. 사업의 성패는 때론 가혹하게 한 인간을 파멸하기도 한다. 글쓰기 역시 마찬가지다. 비약이라고 할 수도 있겠지만, 빌 게이츠가 이야기하는 방식을 글쓰기에 적용할 수도 있다. 위에 열거한 사항을 꼼꼼히 살펴보면, 새롭고 중요한 것, 단순하지만 강한 믿음, 문장을 어떻게 수집하고 관리하는가 등은 성공적인 글쓰기와 맥락을 같이 한다.

우리가 빌 게이츠를 읽고 존경하는 이유는 그가 성공한 사람의 전형이기도 하지만, 그에게서 사업의 성공이라는 가시적인 세계뿐만 아니라 그것을 이루어낸 마인드, 즉 영혼까지도 볼 수 있기 때문이다. 그는 돈놀이를 하는 사채업자가 아니다.

빌 게이츠는 시대의 변화를 리드하고 그 방향을 제시하면서 엄청난 재산을 축적한 사람이고, 또 기부를 통해 사회적인 공헌도 한다. 이런 행동은 존경받을 만하지만, 그가 제시한 삶의 방향과 기술이 우리들의 삶을 질을 얼마나 높이고 행복하게 하는가는 한번 생각해볼 만한 글감이다.

빌 게이츠는 독서광이다. 그는 고전을 읽고 아이디어를 얻어 책에서 적당한 구절을 인용한다. 이것이 성공 요인이다. 예를 들어 소설을 잘 쓰고 싶다면 소설만 읽어서는 안 된다. 신학자가 성경만 읽어서 인간을 어찌 알겠는가. 과학, 철학, 음악, 미술 등 다양한 책들을 통해 생의 자양분을 습득하고 글쓰기를 통해 구체적인 수련을 한다. 그렇다고 무조건 많이 읽기가 또 좋은 것도 아니다. 조금 읽더라도 양서를 깊고 진지하게 읽어야 나에게 도움이 된다. 좋은 책을 선택하고 한 번 읽기보다는 반복해서 정독하면 더 많이 얻을 수 있다.

돈에 대한 글을 쓸 때는 이런 점을 염두에 두어야 한다. 어떤 부자가 어떻게 성공했는가에 대한 다양한 이야기, 예를 들어 "개천에서 용났다"라는 지나간 시대의 프레임에 맞춰 독자를 현혹하면 안 된다. "빌 게이츠가 이러저러한 역경을 헤치고 이렇게 성공했고 돈을 벌었다"라는 방식은 안 된다. 천재적인 두뇌를 가진 특별한 개인의 특별한 성공은 일반적인 일이 아니다. 우리들 중에는 혼란 속에서 도전하고 좌절하다가 결국은 심야의 편의점에서 즉석복권을 긁게 되는 사람들도 많이 있다. 성공한 개인의 중심 사상을 분석하고 우리가 살고 있는 모순투성이의 구조적인 뒤틀림과 부의 분배에 대해 성찰을 하는 편이 좋다.

'돈이 모든 악의 근원'이라고 하는 사람들이 있다. 과연 그럴까? 에릭 호퍼는 이 말이 상투어라고 지적한다. 상투어는 꼭 필요한 경우가 아니라면 문장에 써서는 안 된다. 상투어는 맹목적인 상태를 의미한다.

복권은 돈에 대한 인간의 맹목적인 상태를 가장 잘 보여주는 종이 조각이다. 가난한 사람들에게 복권에 적힌 수십억 당첨금은 일종의 파라다이스이며 신의 구원이다. 그렇다고 해서 돈이 행복이라고 단정할 수 있을까. 호퍼의 주장에 따르면 인간과 악을 잘 아는 사람은 이런 말을 하지 않는다. 돈이 모든 선의 근원 역시 아니기 때문이다.

유대인 학자 레오 로스텐Leo Rosten은 "행복은 돈으로 살 수 없지만 가난으로도 살 수 없다"라고 했다. 이 말을 좋은 문장이라고 생각할 수 있다. 하지만 내 지인은 이에 대해 말도 안 되는 문장이라고 했다. 그는 돈으로 행복을 살 수 있다고 단언했다. 과연 그럴까. 극빈자에게는 당연한 말이다. 그렇다면 부자에게도 적용되는 논리인가? 여기에 대해서는 어떤 문장을 쓸 수 있을까. 돈과 가난을 대비시키면서 행복에 대해 쓸 수 있다. 로스텐의 문장을 주제 문장으로 한 단락을 더 쓸 수도 있다. 돈과 행복에 대한 자신의 입장을 밝히는 신문 칼럼 형식의 글은 어떤가?

부자가 아니라 가난해서 행복한 사람들이 있다. 세속을 떠나 수도승과 같은 삶을 사는 현자들이다. 고대 그리스의 견유학파 철학자 디오게네스부터 성철 스님까지, 종교인들이 대표적이다. 주로 의식주, 교육, 부부 관계 등 일상생활과는 무관하게 홀로 살아가는 사람들이다.

그런데 그들의 가난은 우리들의 가난과는 다르다. 이들은 모두 스스로 가난을 '선택'한 사람들이다. 세계를 정복한 알렉산드로스 대왕이 어느 날 디오게네스를 찾아와 가르침을 청했을 때, 디오게네스가 "지금 당신은 나의 따뜻한 햇볕을 가리고 있으니 옆으로 한 발짝만 비켜 서 주십시오"라 했다는 말은 디오게네스의 자신감을 잘 보여준다. 성철 스님의 누더기는 현자의 패션처럼 보이기도 한다.

이들의 가난은 우리들에게 정신의 숭고함을 보여준다. 그러나 가장이 되어 신용불량자가 된다든지 매달 공과금에 시달린다면 과연 행복하겠는가. 그래서 행복을 "가난으로도 살 수 없다"라는 말이 명예나 돈 따위는 필요 없으니 그 햇볕을 가리지 말고 조금 비켜달라는 철학자의 말보다 더 설득력이 있다.

좋은 문장은 경험에서 나온다. 경험보다 좋은 작문 선생은 없다. 특히 우리 시대를 무자비하게 지배하는 돈 앞에서 글은 그 자체에 대해 회의감을 갖게도 한다. "내가 이 지경인데 무슨 글은 글이야"라는 식의 체념이다. 그래서 글을 쓰기 위해서는 돈을 벌어야 한다는 말이 설득력 있다. 극빈자에게는 아름다운 문장보다 빵한 조각이 더 절실하다. 문학은 가난하고 비천한 사람을 많이 다룬다. 거기에 인간과 악이 있기 때문이 아닐까. 악을 결핍의 한 형태로 본다면 지독한 가난은 결핍이 빚어낸 죄다.

가난은 죄가 아니라는데, 이건 진리입니다. 술타령이 미덕이 아니라는 것도 내 잘 알고 있지만, 이건 더 말할 나위도 없는 진리지요. 하지만 극빈이라면, 형씨, 극빈은 죄랍니다. 그냥 가난한 정도라면 아직은 타고난 감정의 품위를 유지할 수 있지만 극빈한 상태라면 아무도 절대 그럴 수 없지요. 극빈하면 지팡이로 쫓아내는 것도 아니고 숫제 사람들 무리에서 빗자루로 싹 쓸어 내지요, 괜히 더 모욕을 주려고요. 이것도 옳은 일이지요, 극빈한 상태에서는 그 스스로 자신을 모욕할 태세를 갖추니까요. 그래서 곧장 술집행이고요!

도스토옙스키의 소설 《죄와 벌》에 나오는 내용이다. 술집에서 만난 한 주정뱅이가 주인공 라스콜니코프에게 자신의 신세를 한탄하는 대목이다. 주정뱅이는 라스콜니코프가 경제적인 불안감에 시달리는 걸 이심전심으로 알아냈다면서 장광설을 터트린다. 주인공은 전당포 노파를 살해할 계획을 했기에 마음이 복잡하다.

도스토옙스키는 특히 가난으로 인해 벌어지는 범죄를 소재로 인간이 죄를 저지를 수밖에 없는 존재임을 부각한다. 물론 부자들의 경우에 더 추악한 죄를 짓기도 하지만. 그렇다면 이런 결론에 도달할 수 있다. 도스토옙스키는 인간과 악에 대해서 잘 알고 그것을 썼다.

이 관점의 차이에 주목하자. 어떤 사람이 가난 때문에 범죄를 저질렀다면 "에이, 돈이 악의 근원이야" 하고 그냥 넘어가려는 사람이 있고, "왜 인간은 악하고 죄를 저질러야 하는가"를 성찰하는 사람도 있다. 과연 돈이란 무엇인가? 전당포 노인에게 돈은 무엇이고 라스콜니코프에게 돈은 무엇인가? 살인이라는 인간의 죄를 놓고 한 인간에게 벌어지는 심리적인 갈등과 이상과 현실에 대한 성찰, 사랑과 구원의 문제를 어떻게 다룰 것인가? 소설 《죄와 벌》은 그것에 대한 인간의 심리학이자, 악에 대한 성찰의 기록이다. 이런 작품이 고전으로 남는 이유는 작가가 아무리 시대가 변해도 변하지 않는 인간의 가치와 '죄와 벌'을 썼기 때문이다. 이 소설은 한마디로 돈에 관한 이야기라고 해도 과언이 아니다.

나에게 돈이란 무엇인가? 돈에 대한 나의 경험은 나에게 어떤 영향을 미치고 있나? 돈을 소재로 무엇을 쓸 수 있을까? 내가 만약에 부자가 된다면, 반대로 내가 만약에 극빈자가 된다면 어떤 행동을 할 수 있을까?

현진건의 단편소설 〈운수 좋은 날〉은 당대 한 극빈자의 삶을 통해 "돈이란 무엇인가"를 질문하는 작품이다. 작가가 묻고 대답은 독자가 한다. 소설은 빌 게이츠의 문장처럼 어떤 해답을 제시하지는 않는다. 다 읽고 나면 '그래서 뭐 어떻게 하란 말이야?'라는 생각도 들지만, 가만히 들여다보면 인간에 대한 연민과 혹은 감동이 느껴지기도 한다. 뭔가 느낌이 오는데 이게 뭔지는 잘 모르겠다. 하여간 마음이 움직이고 나를 잠시 돌아보게 한다. 뭐, 이 정도면 좋은 작품이다. 현진건의 소설은 《허삼관 매혈기》를 쓴 중국 작가

위화(余華)를 떠올리게 한다.

> 나중에 젊은이들이 종종 내게 묻곤 했다. "어떻게 해서 유명한 작가가 될
> 수 있었나요?" 나는 대답은 하나이다. 바로 '글쓰기' 덕분이었다. 글쓰기는
> 경험과 같다. 혼자서 뭔가 경험하지 않으면 자신의 인생을 이해할 수 없다.
> 마찬가지로 직접 써보지 않으면 자신이 무엇을 쓸 수 있는지 알지 못한다.
> —위화, 《사람의 목소리는 빛보다 멀리 간다》

위화는 중국의 현실을 직시하고 가난한 사람들의 고통을 함께한
다. 이 문제는 동서양의 구분이 없다. 현진건을 비롯한 많은 작가
들의 공통분모다. 위화는 자신이 경험한 이야기를 쓴다. 위의 인용
한 문장에서 중요한 단어는 바로 '경험'이다. 위화는 중국 문화대혁
명기와 21세기 경제지상주의 중국을 살면서 그 시대의 고통을 온
몸으로 겪고 경험했다. 위 글에서 작가가 글을 쓰는 태도를 엿볼 수
있다.

위화는 중국이 어려웠던 시절 치과의사, 더 정확히는 발치사로
일하면서 수많은 사람들의 썩은 이를 뽑아주며 살았다. 그 시절에
도 원고지는 항상 곁에 있었다. 그는 이를 뽑는 것보다 글쓰기가
더 힘들었다고 고백한다. 아무리 상황이 어려워도 엉덩이를 의자
에 붙이고 앉아 한 자 한 자 적어나갔다. 그때 위화는 사람들에게
주사를 놓는 일도 했다고 한다. 열악한 환경으로 인해 주삿바늘을

Restart! 다시 시작하는 글쓰기

자주 갈지 못해 어느 순간에는 바늘이 휘어져서 주사를 놓을 때 살점이 같이 떨어져 나왔다. 환자들은 고통스러워했다.

위화는 예방주사를 맞는 아이들이 고통으로 울부짖는 모습을 보고서야 타인의 고통을 생각할 수 있었다. 그동안 작가로서 타인의 고통이 어떤 것인지 왜 생각하지 않았을까? 그 구부러진 주사기로 내 팔에 주사를 놓아보고 바늘에 딸려 나온 나의 피와 살점을 보았더라면 어땠을까? 이러한 경험이 바로 위화의 글쓰기의 근본정신이다.

위화는 타인의 고통과 교감하고 나서야 글쓰기가 무엇인지 깨달았다고 고백한다. 타인의 고통을 느끼고 함께할 때 소통할 수 있는 문이 열린다. 위화는 자신이 보고 듣고 경험한 고통을 내면화해서 글쓰기를 시작했다.

현대인을 고통스럽게 하는 요인이 반드시 경제적인 이유라고만은 할 수 없겠지만 지나친 빈부격차로 인해 생기는 상실감과 극빈의 상태는 인간을 비참하게 한다. 돈은 개인적인 것이지만 동시에 사회의 공동 기반이다. 공적자금이나 복지자금과 같은 구조적인 틀이 조화롭다면 모범적인 유럽의 국가들처럼 시민들의 삶의 수준이 향상된다. 가난한 사람들을 방치하는 사회구조 속에서는 개인의 문제가 범죄로 이어진다. 만약에 경제적인 '중용'의 사회가 있다면 그곳이 바로 이상적인 조직이고 국가다.

동양철학과 서양철학은 거의 모든 점에서 대립된다. 하지만 '중용'의 지혜를 찬양하는 데서는 이구동성이다. 아리스토텔레스의 윤리학의 핵심 사상은 단 한마디 '중용'으로 집약되고 맹자는 아예 '중용'을 저술로 남겼다. 여기서 '중용'이란 '모자람도 지나침도 없는 상태'를 말한다. 이들에 따르면 지혜로운 현자는 최선을 선택하려는 자가 아니라 극단을 피하려는 자다. "소인은 좋은 것을 즐기고 군자는 좋은 것을 경계한다"고 했던 공자의 말이나 "삶의 목표는 적절한 결핍에 욕심 없이 머무르는 것"이라던 스토아 학도들의 주장 역시 같은 맥락에 있다. 그래서 이들은 한결같이 생각이나 행동에서 중용을 취하라고 충고한다.

—김영민, 이왕주, 《소설 속의 철학》

여기에서 새삼스럽게 돈과 상대편에 있는 무소유의 가치까지 이야기하고 싶지는 않다. 다만 돈이 의미하는 긍정적인 가치들이 무엇인지, 그것을 어떤 사회구조에서 소유하고 소비하는 것이 바람직한 것인지는 곰곰이 생각해볼 만한 글감이다.

쉬지 않고 글을 써야만 마음의 문을 열 수 있고, 자기를 발견할 수 있다.
—위화(소설가)

내게 고민을 안겨주고 나를 괴롭히는 유일한 문제, 내 용기를 북돋아주
고 나를 도와주고 내게 이익을 줄 수 있는 유일한 문제는 내 책이 그것을
읽는 사람에게 무엇이 되느냐 하는 것이다.

－생텍쥐페리

책을 읽다 보면 밑줄을 치고 싶은 문장이나 단락이 있다. 그 순
간 그 문장은 독자에게 '무엇인가'가 되었다는 의미다. 생텍쥐페리
뿐 아니라 글을 쓰는 사람들은 읽는 사람을 의식하지 않을 수 없
다. 내가 쓴 글이 읽는 사람에게 어떤 의미를 줄 수 있을까, 잘 읽
힐까, 혹시 읽다가 던져버리지는 않을까 등 여러 잡념이 떠오른다.
　간혹, 이 글은 "오로지 나만을 위한 거야", "아무도 신경 쓰지
않고 쓸 거야" 하고 다짐해도 마찬가지다. 글을 쓰는 순간 타인은

저절로 맞은편에 앉는다. 타인이 읽든 안 읽든 상관없는 일이다. 심지어 자신의 원고를 불태우라고 유언을 남겨도 원고는 살아서 출판된다. 에밀리 디킨슨의 시, 프란츠 카프카의 소설이 그런 경우다.

원고는 일단 자기를 만족시켜야 한다. 필자마다 수준이 서로 다르지만 내가 읽을 수 없는 글을 써서 출판할 수는 없다. 물론 나와 타인의 눈높이가 다르긴 하겠지만 말이다. 이건 무척 쉬우면서도 한편으로는 어렵다. 대충 쓰고 이 정도면 됐어 하면 쉽지만, 백 번을 고쳐도 아직도 더……라는 생각이 든다면 어려운 것이다. 우리는 후자의 책을 사랑한다. 왜 그럴까? 그것이 글쓰기의 속성이고 세상살이의 이치이기 때문이다.

'글을 쓰는 시간이 휴식 시간'이라고 말한 작가도 있다. 이건 어떤 경지일까? 한편으로 부러우면서도 그건 아니라는 생각이 든다. 적어도 나의 경우에는 말이다. 글쓰기는 무척 어렵고 힘들다.

생텍쥐페리를 괴롭히는 유일한 문제인 "나의 책이 독자에게 무엇이 될까"라는 고백은 《어린 왕자》에서 잘 나타난다. '어린 왕자'는 이제 책 속에만 존재하는 문자가 만든 허상이 아니라, 우리들의 마음속에 들어와 사는 생명이 됐다. 하지만 세상은 어린 왕자가 살아가기에는 어렵다. 어린왕자는 결국 사막에서 사라져버린다.

사회적으로 온갖 문제가 발생하고, 이에 따르는 고통은 많은 사람들이 공감한다. 그들에게 무엇이 되는 글은 꼭 필요한 글이다.

좋은 글은 강력한 내적 동기가 있다. 타네하시 코츠의 《세상과 나 사이》는 미국의 인종차별 문제에 정면으로 도전한 책이다. 이 책은 2015년 뉴욕타임스 베스트셀러 1위에 오르고, 2015년 전미도서상을 수상할 정도로 화제가 됐다. 코츠는 왜 이 책을 썼을까. 제목이 암시하듯 인종차별로 인해 고통받는 세상과 거기에 맞서는 '나'가 있기 때문이다. 코츠는 '흑인 아버지가 아들에게 보내는 편지'라는 부제가 붙은 이 책을 통해 이런 메시지를 전달한다.

이것이 너의 나라다. 이것이 네가 사는 세상이다. 이것이 너의 몸이다. 너는 이 모든 것 안에서 살아나갈 방법을 찾아야만 한다.

인종차별 문제를 다루려면 '내'가 쓰고 싶은 대상을 정확하게 파악해야 한다. 마치 링 위에 올라온 권투 선수처럼, 타석에 들어선 타자처럼, 마주하고 있는 상대방을 파악하지 않으면 결국 패배하고 만다. 글쓰기도 일종의 전쟁이다. 유행하는 RPG 게임처럼 내가 만든 가상의 세상에 들어가 치고받으면서 승리하거나 패배하는 과정이기도 하다. 그 가상의 세계가 현실적으로 보일수록 글쓰기는 성공한다. 좋은 소설은 환상을 현실처럼 보이게 하고 현실을 환상처럼 보이게 해서, 이 둘을 통합해 어려운 난제를 풀어낸다.

이를테면 무라카미 하루키가 그렇다. 하루키는 자신의 소설에서 일본 제국주의 시대의 인종주의적인 만행을 고발한다. 《태엽

감는 새》는 러일전쟁 중에 일본군 정보장교로 작전을 수행하다가 사막의 우물에 갇힌 일본군 장교의 고백을 담았으며,《기사단장 죽이기》는 난징대학살을 다룬다. 양심적인 작가로서 하루키는 일본이 가해자임을 양심 고백하는 것이다. 하루키와 코츠의 문장을 나란히 놓고 비교할 수는 없을 것이다. 하지만 이들은 넓은 의미에서 인종차별이라는 인문학의 주적과 싸우고 있는 작가들이다. 그들은 독자들에게 자신의 글이 무엇이 되는지 잘 알고 있는 사람들처럼 보인다.

우리나라는 분단이라는 고통을 안고 있다. 우리나라에서 벌어지는 분열 현상의 뿌리를 거슬러 올라가면 해방과 분단이라는 엄청난 세상이 있다. 이렇게 분단된 세상에서 어떻게 살아야 하는지, 또 무엇을 해야 하는지 많은 작가들이 고민한다. 하지만 세상은 조금도 나아지지 않는 것처럼 보인다. 서로 다른 정치적인 입장에서부터 사회의 경제적인 구조, 빈부 격차, 심지어 지역 간 격차도 크다. 이 모든 상황 속에서 살아나갈 방법을 어떻게 찾아야 하는지는 중요한 문제다.

대통령 파면이라는 중대한 결정이 내려지기 전 탄핵 정국 동안 들려오는 뉴스 때문에 너무나 괴로웠다. 심지어 현기증이 나서 쓰러질 뻔한 적도 있다. 최고 권력자와 그 주변을 둘러싼 변호인들의 말들을 도무지 이해할 수 없었다. 그래서 이런 글을 썼다. 적어도 비슷한 고통을 하는 사람들에게 무엇인가가 되었으면 하는 마음이었다.

　나의 화를 풀어내는 방법을 조용히 내리는 눈의 모습에서 찾았다. 화가 난다고 너무 격하게 쓰지 말고 조용하게 내리는 눈처럼 글을 쓰면 어떨까. 이는 몽둥이를 들고, 소리를 지르고, 억지를 부리는 경직된 사람들과는 다른 모습이다.

　오늘, 병신년 시월 스물여덟 날, 설악산에 첫눈이 내렸다는 라디오 뉴스를 들었다. 적설은 없다고 한다. 좋은 뉴스는 항상 이렇게 조용한 목소리로 들려온다고 하루키가 자신의 소설에서 쓴 적이 있다. 좋은 뉴스는 쌓이지 않은 눈처럼 가볍게 하늘로 떠오른다. 온도는 영상이었지만, 체감온도는 영하라는 아나운서의 목소리를 들으면서 주파수를 클래식 FM으로 바꾸었다.

　첫눈 소식과는 달리, 주먹만 한 우박이 떨어지는 것 같이 너무 시끄럽고 크게 들려오는 뉴스는 역설적이지만 잘 들리지도 잘 믿어지지도 않는다. 요즘이 그런 것 같다. 시가 조용한 목소리로 들려오는 뉴스라고 생각한 적이 있었다. 이번 달에는 기 드 모파상의 소설, 리처드 노먼의 철학서, 찰스 부코스키 시집, 밥 달린 자서전을 읽고 아주 작은 우주인 달팽이에 대한 시를 쓰려고 이런저런 궁리를 또 하다가 구독하는 조간신문을 저녁에야 펼쳐 보았다. 청바지를 입은 여대생이 경찰에게 연행되는 모습이 1면에 있다. 여대생은 하얀 운동화를 신고 바닥에 주저앉았다. 그 옆에 대통령의 부산 행사장의 썰렁한 실내 사진이 나란하다. 달팽이에 대한 시를 조금 쓰다가, 소설로 쓸까라는 생각을 하면서 밖으로 나가 담배를 꺼내 물고 만지작거렸다.

노을이 지고 있다. 노을을 배경으로 단풍이 절정이다. 동네 가로수의 단풍, 공원의 단풍, 너무나 아름다워 넋을 잃었다. 여기가 천국이구나 싶었다. 천국이구나……. 문득 세상이 너무나 아름다웠다. 내가 사는 가난한 동네가 주차 지옥인 줄 알았는데, 단풍 천국이라니 너무 기뻐서 조금 웃었다. 들고 있던 스마트폰으로 유튜브에서 찾은 우디 거스리의 노래를 들었다. 그는 통기타로 파시스트를 저격하던 미국의 저항시인이다. 그의 노래를 들으면서 이걸 끊어야 되는데 생각하며 담배를 한 대 피웠다. 감기 몸살에 걸린 몸이 콜록거린다. 날이 점점 추워진다.

며칠 후, 한파가 찾아왔다. 갑작스럽게 추워진 날씨를 촛불 하나로 데울 수는 없다. 하지만 촛불이 수만 개, 수십만 개, 수백만 개, 수천만 개가 되면 어떤 한파도 녹일 수 있을 것이다. 그 촛불이 횃불로 변하면 순식간에 산천초목을 불태우기도 한다.

가끔 일을 할 때 촛불을 켜곤 한다. 안데르센의 동화《성냥팔이 소녀》에서 소녀가 얼어 죽어가면서 마지막으로 켰다는 성냥불 속에는 따뜻한 세상이 환상으로 떠오른다. 하지만 그 성냥불이 꺼지면서 소녀는 얼어 죽는다. 소녀에게 필요한 것은 성냥불 속 환상이 아니라, 따뜻하게 손을 잡아 실내로 이끄는 사람의 손길이다. 그것이 건강한 사회의 시스템이 아닐까? 성냥불과 촛불로 한파를 녹일 수는 없다. 그보다는 따뜻한 실내의 난로, 혹은 가난한 동네의 연탄 한 장과 같은 게 필요하다. 이것이 정직한 공직자들의 임무가 아닐까? 우리 사회는 동화 작가의 이야기나 시인의 노래보다 더 절실한 것이 있으니 바로 가난한 이들을 위한 사람들의 따뜻한 손길과 마음이다.

그리고 적설이다. 눈이 내려 쌓이면, 가볍게 흩날리는 눈들이 점점 쌓이면 건물의 지붕도 무너진다. 가벼운 것들이 모여 무거운 것이 되는 것이다. 물방울 하나가 강과 바다가 되고, 깃털 하나가 독수리 날개가 된다. 혹은 눈 한 송이가 눈사람을 만든다. 그래서 항상 작고 가볍고 사소한 것들을 살피는 것이 중요하다. 나는 요즘 내 주위에 있는 사소한 것들에 주목한다. 작은 것에서 즐거움을 찾으면 쾌락이나 욕망에서 조금은 자유로울 수 있다. 예들 들어 설악산에 내렸다는 첫눈 소식을 듣고 한참 생각하는 것이다. 그 첫눈이 어떻게 내리고 있을까? 주위 풍경들은 얼마나 가볍게 세상에 떠 있을까? 그런 생각은 잠시 사람을 편안하게 한다. 그리고 욕심이 조금은 줄어든다.

위대한 시인이나 수도승들이 절제된 생활을 하는 것은 큰 기쁨을 얻기 위해서다. 하지만 세상은 항상 반대로만 가고 있다. 조금 더 많은 권력, 조금 더 많은 돈, 조금 더 많은 욕망 욕망 욕망. 이런 것들이 모여 사람들은 병들고 기어이 패가망신을 하기도 한다.

지금 라디오에서 아름다운 선율이 흘러나온다. 턱을 괴고 음악을 듣는다. 날씨가 추워 보일러를 틀고 어두워진 창밖을 본다. 고양이가 나에게 와 몸을 비빈다. 그 녀석을 번쩍 안아든다. 참 따뜻하다. 그런데 왜 이렇게 마음이 불편한가? 그래 여기는 설악산이 아니기 때문이다. 여기는 온갖 뉴스가 쏟아지는 세상의 한복판이기 때문이다.

만신창이의 미친 거인이 돌아다니는 뉴스의 세상에서 나는 작은 것에 주목했다. 첫눈, 라디오, 성냥불 등. 이런 것들이 세상에 있어 사람들이 결국은 살 수 있기 때문이다. 글쓰기를 통해 흥분된 마음을 가라앉히고, 나를 돌아보고 너를 보살피는 새로운 세상을 만들 수 있다.

적어도 내가 그렇게 한다면 세상은 변할 것이다. 글을 쓰는 동안만이라도 타인을 욕하지 말고, 내 글이 그들에게 어떤 도움이 되는지 진지하게 성찰하는 시간을 가져야 한다. 타인을 원망하고 타인을 욕하고 억지를 부리는 글은 죽은 글이어서 심한 악취가 난다. 그것은 역겨운 일이다. 막말을 하고 비논리적인 글을 쓰는 사람들은 그걸 보지 못한다. 그래서 슬프다. 더 무서운 것은 그런 글을 따르는 맹목적인 사람들이 있다는 사실이다. 이 사실을 명심하고 글 쓰는 자세를 가다듬어야 한다. 그것이 바로 고통 속에서 발견한 행복한 글쓰기다.

결국 글 쓰는 일의 핵심은 당신의 글을 읽는 이들의 삶과
당신 자신의 삶을 풍성하게 만드는 것이다. 자극하고 발전시키고
극복하게 만드는 것, 행복해지는 것, 그것이 궁극적인 목적이다.
−스티븐 킹(소설가)

12.
글을 쓴다는 것

글 쓰는 사람의 첫째 목적은 그가 쓰는 글의 내용이 아닙니다. 그에게 제일 필요한 것은 쓴다는 행위입니다. 쓴다는 것은 세상에서 사라지고 자기 자신에게서 사라져서 결국은 세상과 자기 자신을 문학적 구상의 소재로 만드는 것입니다. 다루는 '주제'에 대한 문제는 그다음에야 제기되는 것입니다. 주제는 필요조건입니다. 글을 만들어낼 때 부차적일 수밖에 없는 조건이지요. 글을 쓸 수만 있게 해준다면 어떤 주제든 좋은 주제입니다.

　　　　　　　　　　　　　　　　-앙드레 고르, 《D에게 보낸 편지》

　우리는 글을 쓰고자 할 때, 내가 쓰고 싶은 내용에 집착한다. 글쓰기는 내가 생각하고 말하고 싶은 것을 적는 행위다. 행위는 쉽지만 글쓰기가 어렵다고 느낄 수도 있다. 과연 그럴까. 앙드레 고르

André Gorz는 작가에게 제일 필요한 것이 바로 글을 쓰는 행위라고 강조한다. 이 행위를 지금 이 순간에 내가 하고 있다. 하지만 이 행위를 하게 된 동기는 내용을 담기 위해서다. 곰곰이 생각해본다. 내가 지금 쓰고 있는 행위에 대해…… 여러분도 잠시 생각을 같이 하면 좋겠다.

그렇다. 지금 쓰고 있는 행위로 진입하기 전까지 한 일을 떠올려본다. 나는 커피를 타고, 방안을 서성거리고, 책을 펼쳤다 덮고, 창문을 열어 하늘을 조금 보고 등 여러 일들을 했다. 하지만 언제든지 필요하면 나는 책상에 앉을 자유와 시간이 있다. 이것이 참 고마운 일이라는 생각이 든다.

글쓰기는 집중력을 요구하는 작업이기에 자유와 인권이 보장되어야 한다. 만약에 어떤 내용을 담지 못하는 금기의 사항이 있다면 필자의 집중력은 저하되고 상상력은 제한된다. 주로 정치적인 이유로 자기가 쓰고 싶은 것을 쓰지 못하는 작가들도 있다. 우리나라는 과거 유신정권하에서 많은 시인과 소설가들이 행동에 제약을 받았다. 하고 싶은 말을 하지 못하고, 쓰고 싶은 것을 쓰지 못했다. 이런 일은 인권을 유린하는 나라에서 작가에게 가하는 비일비재한 억압이다. 아프리카 작가 응구기 와 티옹오Ngugi wa Thiongo는 당국의 검열을 피해 수감된 교도소 화장실의 휴지에 소설을 썼다고 했다. 그의 행위는 작가와 자유를 생각하게 한다. 어떤 상황이라도 쓴다는 행위가 선행한다. 어떤 상황에서도 '글을 쓸 수만 있게 해준다면' 무엇이라도 쓸 수 있다. 고르의 말을 이렇게 해석하는 것이 옳은가는 두 번째 문제다. 쓴다는 행위는 그의 말대로 내용이나 주제보다 선행되어야 하는 것이기 때문이다.

글쓰기는 시간과 경제적인 조건이 필요하다. 하루 종일 쓴다고 해도 실제 글이 나오는 순간은 그리 길지 않다. 하루 종일 글을 써 댄다면 한 달에 한 권 정도 쓸 수 있지 않을까. 글쓰기에서 이런 시간 개념은 의미가 없다. 오히려 천천히 쓰는 것이 퇴고를 할 때 덜 힘들다. 가끔 휘몰아치듯이 문장이 밀려와 적기도 한다. 하지만 그 순간이 지나고 나서 다시 보면 덜어내고 고쳐야 할 곳이 많다. 굳이 이 순간을 가로막을 필요는 없겠지만, 생각보다 많은 양의 원고를 적었다면 더 천천히 퇴고를 해야 한다. 과장된 표현이긴 하겠지만 마음에 드는 한 줄을 적고 그날은 쉬었다고 하는 작가도 있다. 문장은 대량생산되는 가전제품이 절대 아니다. 제품에 비유하자면 '한 땀 한 땀 이태리 장인이 어쩌고' 하는 명품에 더 어울린다. 속도를 자랑하지 말고 속도를 경계해야 한다.

그리고 경제적인 조건이 중요하다. 고흐처럼 살면서 글을 쓴다는 것은 우리가 감당하기 힘든 일이다. 적당한 경제적인 조건이 있어야 잡념이 사라진다. 물론 경제적인 조건이 좋다고 글을 잘 쓰는 것은 아니지만, 경제적이 조건이 나쁘다고 잘 쓰는 것도 아니다. 오히려 경제적인 조건이 좋을 때 좋은 글이 나올 확률이 높다. 그래서 나는 후배들에게 직업을 갖고 글을 써야 한다고 조언한다. 이것은 나의 경험에 의한 것이기에 애정 어린 말이다. 생활고에 시달리면 창문으로 예술은 날아간다. 실용서를 쓴다고 해도 마찬가지다. 글쓰기는 고된 작업이고 정신적인 영역이기 때문에 지나친 근심 걱정, 그중에서도 경제적인 근심은 사람을 병들게 한다. 거기에서 벗어나야 한다. 돈을 벌어야 한다는 이야기다.

9급 공무원인 어떤 소설가는 낮에는 근무하고 퇴근한 후 소설을 쓴다. 우리나라의 좋은 시인들은 대학교수이거나 공무원, 방송국 PD, 혹은 교사인 경우도 많다. 전업 작가? 꿈도 꾸지 마라. 이것이 글쓰기 강의를 하면서 내가 항상 강조하는 사항이다. 고등학생들에게는 일단 학과 공부를 열심히 해서 자신이 원하는 대학에 가라고 강조한다. 물론 예외도 있다. 하지만 글쓰기를 통해 아이돌 스타와 같은 자리에 오르려고 한다면 지금 당장 멈추기를 권한다. 절대 그렇게 되지 않는다.

한두 명의 스타 작가들을 염두에 두지 말라. 그럴 가능성은 로또 당첨 확률보다 500만 배는 더 희박하다. 하루키가 전업 작가로 유명하다고는 하지만 그 역시 젊은 시절에는 재즈바를 운영했고, 번역 일을 하면서 생계를 유지했다. 소설가 신경숙도 《풍금이 있던 자리》를 탈고하고 나서 바로 방송 구성작가 일을 알아보러 다녔다. 일을 구하는 와중에 책이 잘 팔려서 경제적인 부담감을 덜고 소설 쓰기에 몰두하게 됐다고 한다.

경제적으로 힘든 상황에서 하루 종일 작업실에 앉아 있어봤자,

잡념만 생기고 두통으로 고통받는다. 글을 쓰는 행위로 간다는 것. 그것은 일을 하고 돈을 벌고 나서 하는 것이다. 글 쓰는 행위는 이러한 조건들이 갖춰질 때 앙드레 고르가 말한 상태로 진입하게 된다. 물론 예외도 있고 작가의 여러 인간적인 면모가 이러한 조건을 초월하기도 한다. 하지만 주위의 조건을 완전히 무시하지는 말자.

고르가 글 쓰는 행위에 대해 한 말을 다시 살펴보자.

쓴다는 것은 세상에서 사라지고 자기 자신에게서 사라져서 결국은 세상과 자기 자신을 문학적 구상의 소재로 만드는 것입니다.

위 문장은 글쓰기에 완전히 몰입된 상태다. 자기 자신을 문학적 구상의 소재로 만든다는 말은 부처의 해탈처럼 온전하게 자기 자신을 바라보는 일이기도 하다. 이런 높은 경지까지는 아니더라도, 글을 쓰는 행위를 통해 구속과 억압에서 벗어나는 상태가 필요하다. 자유로운 상태에서 적어도 글 쓰는 시간만은 온전히 자신의 것으로 만들어야 한다. 오로지 나만이 쓸 수 있는 문장을 만들기 위해 노력해야 한다. 이것은 다른 분야에서도 마찬가지가 아닐까.

나보다 연주와 노래가 훌륭한 뮤지션과 가수들은 많이 있었지만 사실상 내 음악과 유사한 사람은 없었다. 포크송은 내가 우주를 탐구하는 방식이었고, 그림이었다. 그 그림은 말로 할 수 있는 어떤 것보다 가치 있고 생생한 묘사였다. 나는 사물의 내면적인 실체를 쉽게 가사와 연결할 수 있었다.

　　　　　　　　　　　　　　　　　　　－밥 딜런, 《바람만이 아는 대답》

　　2016년 노벨문학상을 수상한 가수 밥 딜런은 자기 음악의 독창성을 설명하면서 '사물의 내면적인 실체'를 가사와 연결했다고 한다. 그가 말한 훌륭한 뮤지션과 그를 구분하는 것은 독창성이다. 독창성의 출발은 글 쓰는 행위에서 나온다. 작가들에게 처해진 상황은 제각기다. 억압된 상태에서도 발현될 수 있고, 크레타 섬의 니코스 카잔차키스Nikos Kazantzakis처럼 태양 아래서도 가능하다. 중요한 것은 내가 쓴다는 행위다. 글 쓰는 행위는 나와 세상, 그리고 사물과의 연결고리다. 행위는 그 자체의 의미보다는 그다음에 발생하는 결과에 의미가 있다. 그 행위를 통해 무엇을 내놓을 것인가.

　　오늘 밤 나는 쓸 수 있다 제일 슬픈 구절들을.

　　예컨대 이렇게 쓴다 "밤은 별들 총총하고
　　별들은 푸르고 멀리서 떨고 있다"

　　밤바람은 공중에서 선회하며 노래한다.

오늘 밤 나는 제일 슬픈 구절들을 쓸 수 있다.

나는 그녀를 사랑했고 그녀도 때로는 나를 사랑했다.

−파블로 네루다, 〈오늘 밤 나는 쓸 수 있다〉에서

칠레의 군부 독재 정권이 시인의 집을 수색하면서, 이 집 안에 어떤 무기가 숨겨져 있느냐고 묻자 네루다가 말했다. "여기에는 시라는 무서운 무기가 숨겨져 있다." 네루다가 만년의 여생을 보낸 칠레의 이슬라 네그라는 대자연 그 자체라고 할 수 있는 바닷가 마을이다. 그는 시대와 사랑에 대해 노래했다. 네루다의 시 쓰기 행위는 시라는 내용을 담아내는 그릇이었다. 당신의 글쓰기 그릇을 반짝 반짝 잘 닦아두기 바란다.

작가는 다른 사람들보다 글쓰기를 어려워하는 사람이다.

−토마스 만(소설가)

《냉정과 열정 사이》라는 소설 제목처럼 문장에도 '냉정'과 '열정'이 있다. 주로 지적인 작업을 요하는 과학과 수학, 철학적인 문장을 냉정으로, 감정의 폭이 넓고 깊은 문학적인 문장을 열정으로 구분할 수 있을까 싶다. 하지만 동양의 음양 사상처럼 지성과 감성은 대립이나 우열의 문제가 아니라, 서로 한 덩어리가 되어 작가가 세상을 바라보는 마음과 시선이기도 하다.

한 작가가 완벽하게 지성적인 문장을 쓰는 것도 아니고, 반대로 감성적인 문장만을 쓰는 것도 아니다. 이 둘이 적당히 어울릴 때 조화로운 문장이 된다. 더불어 지성과 감성 중 어느 한쪽으로 기우는 것도 작가의 개성이 드러나는 방식이다. 문학계라고 해서 예외는 아니다. 유럽의 밀란 쿤데라는 철학적인 사유가 뛰어난 지성적인 작가이고, 우리나라의 미당 서정주는 언어를 다루는 천부적인 감각이 뛰어난 시인이다.

감정이 담긴 감각적인 문장을 쓰기 위해서는 우선 단어를 만지는 습관이 필요하다. 마치 점자를 더듬듯이 예민한 감각이 필요한 경우가 있다. 감각은 감성의 손가락이다. 감각의 손가락이 움직여야 감성이 풍부해진다.

편지에 적힌 글자들을 점자를 더듬듯이 만져보았다. 비록 잉크로 한지에 깊게 새겨진 글자들이 도드라지지는 않았지만 집중해서 천천히 만져보니 단어와 문장에 소미 누나의 살결이 느껴졌다. 그것은 누나의 얼굴이며 유방이고 성기이며, 종아리였다. 어떤 부분은 머리카락처럼 건조하다. 어떤 부분은 입술처럼 촉촉하게 내 손가락의 감각을 자극한다. 고라니라는 글자를 만지니 고라니의 눈빛이 떠오르고, 눈이라는 글자를 만지니 차다. 산이라는 글자를 만지니 높고, 물이라는 글자를 만지니 낮다. 물고기라는 글자를 만지니 퍼덕거리고, 가시라는 글자를 만지니 따끔하다. 암자라는 글자를 만지니 조용하고 적막하다. 그런 모든 감각들이 문자에서 그녀의 몸으로 변화하며 집중된다. 결국 사랑은 몸을 만지는 것이다. 누나를 만나는 동안 한 번도 진지하게 애무를 한 적은 없지만 나는 그녀의 문장을 만지면서 그녀의 몸을 더듬고 있었다. 그녀를 향했던 내 사랑이 글자를 만지는 동안 활화산처럼 터져 나왔다. 이것은 일종의 숭고한 정신이었다. 이런 상태에서 새로운 생명은 잉태되는 것이다. 그리고 그 감각의 시간이 지나자, 편지에 적힌 사연, 단어와 문장을 통해서 안개 속에 가려져 있는 것 같았던, 그때의 정황들이 정원의 풀과 나무처럼 보였다.

위의 예문은 소설 《연애 감정》에서 주인공이 편지를 읽는 장면이다. 편지를 그냥 읽었다, 라고 해도 된다. 그렇지만 수십 년 만에 온 편지를 주인공이 감정이 풍부해진 상태에서 읽었기 때문에 복잡한 심리 상태를 감각적으로 표현했다. 이런 문장은 감성적인 문장이다.

감성적인 문장을 쓰기 위해서는 일단 온몸의 감각을 열고 대상을 바라본다. 현미경으로 대상을 들여다보듯이 작고 섬세한 것에 주목한다. 주인공이 글자를 만지는 묘사는 그 편지가 얼마나 소중한 것인가를 말한다. 우리는 소중한 사람의 모든 것을 간직하고 또 만지고 싶어 한다. 관심이 가는 대상을 만지려고 하는 버릇도 있다. 그래서 전시회장에서 흔히 보는 문구가 "눈으로만 보세요", "만지지 마세요" 등이다.

관심이 가면 손이 움직인다. 글쓰기 역시 자신의 관심이 손으로 발현되는 경우다. 손으로 글자를 만져본 경험이 있다면 종이의 감각을 느낄 수 있다. 종이에 새겨진 문자를 만지는 순간, 그것은 생생한 감각으로 되살아난다. "'산'이라는 글자를 만지니 높고, '물'이라는 글자를 만지니 낮다"는 문자가 실물로 되살아나는 경험을 표현한 것이다.

감성적인 글쓰기는 독자들의 메마른 감정에 꽃을 피우게 한다.

창백한 형광등 대신에 촛불을 켜게 하고, 아주 잃어버린 줄 알았던 감정의 골을 깊게 파서 몸에 생기가 돌게 한다. 글쓰기는 분명 지적인 작업이지만 감각과 감성이 없다면 읽고 싶지 않은 글이 될 수도 있다. 때론 소녀 감성의 문장도 필요하고, 그것으로 위안을 얻는 독자도 많다. 아래에 인용하는 글들은 《어린 왕자》에 나오는 '아름다운' 문장이다.

여기에 보이는 건 껍데기에 지나지 않아. 가장 중요한 것은 눈에 보이지 않아.

네가 오후 네 시에 온다면 나는 세 시부터 행복해질 거야. 시간이 가면 갈수록 그만큼 나는 더 행복해질 거야.

사막이 아름다운 것은 그것이 어딘가에 우물을 감추고 있기 때문이야.

내가 좋아하는 사람이 나를 좋아해주는 건 기적이야.

누가 수천, 수백만 개의 별들 중에서 하나밖에 없는 어떤 꽃을 사랑하고 있는 사람이 있다면 그 사람은 그 별들을 바라보는 것만으로도 행복할 거야.

세상에서 가장 많이 팔린 책 중에 하나인 《어린 왕자》는 감정과 감각, 그리고 감성이 풍부한 문장들로 가득하다. 생텍쥐페리의 《어린 왕자》는 그가 쓴 《야간 비행》 등 다른 작품과는 확연히 구분이 되는 독특한 작품인데, 《어린 왕자》가 대중의 사랑을 받은 이유는 인간의 행복과 사랑에 대한 감성이 풍부한 글을 담았기 때문이다. 이 작품에서 등장하는 단어는 행복, 별, 사랑, 기적, 여행 등으로, 어찌 보면 진부한 것들이다. 하지만 작가는 이 단어들을 가지고 우리들의 소중한 감정을 되살려낸다. 아, 나에게도 이런 감정이 있었지, 라고 공감하는 순간 글이 생명을 가지면서 꽃이 되고 별이 된다.

감성적 글쓰기를 하기 위해서는 감각을 발달시켜야 한다. 달팽이의 더듬이처럼 모든 사물을 바라보는 마음이 부드러워야 한다. 감성을 문장의 어머니처럼 여기고 측은지심의 마음으로 삶을 충실하게 살아야 한다.

새봄의 흙 냄새를 맡으면 생명의 환희 같은 것이 가슴 가득 부풀어 오른다. 맨발로 밟는 밭흙의 촉감, 그것은 푸근한 모성이다.

거름을 묻으려고 흙을 파다가 문득 살아남은 자임을 의식한다. 나는 아직 묻히지 않고 살아남았구나 하는 생각이 들었다.

(…)

죽음이 우리를 슬프게 하는 것은 영원한 이별이기에 앞서, 단 하나뿐인

목숨을 여의는 일이기 때문이다. 그러므로 생명은 그 자체가 존귀한 목적이다. 따라서 생명을 수단으로 다룰 때 그것은 돌이킬 수 없는 악이다.

—법정, 《영혼의 모음》

맨발로 밟는 흙의 촉감을 느끼지 못한 사람은 위의 문장을 이해할 수 없다. 대단한 발견을 한다는 생각보다는 일상의 사소한 경험을 소중히 여기고 겸손하게 자신을 바라보자. 이것은 인성을 훈련하는 방법이기도 하다. 감정, 감각, 감성이 메말라버린 자에게는 지성 역시 깃들 수 없다.

흰 종이에 검은 글자는 그 자체로 딱딱하게 굳어 있다. 주검처럼 차고 딱딱하고 조용하다. 이런 문장에 생기를 불어넣는 한 방식이 바로 감성적인 글쓰기다. 감성은 막 지은 밥처럼 김이 피어오르고 따끈한 느낌을 준다. 독자의 마음의 문을 여는 열쇠가 되기도 한다. 감정으로 소통할 때 연애가 되는 것처럼, 문장도 독자의 감성을 건드릴 때 공감의 폭이 넓어진다.

인간의 몸처럼 문장도 나이가 들면 감각이 무뎌지면서 지성과 통찰의 폭이 넓어지는 것인지도 모른다. 반드시 그렇지 않을지라도 젊고 감각적인 시인의 문장과 대가의 반열에 오른 노시인의 문장은 확연한 차이가 있다. 같은 작가가 젊은 날에 쓴 글과 노년에 쓴 글도 서로 다르다. 괴테의 《젊은 베르테르의 슬픔》과 《파우스트》가 좋은 예다.

아아, 이렇게 벅차고 이다지도 뜨겁게 마음속에 달아오르는 감정을 재현할 수 없을까? 종이에 생명을 불어넣을 수 없는 것일까? 그리고 그대의 영혼이 무한한 신의 거울인 것처럼, 종이를 그대 영혼의 거울로 삼을 수 없을까?

─괴테, 《젊은 베르테르의 슬픔》

비록 낮은 우리에게 밝은 이성의 웃음을 던져주지만,
밤은 우리를 악몽의 그물 속에 옭아 넣는다.
싱싱한 초원에서 즐거운 마음으로 돌아오면,
새가 운다. 뭐라고 울지? 재앙이라고 운다.
밤낮 미신에 얽매어 살다 보니
허깨비가 보이고, 조짐이 나타나고 경고를 한다.
이렇게 우리는 겁에 질린 채 홀로 서 있는 것이다.

─괴테, 《파우스트》

《젊은 베르테르의 슬픔》에 나오는 위의 문장은 감성적인 글쓰기의 기법까지도 제시한다. '뜨겁게 마음속에 달아오르는 감정을 재현'하는 방법이 바로 그것이다. '종이' 혹은 모니터의 화면을 영혼의 거울로 삼아 쓰는 것이다. 감성적인 글쓰기는 감정과 감각이라는 두 개의 연장이 있다. 감정과 감각은 망치와 끌처럼 영혼의 조각을 다듬어나가는 도구다.

사랑에 빠진 젊은이의 미쳐버릴 것 같은 감정을 소설로 써서 일찍이 명성을 얻은 괴테는 긴 세월을 살면서 문학, 과학, 정치 분야에 업적을 낸 대가가 되었다. 그가 쓴 《파우스트》가 지금까지 고전 중의 고전으로 읽히는 이유는 인간 정신의 한 경지를 보여줬기 때문이다. 인간이 변하면서 문장도 변하고 정신세계도 광활해진다. 괴테처럼 재능과 복을 타고난 작가는 흔하지 않다. 비록 한 작품일지라도 자신의 모든 것을 던져 낸 걸작은 시대를 초월해 독자의 가슴에 남는다.

위에서 이야기한 두 작품의 우열을 논하고 싶지는 않다. 두 작품이 어떤 독자를 만나 감동을 준다면 둘 다 좋은 것이 아닐까. 랭보가 10대 시절에 쓴 시를 노년의 대학자가 연구를 하는 이유도 작품에는 시대와 나이가 없기 때문이다. 감성적 글쓰기를 지성의 결핍으로 여겨서는 안 된다. 감성적인 글에도 얼마든지 빛나는 성찰의 문장을 담을 수 있다.

사실, 무엇이 감성적 글쓰기인지도 명확하지는 않다. 분명한 것은 인용문 없이 자신의 마음을 잘 표현하기에는 감성적 글쓰기가 적절하다는 사실이다. 지금 내 주위에 있는 가장 진부한 단어 하나를 선택하자. 너무나 많은 사람들이 다뤄서 낡고 쓸모없어 보여 도저히 글감이 안 될 것 같다는 생각이 들 정도로. 그것을 지금 당장 골라보자. 어떤 단어가 떠오르는가? 바로 그 단어로 감성적인 글쓰기를 짧게 해보자.

어떤가? 당신에게 그런 단어가 있는지 묻고 싶다. 세상에 진부한 단어는 없다. 당신이 진부하게 쓸 뿐이다. 행복, 사랑, 해, 달, 별, 돈, 질투, 그리움, 결혼, 이혼, 이 중에 어떠한 단어라도 감성적으로 접근할 수 있다. 심지어 철학, 과학, 의학도 마찬가지다. 감성은 글쓰기를 풍부하게 한다. 문득, 소설가 신경숙을 만나 이야기했던 기억이 떠오른다. 내가 기억하기에, 오로지 기억에만 의존한다면, 신경숙의 이 말이 소설에 대한 소설가의 감성적인 문장이었다. 그리고 감성적인 글쓰기의 핵심을 담고 있다.

제 소설이 생명의 체온이었으면 좋겠어요. 그저 따뜻한 손난로 같은 것이 아닌, 인간과 자연의 체온 말이죠. 그 사람을 좋아하면 알게 되는 그 사람만의 체취와 체온이 묻어 있는 그런 소설이었으면 합니다. 그래요. 제 소설을 읽을 때 마치 사랑하는 사람의 손을 잡고 있는 듯한 그런 느낌이었으면 좋겠어요. 강아지를 좋아한다면 강아지를 품고 있는 그런 느낌.

무엇인가 말하고 싶기 때문에 글을 쓰는 것이 아니라
말할 것이 생겼기 때문에 쓴다.
-스콧 피츠제럴드(소설가)

14.
우리 작가들의
글 쓰는 마음 엿보기

아래의 글들은 그동안 내가 만난 우리나라 작가들의 말을 문장으로 만들어본 것이다. 때론 술집에서 때론 찻집에서 이야기를 나눈 '문학에 대한 그들의 이야기들' 중에서 인상적인 글들을 모아보았다. 선배도 있고 친구도, 후배도 있다. 여성도 있고 남성도 있다.

이들의 말은 내가 글을 쓰는 데 신선한 자극이 됐고 자양분으로 지금까지 남아 있다. 대한민국의 대표적인 시인, 소설가들이라는 공통분모가 있지만 소설가 김형경의 말처럼 '대나무 밭의 쑥'처럼 개성이 강한 자아를 가지고 있는 분들이기도 하다.

비밀스러울 수 있는 자신만의 글쓰기에 대한 진솔한 이야기를 들려준 그분들에게 감사한다. 이 글들은 글쓰기라는 주제를 가지고 논한 글이 아니기 때문에 글쓰기 주제에 완전히 부합하지는 않을 수도 있다. 하지만 그것 역시 글쓰기에 필요한 것이 아닐까. 글이나 말이나 읽고 듣는 이의 마음가짐에 따라 독이 되기도 하고 약이 되기도 한다.

사람의 목소리가 그리운 봄날이다. 원고를 정리하다 보니 아지랑이처럼 피어오르던 그들의 목소리가 저기에서 들려오는 것 같다.

시인들

정현종: 키케로, 세네카, 아우렐리우스 같은 고대 철학자들에게 배울 게 있다. 그건 바로 '말하는 방식'이다. 고대 철학자들은 이른바 수사학의 대가들이고, 전인적인 인격체들이다. 우리가 뻔히 알고 있는 사실에 대해서도 그들 나름의 방식으로 이야기한다. 이게 중요하다. 같은 내용이라도 오는 게 다르다. 그렇다. 우주, 조화, 이성, 자연과 같은 키워드는 예나 지금이나 영원한 주제다. 그런데 이들이 이야기하는 걸 들어보면 뭔가 다르게 생각하게 한다. 이런 걸 확인하는 게 아주 즐거운 일이다.

문학도 그렇다. 소재는 다 같은 것이다. 인생이다. 영원한 주제다. 하지만 거기에서 거기인 것 같은 인생을 가지고 어떻게 그걸 말하느냐에 따라 너무 다르다.

김용택: 나의 글은 내가 살아온 삶의 껍데기다. 삶을 그대로 쓰는

이가 어디 있겠는가. 나는 그 삶이 좋았다. 그것을 글로 옮겼을 뿐이다. 삶에 비하면 시는 하잘 것 없는 것이다.

살아 있는 시를 쓰기 위해서는 잘 살아야 한다. 나는 한가하게 느티나무 아래에 앉아서 시를 쓰지 않았다. 젊어서는 시골서 농사를 짓고 교사 생활 하면서 썼고, 전주에 살면서는 환경운동을 하며 뛰어다니면서 쓰고, 지금은 학교 문제를 비롯해서 여러 반환경적인 권력과 싸우면서 쓴다.

"사람을 자세히 들여다보면 예쁜 구석이 얼마나 많은지 몰라. 나도 내 자신을 자세히 들여다보려고 노력해. 대충 보면 안 돼. 자세히 봐야지. 글을 잘 쓰는 사람도 세상을 자세히 들여다보는 사람 같아. 대충 보는 사람은 대충 쓰지. 그리고 어쭙잖게 자기가 좋아하는 것만 보려고 하고. 자기 자신만을 보려고 하고 말이야. 집사람이 처음에 뭐라고 했는지 알아? 아주 명언이야. 우리 기왕에 만났으니 '잘 살자'였어. 나에겐 아주 심오한 이야기야. 기왕에 만난 사람들, 다 잘 살았으면 좋겠어."

"열심히 살면서 말이야, 가끔은 멈추어야 한다고. 요즘 얼마나 빠른 세상이야. 정말 어디로 가는지도 모르고들 달려가고 있지. 정신이 없어. 그럴 때 가끔 멈춰서 뒤돌아보는 시간이 필요하지. '성찰'하는 거 말이야. 그래서 뭔가 잘못된 것이 있으면 고치고, 새롭게 또 가는 거야. 뒤도 돌아보지 않고 달리기만 하는 삶은 재미없어. 삶의 재미는 그런 게 아니니까. 삶은 고속도로가 아니야. 저기 보이는 섬진강 물줄기처럼 휘어지기도 하고, 깊기도 하고, 얕기도 하고, 잠깐 멈추기도 하는 거야."

도종환: 내가 문학을 하게 된 것은 아마도 사춘기 때 쓴 편지 때문이 아닌가 싶다. 집안 사정으로 나는 외가에서 자랐다. 중학교 때 부모님은 객지를 떠도시면서 온갖 일을 다 했다. 부모님이 그리웠고 그 마음을 담아 부모님께 편지를 썼다. 선생님 말씀이, 편지를 쓸 때는 계절 인사를 잘 쓰는 것이 중요하다고 해서 주위를 자세히 관찰했다. 어떻게 인사를 드리면서 편지를 쓸 것인가. 봄, 여름, 가을, 겨울, 날씨나 풍경을 유심히 보다 보니 이것이 아마도 시인으로서 통찰력을 기르는 데 도움이 된 것 같다. 한창 먹고 싶은 것이 많은 나이라 용돈이 필요했지만 한 번도 부모님께 돈 이야기를 쓴 적은 없다.

무척 외로웠다. 방학이 되면 부모님이 답장을 보내온 편지 봉투를 들고 그 주소지로 찾아갔다. 갈 때마다 주소지가 달랐다. 어머니는 멸치 장사를 하기도 했고, 아버지는 국수틀을 돌리기도 했다. 그 시절에 쓴 편지는 아마도 어린 시절에 나의 시였을 것이다.

조정권: "난 김달진 선생의 영향을 많이 받았어요. 수유리에 있는 선생 댁을 찾아다니면서 내가 앞으로 걸어야 할 길의 방향을 본 거죠. 아니, 올라야 할 길이라고 하는 것이 좋겠네. 선생은 전형적인 은둔 시인이죠. 밖의 세상에는 일절 관심을 두지 않았어요. 생전에도 선생 이름이 문단 주소록에 작고 문인으로 기록된 적이 있을 정도입니다. 그 이야기를 했더니 선생은 그저 웃기만 하셨지요. 그런 분입니다. 저는 그것을 '무서운 고요 의식'이라고 합니다. 선생의 칩거 생활은 단순히 세상으로부터 외롭게 있는 것이 아니었습니다. 선생은 커다란 고요를 품고 세상을 바라보고 있었던 거지요. 격리가 아닌 삶의 포용이었고, 그것이 매우 크고 고요하기 때문에 그 조용함이 저희들에게는 외롭게 보이는 거죠. 저렇게 무서운 사람도 있구나 싶었죠. 저게 시인의 삶이 아닌가 반문하면서 그 소란스러운 1980년대에 저토록 고요한 세계를 만난 거지요. 그러나 그것은 관념이나 사상이 아니라 실제로 수유리에서 거처하며 사시는 모습이었어요. 책이 아니라 사람 말입니다. 그 어른을 통해서 나는 보고 배웠습니다. 그 분이 내 시의 길을 열어주었습니다." (시인은 김달진 선생의 영향으로 선시와 한시의 세계를 만났다고도 했다.)

"시란 자기를 견디는 방법이자 시대를 견디는 방법이라고 생각합니다. 서로 다른 방법으로 견디는 것이지요. 그것이 다른 겁니다. 인종이나 다른 부족처럼 말입니다. 그들은 서로 모여서 같이 견디고, 난 그냥 혼자 견디는 겁니다. '집단 개성' 속에 들어가고 싶지 않은 거죠. 집단 개성 속에서 벗어나고 싶은 시적 자아랄까, 그런 것이죠. 모두들 다르게 살잖아요.

시를 쓰기 전에 머릿속이나 마음에 떠오른 생각들을 이리저리 굴리는 시간이 필요하지요. 에너지를 충전시키는 일처럼 말입니다. 그리고 집중적으로 집필합니다. 한여름이나 한겨울에 주로 작업하는데, 아마도 뜨겁고 차가운 그 감각적인 자극이 시를 자극하는 것 같기도 해요. 그리고 시가 써지기 시작하면 한꺼번에 쏟아져 나오죠. 쓸 때는 허기져서 쓰는 겁니다. 그동안의 삶이 허기져서 글이 나오는 것이죠. 이 허기가 나오는 계절이 바로 여름과 겨울입니다.

나는 후암동에 있는 일본 적산가옥에 살았는데 집 건너편에 삼영 고아원이 있었어요. 그 고아원의 아이들을 보면서 가슴이 아팠어요. 이 세상에는 물과 햇볕을 받고 싱싱하게 자라는 나무가 있는가 하면, 시든 채로 자라는 풀도 있지 않습니까. 내 또래 아이들이 시들시들 자라는 것을 보면서 연민을 느꼈던 것 같아요. 그 아이들과 어울려 놀면서 처음 글을 써야겠다고 생각했지요. 그 아이들의 슬픈 이야기들을 쓰고 싶어서, 학교 교지에 산문을 쓰기 시작했습니다. 그때 감동적으로 읽은 책이 릴케의 《말테의 수기》였는데, 그 스타일을 모방해서 산문을 썼죠."

정호승: 나의 서정은 인간을 이야기하는 서정이다. 꽃 하나를 보아도, 그 자연물 속에서 내가 보는 건 인간이다. 나에게 다가오는 모든 상징이나 꽃과 별과 같은 자연물은 모두 인간을 이해하기 위한 매개물이다. 시는 인간을 이해하기 위해 존재하고, 나를 포함한 모든 인간을 이해하는 과정이다.

기쁨은 잠시 피었다 지는 봄날의 꽃 같은 거고, 삶은 우리들이 밥을 먹는 것처럼 구체적인 비극으로 이루어져 있다. 그 인간의 삶을 시로 적어놓는 것이다. 결국 내 이야기를 하는 것이다.

"시간은 자기 자신에게 자기가 주는 겁니다. 내가 주지 않으면 그냥 휙 지나가버리지요. 인생은 시간입니다. 내게 다가오는 물리적인 시간들을 자신만의 절대적인 시간으로 만들어야 해요. 읽는 것과 쓰는 것의 균형이 중요합니다. 그 균형이 깨어지면 졸작을 쓰게 되지요. 저의 스승인 황순원 선생은 소설 이외의 잡문을 쓰지 말라고 했고 당신도 그렇게 했지만, 그건 그 시대의 이야기입니다. 시인으로서 소설도 쓸 수 있죠. 또 시인만이 쓸 수 있는 소설이나 산문이 있을 겁니다. 그런 욕심은 가지고 있어요. 시 쓰는 일은 자기 삶을 표현하는 한 양식입니다. 시인이 아니더라도 누구나 자기 삶을 표현하는 양식이 있습니다. 그 삶의 양식으로 저는 시를 선택했을 뿐입니다. 누구나 자기 삶을 충실히, 그리고 열심히 표현한다면 그의 인생이 바로 시라고 생각합니다. 그리고 가끔 새벽에 일어나 청소하는 사람들을 보면 과연 내 삶의 양식이 저들 삶의 양식보다 더 진정성이 있는 것일까 반문합니다. 아마도 내 진정성이 그들보다 더 떨어질 겁니다. 청소는 거짓말을 할 수 없어요. 한 자리와 안 한 자리가 너무나 뚜렷하게 드러나지요. 과연 나의 시도 그러할까요?"

문태준: "대학시절에 은사님이 '첫째 주필(走筆, 말 달리듯 글쓰기)을 하지 말라, 둘째 살찌지 말라'라고 했습니다. 이 두 가지를 항상 가슴에 담고 있어요.
시 쓰는 일도 쓰면 쓸수록 외로운 곳으로 가는 것 같아요. 점점 더 외로운 곳으로 들어가고, 그것을 건디는 것, 그것이 시 쓰는 일인 것 같기도 합니다."

"아버지가 가끔씩 지게에 꼴을 베어가지고 오시다가, 어느 날은 지겟작대기에 뱀 한 마리를 돌돌 말아서 오시곤 했어요. 시를 쓰는 것이 그런 것 같기도 해요. 왜 그런지 설명은 하지 못하겠지만 말이지요."

"내 시가 슬픈 것 같다, 살고 죽는 게 뭔가 하는 생각이 든 적이 많아요. 사는 것이 즐거운 것 같지 않고, 또 그런 것에는 눈길이 가지 않아요."

소설가들

윤후명: "그림도 그렇고 문학도 그렇고 아마추어 때는 쉽고 재미있지만, 점점 그것을 알아가다 보면 생각이 많아지고, 고뇌도 생기기 마련이라 만만치가 않아요. 하지만 그림에는 특별한 욕심이 없어서 그냥 나 좋은 대로 내가 표현할 수 있는 세계가 있겠다 싶지요. 특히 문학과 미술은 비슷한 것 같기도 해요. 문학은 글로 쓰고, 그림은 그려서 보여주는 것이잖아요."

"나는 명료한 것이 싫어요. 판에 박힌 금언과 아름다운 문장도 싫고. 소설은 일상이기에 일상적인 언어로 이야기하면서 언어 예술의 경지로 스스로 올라가는 것이지요. 문장도 너무 아름다운 것들만 배열되어 있으면 왠지 징그러워요."

"난 쓸 거요. 자기 생명을 밝히는 일인데 왜 그걸 안 쓰겠소. 안 쓴다면 죽은 거지. 써야지. 난 죽어도 써요."

김형경: "박완서 선생의 글에서 읽은 건데요. 선생에게 많은 독자가 자신의 인생을 소설로 써달라면서 글을 보내왔답니다. 그들의 생각에는 자신의 인생이 아주 특별한 소설로 만들어질 수 있다고 느끼는 거지요. 그런데 선생님이 보기에는 독자의 사연이 대동소이하대요. 칠순을 넘기셨던 작가가 보기에 삶은 다 거기서 거기인 거지요. 이러한 삶처럼 우리의 감정도 마찬가지가 아닐까요. 자신만이 세상에서 제일 고통스러운 것 같고, 자신만이 제일 불행한 것 같지만 삶의 질, 감정은 일반화될 수 있어서 큰 틀에서는 대동소이해요."

"곰곰이 생각해보건대 어쩌면 40년 인생을 내내 그렇게 보낸 것인지도 몰라요. 자긍심을 모두 상실해서 침대에 누울 자격조차 없다고 생각했죠. 바닥에 누워서 자던 어느 날 아침, 잠이 덜 깬 채로 바퀴벌레 한 마리가 내 발 위로 기어오르는 것을 봤어요. 그 순간, 나는 눈을 떴습니다. 번쩍 스쳐 지나가는 그 무엇이 있었어요. 그때까지 내가 알아왔던 그 모든 어둠과 분노와 혼란 대신 말로 표현할 수 없는 기쁨이었죠. 문득 이런 사실을 깨달았어요. '내 생각을 믿을 때 나는 고통받고, 내 생각에 의문을 제기할 때 나는 고통받지 않는다.' 이것은 모든 인간에게 해당하는 사실이었습니다."

"더 이상 내 괴로움을 믿지 않는 순간 나는 그 생각들의 본질을 알아챌 수 있었습니다. 그것은 진실의 순간이었어요. 나는 그것을 '투명의 순간moment of clarity'이라고 칭합니다. 우리 모두 이러한 순간을 경험하죠. 정신이 맑을 때 경험할 수 있지요. 이러한 순간에 삶과 세상이 자신의 생각을 통해 창출되며, 그러한 생각을 믿을 때 그것이 그대로 물질세계에 투영된다는 사실을 깨닫기 시작합니다. 스트레스를 주는 우리의 생각들에 일단 의문을 제기하면, 우리는 천국, 즉 행복으로 가는 길로 들어서게 돼요. 그것이 삶의 존재 이유 아닐까요. 우리는 건강과 균형, 행복을 원하죠."

"나는 사람들의 허상을, 사막을 걷다 뱀을 보는 경우로 예를 들곤 합니다. 뱀을 보는 순간 깜짝 놀라고 심장은 마구 뛰고 식은땀이 흐르기 시작하지요. 그런데 다시 보니 뱀은 없고 낡은 밧줄이 하나 있습니다. 그 사람은 생각합니다. 어찌 이리도 바보 같단 말인가? 순간적으로 공포는 사라지고 웃음이 터져 나옵니다. 이것이 바로 마인드가 어떠한 의문을 제기해야 하는지를 보여주는 한 예입니다."

박상우: "문학은 의사가 청진기를 대고 환자라는 대우주를 마주하는 것처럼, 인간 세상에 대한 탐구입니다. 의사는 직관으로

환자를 대하지 않고 의학을 통해서 진찰하지만, 인간에 대한 영적인 따뜻함을 겸비한다면 명의라는 소리를 듣지요. 그래서 과학과 종교가 만나고, 과학과 문학이 만나야 하는 겁니다. 21세기는 좀 더 넓게 관심 영역을 넓혀야 할 겁니다. 그저 열심히 쓴다는 것이 미덕이 아닌 거지요."

"이전에 저는, 열심히 쓰면 되는 줄 알았어요. 즉 '쓰다'라는 동사에 집착했습니다. 그런데 지난 10년간 생각을 해보니 글이 과연 쓰는 것인가, 라고 물음표가 떠오르더군요. '나는 쓰다'는 '나'라는 주어에 예속되어 있어, 불완전한 나의 욕망을 철저하게 반영한 행위였습니다. 그래서 이런 생각을 합니다. 글은 '짓기'가 아닐까?
글이 술술 나오는 것도 위험한 거지요. 제가 '짓다'라고 말하는 것은 내 몸에 창작에 대한 리듬이 자연스럽게 스며들어 배어 나오는 경지를 말하는 겁니다. 그 리듬이 나와 맞아떨어졌을 때 나오는 것이 창작이 아닌가 싶다는 겁니다. 그래서 쓰던 버릇을 버리려고 했지요. 지금은 조금씩 글 짓는 행위가 자연스러워집니다."

성석제: 소설이란 표현의 방식이다. 사람과 생각과 느낌을 표현하는 것이다. 즉, 소설은 공감의 매체이다. 글의 그릇이다.
예를 들어, 우리가 농사를 짓기 위해 쓰는 물건 중에 똥장군이

라는 것이 있다. 농사를 지을 때 전통적으로 쓰던 거름을 지고 나르는 물건인데, 인분을 져 나르기 때문에 이 통이 새면 낭패다. 냄새가 지독하다. 그래서 나무통으로 만든 똥장군의 테두리는 잘 마른 대나무로 친친 감아놓는다. 단단하게 밀착시키기 위해서다. 내가 어린 시절에는 그 테두리에서 잘 마른 대나무를 골라서 벗겨내 활을 만들어 한겨울 잘 놀았다. 이듬해 집에서 머슴이 내가 테두리를 몰래 빼낸 것을 모르고 그 똥장군에 거름을 담아 나르려고 들어 올리다가 그만 와르르 거름을 쏟아버리고 말았다. 그때 머슴이 원망이 가득한 눈으로 나를 쳐다보곤, 석제야 하고 내 이름을 불렀다. 소설이 뭐냐고? 소설은 똥장군이고, 억울한 머슴이고, 똥장군 안에 담긴 똥오줌일 수도 있다.

윤대녕: 조부는 내 문학의 아버지다. 그 큰 집에 손자가 나 하나였다. 늘 머리를 쓰다듬고 품에 안아주시면서 내게 넌 크게 될 것이라고 암시를 주셨다. 그리고 이런 말씀도 하셨다. "세상은 아주 넓단다. 네가 생각하는 것보다 훨씬 더 넓단다." 기가 막힌 말씀이었다. 항상 말이 없었지만 참으로 속 깊었던 조부와 삼촌들의 내면세계를 들여다보고 싶었다. 그분들의 내면에 대한 궁금증이 일종의 창작 동기라고 하면 과장일까. 내 마음의 고향은 늘 할아버지가 계시는 시골집이었다.

세상의 모든 사람, 한 사람 한 사람을 자세히 보면 다 기막힌 서사가 있다. 이야깃거리가 없다는 것은 거짓말이다. 진지하게 애정을 가지고 가까이에 있는 사람을 자세히 보는 것이 얼마나 중요한 일인지 모른다. 그게 사랑인가 싶고.

모든 인간은 다 죽는다. 죽음이야말로 인간의 가장 확실한 미래다. 그러나 우리는 늘 삶을 이야기한다. 그것이 바로 오늘이다. 나는 이 오늘을 오늘도 쓴다.

공지영: 거울을 보면서 내 얼굴을 잘 살펴본다. 책상 앞에 거울을 놓고 내 눈이 어떻게 변하는지 살펴본다. 눈빛이 반짝반짝하는 게 좋은 것만은 아니다. 정말 경지를 이룬 눈빛은 눈빛이 없다고 한다. 그냥 모든 것을 받아들이고 내는 거다. 나는 아직 반짝거리는데 언제가는 그런 눈빛을 가졌으면 한다.

작가로서 7년간 공백기가 있었다. 처음엔 너무 지쳐서 그저 조금 쉬려고 했을 뿐이다. 단 한 글자도 쓰지 말고 이젠 조금 쉬었다 쓰자, 그러다가 7년이 흘렀다. 그 기간 동안에는 정말 글 쓰는 건 엄두도 내지 못했다. 그저 숨 쉬는 게 고마울 지경이었다. 몸과 영혼이 산산조각 나버려서 살기가 힘겨웠다. 그러던 어느 날 다시 책상에 앉아 펜을 들고 글을 쓰려고 하는데, 단 한 자도 쓰지 못했다. 머릿속에는 묘사하고 싶은 장소와 주인공의 이야기가 맴도는데 손끝으로 흘러나오질 않았다. 내가 소설가 공지영이 맞나 싶을 정도였다.

단지 슬럼프라고 하기에는 그 기간이 너무나 무겁고 무서운 것이어서, 무의식적으로 그 기간을 지우려고 하나 보다. 지금 생각하면 그때 뭘 했는지 잘 기억이 나지 않는다. (이 기간을 버티고 견뎌서 작가 공지영은 《별들의 들판》을 쓰고 출간했다. 6개월 이상 끙끙대면서 단편을 쓰고 글쓰기 감을 다시 잡았다고 한다. 이 소설은 공지영이 가장 힘겹게 쓴 소설이 아닐까.)

김연수: 어느 해 여름이었다. 출근길에 내린 비로 광화문 가로수 나뭇잎에 빗방울이 반짝반짝 빛나는 모습이 황홀했다. 그 풍경을 보는 순간, 저 풍경은 시로 쓸 수 없을 것 같다는 생각이 들었다. 그날부터 시에 대한 생각은 접었다. (소설가 김연수는 시로 먼저 등단했다.)

소설은 어른들이 해야 할 일인 것 같다. 많이 살아서 경험이 풍부해질수록 그 문장엔 보이지 않는 무게가 실린다. 세상에는 보이는 삶과 보이지 않는 삶이 있는 것 같다. 이제 마흔이 가까워져서인지 경험이 중요하다는 사실을 느끼곤 한다. 그렇지 않은가. "나 슬프다, 나 무지하게 슬퍼 죽겠다"라고 하기보다는 그것을 짐작하게 하는 이야기나 문장의 힘이 사람을 더 움직인다.

그런 연륜 있는 소설 문장이 소통의 문장이 되지 않을까 한다. 어릴 때는 말을 많이 해서 서로 이해시키려고 하지만, 나이가 들면 보기만 해도 알 수 있는 일들이 있듯이 보이지 않는 삶을 문장으로 쓰기 위해서는 경험이 풍부해야 한다.

신경숙: 세상에 억지로 되는 건 없다. 소설은, 아니 모든 작품은 그것만의 운명이 있는 것 같다. 작품을 쓸 당시의 상황에도 영향을 받고, 출간이 되고 나서의 사회적 기류랄까 뭐 그런 영향도 있고. 베스트셀러는 독자가 원하는 것을 써야 한다고들 하는데, 난 독자가 뭘 원하는지 정확하게 알 수 없다. 혹시나 안다고 해도 거기에 맞추는 것이 가능한지 모르겠다. 내가 할 수 있는 건, 지금 내가 진실로 쓰고 싶은 것을 쓰는 동안에 정성을 다하는 것이다.

손은 적응력이 대단하다. 도구에 금세 익숙해지면서 적응한다. 컴퓨터 글쓰기가 정말 문제인가 싶었다. 그래서 내 작품으로 실험을 한 적이 있다. 《바이올렛》을 쓸 때 처음에 모니터에 쓴 것을 손으로 옮겨 쓴 적이 있다. 그렇게 탈고를 했는데 큰 차이를 못 느꼈다. 컴퓨터 때문에 글이 좋고 나쁜 것은 아닌 것 같다. 하지만 손으로 옮겨 적을 때는 뭔가 특별한 것이 있다. 일종의 쾌감 같은 건데 눈으로 보는 것하고, 손으로 적는 것은 다르다.

"인간은 근본적으로 슬픔과 친해져야 할 것 같아요. 깊은 슬픔의 강을 지나야 그 물결 위에 기쁨, 행복, 유머 같은 것이 새겨지면서 더 고마운 마음이 들지요. 그래요. 인간의 힘으로 어쩔 수 없는 것들이 있어요. 생에 죽음 말고 확실한 것이 무엇인가 싶어요. 그 길을 향해 걸어가는데, 슬픔이나 괴로움과 친한 동무가 되면 생의 다른 것들과도 친해지고 폭 넓은 인생이 되지 않을까요. 사소한 것에 감사하고, 걷다가 뭔가에 걸려 넘어지더라도 일어나 다시 걸어가는 그런 것 말이죠."

전경린: 살면서 지켜야 할 네 가지 문장.
첫 번째, 살면서 해야 할 일과 하지 말아야 할 것을 아는 것이다.
두 번째, 살아가는 동안에는 항상 '의욕'을 지니고 있어야 한다.
세 번째, 돈을 버는 것이다.
네 번째, 우주와의 합일을 향한 마음가짐이다. (인도 요가 철학을 배우고 나서 깨달은 점들이라고 한다.)

"저는 작가로서 운이 좋다고 생각해요. 전업 작가로 살 수 있다는 것도 고마워요. 이 작가 생활은 누군가가 준 선물 같다는 생각이 들 정도이지요. 하지만 얻는 게 있으면 잃는 것도 있겠지요. 가끔 삶에서는 뭔가를 잃어버린 것 같다고 생각해요. 쓰고 싶은 욕망에 조급하게 끌려 다닐 때 말이죠. '내가 좋아하는 것에 결국 내가 갇히는구나'라는 생각을 하기도 했지요. 그런 글쓰기와 화해를 한 것은 얼마 되지 않았어요.

글쓰기의 한가운데에서 글쓰기의 행복을 잃어버리기도 합니다. 도망가고 싶은 마음이 가득한 시절도 있었지요. 하지만 글을 쓰지 않는다면 내가 뭘 선택할 수 있을까하는 반문을 하면서 제자리로 돌아옵니다. 어떤 다른 일을 해서 먹고 살 방편을 마련하고 싶지 않은 마음입니다. 그래서 쓰고 또 쓸 수 있는 것 같아요."

영감은 기다린다고 오지 않는다.
직접 찾아 나서야 한다.
-잭 런던(소설가)

세상에 보이지 않는 것들은 잠시 숨어 있던 것이다. 오늘, 출판사 마당에 쑥이 돋아나오고 있었다. 산기슭을 보니 겨우내 숨어 있다가 봄이 되면 나오는 것들, 개나리와 진달래가 어둑어둑한 곳을 밝히고 있다. 보이지 않는 것들이 어떻게 우리에게 나타나는지 잘 보여주는 풍경이다.

저녁이면 가로등에 불이 들어온다. 잠시 후에 하늘엔 별이 뜬다. 하늘과 육지의 중간 지대에 가로등이 있고 더 아래에 내가 있다. 모두 그 자리에 있었던 것들이다. 쑥이 돋아나오는 밝은 봄빛의 하늘에도 별은 있다. 저기 저 자리에 북두칠성과 북극성이 있다. 그것은 어두워져야 나타난다. 때론 이러한 현상이 희망의 은유 같다고 여기곤 했지만 지금 생각하니 글쓰기의 행위와도 많이 닮았다. 보이지 않는 것을 보여주는 기술이다. 어둠이 없어도 별을 뜨게 하고, 전기가 없어도 가로등을 켤 수 있다. 이것이 행복한 글쓰기의 매력이다.

좋은 글쓰기는 좋은 말하기로 이어진다. 글을 잘 쓰는 사람이 많은 사회가 성숙한 사회다. 글을 잘 쓴다는 것은 책을 읽었다는 것이고, 책을 읽는다는 것은 타인에 대한 배려와 따뜻한 격려, 정당하고 논리적인 비판 능력이 있다는 말이기도 하다. 물론 독서 없이도 대화와 토론이 가능하지만, 독서 수준이 높은 유럽 국가들은 토론 문화가 더욱 풍요롭다.

나는 시와 소설을 비롯해 수십 권의 책을 냈고, 강의와 방송도 어느 정도 한 것 같다. 비록 눈앞에서의 칭찬이긴 하지만 강의를 하면 청중들의 반응이 좋았고(강단에 서면 금방 느낀다), 텔레비전, 라디오, 방송을 하면 전달력이 뛰어나다는 칭찬을 들었다. 작가에게 욕인지 칭찬인지는 모르겠지만 나는 '말'을 잘한다는 이야기를 듣기도 했다.

글쓰기는 말하기와 어떤 연결고리를 가지고 있을까. 말하기는 글쓰기와 매우 밀접한 관계가 있다. 물론 말 잘 하는 사람이 글을 잘 쓰는 것도 아니고, 그 반대의 경우도 마찬가지다. 하지만 글쓰기는 자신의 생각을 쓰는 것이고 말하기는 문자 그대로 그 생각을 말하는 것이다. 처음 만나는 사람일지도 몇 마디를 나누면 사람의 됨됨이를 짐작할 수 있다.

사람과 사람의 거리에 따라 말하는 방식이 서로 다르다. 이어령 선생의 말대로 일인칭, 이인칭, 삼인칭의 인간관계 거리가 있다. 말하기는 두 사람이 마주보고 말하는 개인적인 관계와 여러 사람이 함께하는 공적인 관계에 따라서도 다르다. 대화와 토론, 발표와 웅변, 방송과 강의에 이르기까지 우리는 다양한 말하기 문화 속에서 살고 있다. 이것은 내밀한 남녀관계를 이어주기도 한다. 대학 시절 시인인 선배가 여자를 유혹하는 기술을 보고 깜짝 놀랐고, 지금도 그 장면이 잊히지 않는다.

지난 1980년대 일이다. 혜화동의 학림다방 앞자리에 매력적인 여대생이 앉아 있었다. 내가 슬쩍 바라보고 있는 것을 보고 선배는 피식 웃더니 '내가 한번 저 여자를 꼬셔보겠다'고 했다. 선배는 잠시 생각하더니 메모지에 뭔가를 적어서 그 여학생에게 전했다. 나는 여학생의 반응을 유심히 살폈다.

여학생은 메모를 펼쳐 보고는 미소를 지었고, 선배는 자연스럽게 작업을 거는 데 성공했다. 두 사람은 한동안 만나다가 헤어졌다. 나중에 내가 물어보았다. 도대체 메모지에 뭐라고 썼느냐고. 선배는 이렇게 말했다. "당신의 옆자리가 비었습니다." 이렇게 딱 한 줄만 썼다고. 곰곰이 생각하니 상대방이 서로 마주 앉아 이야기를 나눈다는 것은 옆자리가 비었을 때 가능한 일이다. 그것은 내가 그 자리에서 당신과 이야기를 나누고 싶다는 말이고, 당신을 알고 싶다는 의미다. 글쓰기와 말하기의 완벽한 결합이다.

물론 남녀관계는 상대방의 외모와 목소리 등 외적인 조건이 우선되기도 한다. 그 선배는 상당히 잘생겼고 목소리도 멋진 남자다. 여자는 일단 메모지를 전해주는 선배의 외모를 봤을 것이고 어느 정도 안심했을지도 모른다. 말하기는 자신이 말하고 싶은 단한 줄의 문장을 상대방에게 잘 전하는 삶의 방식이다. 상대방을 움직일 수 있는 말하기를 어떻게 하면 좋을까. 아래에 그 내용을 정리했다.

첫 번째, 말을 할 때는 짧고 간단하게 하자. 말을 할 때도 글을 쓸 때처럼 여러 가지 수사를 구사해야 하지만, 단순하고 간결하게 전달하는 것이 좋다. 글쓰기와 똑같다. 이런저런 부연 설명을 하는 동안 내가 전하고 싶은 진정성은 의심받는다. 사람들은 길고 지루한 이야기에 익숙하지 않다. 지루한 이야기를 듣는 동안 딴생각을 하거나 빨리 자리에서 일어나 집에 가고 싶다는 생각을 한다. 하지만 간단하고 명료하게 이야기를 하면 조금 더 듣고 싶어 한다. 이 법칙은 연인들의 속삭임이나 비즈니스맨의 프레젠테이션에도 적용된다. 스티브 잡스가 아이폰 프레젠테이션을 할 때 10분을 넘기지 않았다고 한다.

연인들이 '사랑해'라는 한마디로 상대방의 모든 것을 이해하는 맥락과도 이어진다. 사업가는 팔고자 하는 상품을 간단하면서도 매력 있게 소개해야 한다. 잘 만들어진 상품 광고 문안을 보면 문장이 말을 하는 느낌이 들곤 한다. 때론 감각적으로 때론 지성적으로 때론 정치적으로 상품 설명을 하는 데 단 한 문장으로 성공한 경우가 많다. 내가 가지고 있는 것을 전달하고 싶다는 말도 이렇게 해야 한다. "당신의 옆자리가 비었다"처럼.

두 번째, 말의 내용이 좋아야 한다. 쓸데없는 말을 아무런 맥락 없이 하다 보면 자신도 지치고 상대방은 파김치가 된다. 어떤 경우에는 그 자리에서 박차고 일어나고 싶다. 대화나 강의나 하고자 하는 말의 내용이 있어야 한다.

문학인들의 작품, 학자의 연구서, 정치인의 정책 역시 마찬가지다. 어떤 글을 쓰고자 하는가를 생각하는 것처럼, 하고 싶은 말을 머릿속으로 잘 정리해서 핵심적인 이야기를 하자. 그러기 위해서는 상대방이 무엇을 원하는지 잘 알아야 한다. 상대방이 좋아하는 분야에 대한 적당한 인용도 좋다. 서양인들이 《햄릿》과 같은 고전 작품의 한 문장을 인용하면서 말의 내용을 전달하는 모습은 독서가 글쓰기뿐 아니라 말하기에도 필요하다는 사실을 일깨운다. 글쓰기의 인용처럼 말하기에도 내용이 풍부한 인용을 준비하기 바란다.

세 번째, 진정성이 있어야 한다. 말하기는 홀로 하는 글쓰기와 달리 입을 여는 순간 바로 상대에게 전달된다. 이때 마음속에 진정성이 있는 사람은 전달력이 좋다. 누군가를 속이려고 하거나, 적당히 넘어가려고 하거나, 자신도 잘 모르는 것을 말하려고 하면 사람들은 어느 순간에 귀를 닫아버린다.

상대를 설득할 수가 없으니 말을 잘 못하는 사람들은 욕설과 폭력적인 언행을 많이 한다. 문장 역시 마찬가지가 아닌가. 진정성이란 마음에서 나오는 것이지만 그것을 상대에게 전달하기 위해서는 여러 기술이 필요하다. 마음을 전달하는 방법은 내용을 전달하는 것과도 비슷하다. 말하고자 하는 내용을 잘 정리해서 솔직하게 이야기하면 뭔가 좀 부족한 것이 있더라도 대화는 이어진다. 서로 부족한 것을 인정하고 서로 보충해나가면서 우정이나 신뢰도 쌓인다. 진정성을 가지고 말하는 것처럼 상대방을 설득하는 기술은 없다.

네 번째, 침묵도 훌륭한 대화다. 문장의 자간이나 행간처럼 말을 할 때도 적당하게 침묵하는 것이 좋다. 친구와 대화를 할 때 뭐 적당한 할 말이 없으면 그냥 가만히 창밖을 보기도 한다. 그러다가 뭔가 생각나면 이야기를 조금 하고 차를 마시거나 술을 마신다. 가끔 이런 침묵을 견디지 못하는 사람이 있다. 자리에 앉으면서부터 일어날 때까지 뭔가 끊임없이 말을 하는데, 남는 게 없다. 이들의 말은 대부분 헛소리다. 물건을 팔 때도 침묵할 때는 잠시 침묵하고 설명에 들어가는 것이 좋다. 서로 사랑하는 여인들끼리는 말보다 서로 눈빛으로 말하기도 하니까. 연설 역시 마찬가지다. 연단에 서서 잠시 침묵하고 청중을 바라보고, 그들이 내 말을 들을 준비가 될 때까지 기다리면 전달력이 좋아진다. 침묵은 말하기의 행간이다.

다섯 번째, 사람들에게 조금 더 가까이 다가가라. 많은 사람들 앞에서 말을 할 때 머릿속이 하얗게 변하면서 아무 생각이 안 날 때가 있다. 청중 앞에 선다는 것은 누구에게나 그리 편한 일은 아니다. 왜 그럴까? 나는 혼자인데 상대가 많기 때문이다. 나와 다수를 가르는 경계선이 확실하게 보이기 때문에 다가가기가 힘들고 어렵다. 그 경계선을 허물기 위해서는 청중들에게 내가 먼저 다가가야 한다.

나는 강연을 하면서 항상 마이크를 손에 들고 청중 사이를 왔다 갔다 한다. 때론 눈을 마주치면서 누군가의 이름과 고향도 물어본다. 조금 전까지 모르는 사람이었던 강사인 나에게 자신의 이름을 말하는 순간, 청중은 나만의 개인으로 다가온다. 그 순간 경계선이 무너지면서 편해진다. 그리고 청중에게 좀 더 진지하게 좋은 이야기를 전달하고 싶다는 진정성이 생긴다.

아무리 많은 사람이 있어도 단 한사람에게 전달한다는 마음을 가지고 있으면 편하다. 라디오 진행을 할 때 마이크 앞에서 말이 잘 안 나오면 나는 눈을 감고 누군가의 얼굴을 떠올렸다. 내가 좋아하고 편한 그에게 이야기한다는 느낌으로 말하면 자연스럽게 말이 나올 가능성이 높아진다.

　여섯 번째, 적당한 유머가 필요하다. 가능하다면 말하고 싶은 내용과 연결된 유머를 미리 찾아서 적당하게 사용하면 좋다. 혹은 따로 준비를 안 했더라도 내용 전달이 건조하게 계속될 경우에는 과거의 재미있었던 이야기나 사람들이 관심을 가지는 유머를 적당하게 잘 이용해야 한다. 이걸 잘 못하면 오히려 더 썰렁해진다.

　유머는 그 사람의 품성을 말해주기도 한다. 생활이 풍요롭고 여유로운 사람은 유머 감각이 발달했다. 내가 유머가 부족하면 지금 너무 각박하게 사는 것은 아닌가 점검해보자. 포복절도하게 하는 개그맨의 유머가 아니라 잔잔하게 피식 웃게 하는 나만의 유머는 생활 습관과도 밀접하게 관련되어 있다. 어려운 상황에 처할수록 유머를 생각하고 상대에게 전하면 절박한 상황을 견디는 힘이 된다.

　어떤 전쟁 영화에서 한 미군 병사가 적군 지역을 행군하면서 던진 한마디를 생각하면 지금도 피식피식 웃음이 나온다. "여기 어디 전철역 없어?" 오랜 행군과 전투로 파김치가 된 병사들 사이에서 그가 던진 한마디는 웃음을 터트리게 했다. 사실 사는 건 전쟁처럼 힘들다. 그럴수록 웃고 살자. 글쓰기나 말하기 역시 마찬가지다.

　일곱 번째, 상대방을 존중하라. 《주역》에서 가장 중요한 괘는 겸손이라고 한다. 글쓰기가 자기 과시가 되어서는 안 되듯이 말하기 역시 자기 자랑만 하면 잘 듣지 않는다. 대신에 상대방의 미덕이나 칭찬을 하면 흡인력이 높아진다. 나는 초등학생부터 어르신에 이르기까지 많은 사람들 앞에서 강연을 했다. 그때 내가 제일 먼저 염두에 두는 것은 청중들에 대한 존중감이다. 초등학생들에게 강연을 하면서 이야기를 나누다 보면 배울 것이 많이 있다.

세상의 모든 사물을 스승이자 친구처럼 여기는 마인드로 사람들을 대하면 몸가짐이 달라진다. 근거 없는 자만심을 가지지 말고, 내가 뭔가 당신에게 할 이야기가 있다는 자신감을 가져야 한다. 그렇게 이야기를 건네면 상대 역시 나를 존중해준다. 신뢰가 형성되는 것이다. 발표나 강연을 할 때도 마찬가지다. 내가 전달하고자 하는 사항보다 당신들은 더 현명하게 많은 것을 느낄 것이라고 겸손하게 다가가자. 그리고 진지하고 성실하게 말하는 시간을 사용하자. 나에게 말할 시간을 준 사람들은 얼마나 고마운 사람들인가.

· 여덟 번째, 구두를 잘 닦아라. 말하기는 마음가짐에서 나오고, 마음가짐은 몸가짐에서 나온다. 언뜻 생각하기에 상관관계가 약하게 보이겠지만 의외로 몸가짐이 중요하다. 상대방과 말을 나누기 전에 반듯하고 깨끗하게 외모를 점검해야 한다. 이건 내가 참 약한 부분인데, 강연을 하기 전에 반드시 구두만은 잘 닦고 간다. 글쓰기 전에 연필과 노트를 준비하고 책상 정리를 하는 것처럼 말이다. 사람들의 구두를 보면 그가 무슨 일을 하는지 어느 정도는

짐작할 수 있다. 노동자의 운동화와 경영자의 가죽구두처럼 말이다. 이것은 신분 차이라기보다는 신분 증명이기도 하다.

운동화나 가죽구두나 깨끗하게 관리되어 있으면 상대가 누구라도 내가 할 말을 잘 전달해야겠다는 의지가 생긴다. 물론 외모가 단정하다고 해서 말을 잘하는 것은 아니다. 그래도 머리부터 발끝까지 꼼꼼하게 점검을 하고, 적어도 구두만은 잘 닦아주시길 바란다. 사람을 마주하고 있는데 악취가 난다면 어떻게 말을 하겠는가. 글쓰기나 말하기나 항상 사소한 것이 중요하다. 구두 점검과 같은 작은 점검을 꼼꼼히 하면 상대방과 좋은 곳으로 걸어갈 수도 있다.

아홉 번째, 천천히 서두르지 말고 정확하게 말하자. 스피치speech는 일종의 기술이다. 기술이기에 여러 가지 스킬이 필요하지만 기본이 되는 것은 조금 어눌하더라도 정확하게 자신의 뜻을 전달하는 것이다. 생각하고 전달하고 싶은 것보다 '반보' 늦게 말을 해라. 어떤 사람은 한발 빠르게 말을 하기도 하는데, 무슨 말을 하는지 잘 알아들을 수가 없다.

글쓰기 역시 빨리 써 내려간 원고는 반드시 여러 번의 퇴고가 필요하다. 하지만 글쓰기와는 달리 말하기는 퇴고의 과정이 없다. 말을 하기 전에 반보 늦게 생각하고 말을 하는 습관을 들여라. 대화를 할 때 여유로워 보이고, 발표나 강연을 할 때는 청중들의 반응을 살필 수 있고, 하고자 하는 말을 한 번 더 생각할 수 있다. 다음에 할 말이 잘 생각이 안 날 때는 잠시 쉬어도 된다. 그때 가벼운 농담을 던지면서 시간을 가지면 다음 메시지를 빨리 기억할 수 있다.

이상으로 내가 생각하는 말하기에 대한 방법을 거칠게나마 열거해보았다. 말하기와 글쓰기는 직결되어 있는 전구와 같다. 말하기에도 퇴고의 과정이 있다. 자신이 말한 내용을 다시 한 번 차분하게 점검을 하는 시간을 가져야 한다. 말하는 도중에 빠진 것은 없는지, 청중의 반응에 내가 어떻게 반응했는지, 특히 친밀감과 진정성이 있었는지를 점검해보자. 오늘 부족한 부분이 있으면 메모하고 다음에는 반드시 고쳐야 한다.

바둑을 다 두고 난 뒤 내가 두었던 대로 처음부터 놓아보는 복기復棋처럼, 모든 일에는 원고 퇴고의 마음가짐이 중요하다는 걸 다시 한 번 강조한다. 이제 이 원고를 마무리할 시간이 왔다. 여기까지 읽은 사람들의 삶이 행복했으면 하고, 실용적으로 유용한 점이 조금이라도 있어 도움이 됐다면 좋겠다. 글쓰기를 포기했지만 지금 이 순간 뭔가 쓰고 싶은 것이 있어 그것을 다시 쓰기 시작한다면, 당신은 글쓰기의 반은 성공한 셈이다. 건필을 빈다.

담화에 있어서는 누구에게 말하는가, 무엇을 말했는가,
무엇 때문에 말하는가에 주의하라.
—호메로스(시인)

* 이 책에 인용된 글과 책

소설

다자이 오사무, 김춘미 옮김, 《인간 실격》, 민음사, 2004.

도스토옙스키, 김연경 옮김, 《죄와 벌》, 민음사, 2013.

앙투안 드 생텍쥐페리, 김화영 옮김, 《어린왕자》, 문학동네, 2007.

어니스트 헤밍웨이, 김욱동 옮김, 《노인과 바다》, 민음사, 2012.

요한 볼프강 폰 괴테, 박찬기 옮김, 《젊은 베르테르의 슬픔》, 민음사, 1999.

_____, 정서웅 옮김, 《파우스트》, 민음사, 1999.

원재훈, 《망치》, 작가세계, 2013.

_____, 《연애 감정》, 박하, 2016.

장 그르니에, 김화영 옮김, 《섬》, 민음사, 1997.

최인훈, 《광장/구운몽》, 문학과지성사, 2014.

산문

강상중, 이경덕 옮김, 《고민하는 힘》, 사계절, 2009.

고흐, 신성림 옮김, 《반 고흐, 영혼의 편지》, 예담, 2005.

_____, 이창실 옮김, 《빈센트 반 고흐: 그림과 편지로 읽는 고독한 예술가의

초상》, 생각의나무, 2010.

괴테, 《이탈리아 기행》

김대중, 《김대중 옥중서신》, 한울, 2000.

김영민, 이왕주, 《소설 속의 철학》, 문학과지성사, 1997.

니체, 장희창 옮김, 《차라투스트라는 이렇게 말했다》, 민음사, 2004.

루쉰, 김시준 옮김, 〈납함吶喊〉, 《루쉰소설전집》, 을유문화사, 2008.

마르셀 파케, 김영선 옮김, 《르네 마그리트》, 마로니에북스, 2008.

마쓰오 바쇼, 김정례 옮김, 《바쇼의 하이쿠 기행》, 바다출판사, 2012.

문학수, 《더 클래식 3》, 돌베개, 2016.

미치 앨봄, 공경희 옮김, 《모리와 함께한 화요일》, 살림, 2010.

박이문, 〈나의 길, 나의 삶〉, 《길》, 미다스북스, 2003.

밥 딜런, 양은모 옮김, 《바람만이 아는 대답》, 문학세계사, 2010.

법정, 《영혼의 모음》, 샘터, 2002.

베르나르 올리비에, 임수현 옮김, 《나는 걷는다 1》, 효형출판, 2003.

빌 게이츠, 안진환 옮김, 《빌 게이츠 @ 생각의 속도》, 청림출판, 1999.

송호근, 《이분법 사회를 넘어서》, 다산북스, 2012.

신영복, 《감옥으로부터의 사색》, 돌베개, 1998.

_____, 《처음처럼》(개정판), 돌베개, 2016.

아리스토텔레스, 이상섭 옮김, 《시학》, 문학과지성사, 2005.

앙드레 고르, 임희근 옮김, 《D에게 보낸 편지》, 학고재, 2007.

앙리 프레데릭 아미엘, 김욱 옮김, 《아미엘의 일기》, 바움, 2004.

에릭 호퍼, 방대수 옮김, 《길 위의 철학자》, 이다미디어, 2014.

오주석, 《오주석의 옛 그림 읽기의 즐거움 1》, 솔출판사, 2005.

요한 페터 에커만, 장희창 옮김,《괴테와의 대화 1》, 민음사, 2008.

위화, 김태성 옮김,《사람의 목소리는 빛보다 멀리 간다》, 문학동네, 2012.

윌리엄 진서, 이한중 옮김,《글쓰기 생각쓰기》, 돌베개, 2007.

유발 하라리, 조현욱 옮김,《사피엔스》, 김영사, 2015.

유협, 최동호 옮김,《문심조룡》, 민음사, 1994.

이병률,《끌림》, 달, 2010.

이성복, 문태준 시인의 시집《맨발》서평

이타미 준, 김난주 옮김,《돌과 바람의 소리》, 학고재, 2004.

이태준,《문장강화》, 범우사, 1997.

장영희,〈엄마의 눈물〉,《내 생애 단 한 번》, 샘터, 2010.

장-뤽 낭시, 김예령 옮김,《코르푸스》, 문학과지성사, 2012.

정민,《책 읽는 소리》, 마음산책, 2002.

조국,《왜 나는 법을 공부하는가》, 다산북스, 2014.

존 버거, 김현우 옮김,《우리가 아는 모든 언어》, 열화당, 2017.

지그문트 바우만, 안규남 옮김,《왜 우리는 불평등을 감수하는가?》, 동녘, 2013.

지그문트 프로이트, 정장진 옮김,《예술, 문학, 정신분석》, 열린책들, 2003.

지허 스님,《선방일기》, 불광출판사, 2010.

카를 마르크스, 프리드리히 엥겔스, 이진우 옮김,《공산당 선언》, 책세상, 2002.

카를 융, 조성기 옮김,《카를 융, 기억 꿈 사상》, 김영사, 2007.

블레즈 파스칼, 이환 옮김,《팡세》, 민음사, 2003.

파울 첼란, 전영애 옮김,《죽음의 푸가》, 민음사, 2011.

피천득,〈수필〉,《수필》, 종합출판범우, 2009.

_____,〈오월〉,《수필》, 종합출판범우, 2009.

헨리 데이비드 소로우, 류시화 옮김, 《구도자에게 보낸 편지》, 2005.

헬렌 켈러, 이창식, 박에스더 옮김, 《사흘만 볼 수 있다면》, 산해, 2008.

황대권, 《야생초 편지》, 도솔, 2002.

후지와라 신야, 이윤정 옮김, 《인도방랑》, 작가정신, 2009.

후쿠오카 신이치, 김소연 옮김, 《생물과 무생물 사이》, 은행나무, 2008.

시

김수영, 《꽃잎》, 민음사, 2016.

김영승, 《반성》, 민음사, 2007.

김춘수, 《김춘수 시전집》, 현대문학, 2004.

단테 알리기에리, 박상진 옮김, 《신곡: 지옥편》, 민음사, 2007.

도종환, 《사월 바다》, 창비, 2016.

류시화, 《한 줄도 너무 길다》, 이레, 2000.

서정주, 《미당 시전집 1》, 민음사, 1994.

엄재국, 《정비공장 장미꽃》, 애지, 2006.

윤동주, 《하늘과 바람과 별과 시》, 문학사상사, 1995.

파블로 네루다, 정현종 옮김, 《네루다 시선》, 민음사, 2007.

기사

홍성호, 《한국경제신문》, 〈주격조사 '가'의 두 얼굴〉, 2010.